Fire&Ice

Band 11

Matthew Fox

Allie Kinsley

Bereits erschienen:

Fire&Ice 1 - Ryan Black
Fire&Ice 2 - Tyler Moreno
Fire&Ice 3 - Shane Carter
Fire&Ice 4 - Dario Benson
Fire&Ice 5 - Brandon Hill
Fire&Ice 5.5 - Jack Dessen
Fire&Ice 6 - Chris Turner
Fire&Ice 6.5 - Gregor Zadow
Fire&Ice 7 - Logan Hunter
Fire&Ice 8 – Jonas Harper
Fire&Ice 9 – Luce Suarez
Fire&Ice 10 – Joey Parker
Fire&Ice 11 – Matthew Fox
Fire&Ice 12 - Fabio Bellini (Herbst 2016)

Sweet like Candy
Divided like Destiny

Protect Me - Brian
Protect Me - Ash
Protect Me – Ray
Protect Me – Dante (Sommer 2016)

Yearn for Adam

www.doctor-lektor.de

Cover Foto: bigstockphoto.com, ID: 31123847, Lev4

1 TALIN – 3 JAHRE ZUVOR

MATTHEW

Die Menge klatschte und jubelte, als die Feuerspuckergruppe Fire&Ice ihre Show beendet hatte und die Männer von der Bühne stiegen.

Wie jedes Jahr waren sie auch in diesem zwei Wochen nach Talin gefahren, um an dem großen Mittelalterfestival teilzunehmen. Diese zwei Wochen waren für ihn, wie für die meisten seiner Freunde, der einzige Urlaub im Jahr, den sie sich gönnten.

Er arbeitete hart und viel. Neben seiner Kanzlei, die seine ganze Aufmerksamkeit forderte, musste er sich noch um seine beiden jüngeren Geschwister kümmern.

Seit dem Tod ihrer Mutter vor sieben Jahren war er alles, was die beiden noch hatten. Julien und Chloe verließen sich auf ihn und er war froh, wenn er diese Verantwortung einmal im Jahr für zwei Wochen abgeben konnte.

Er liebte seine Geschwister, das stand völlig außer Frage, aber es war einfach nicht immer leicht mit ihnen. Er musste darauf achten, dass Julien etwas für seine Zukunft tat und Chloe sich nicht dauernd in Gefahr brachte.

Auf dem Rückweg von ihrem Auftritt zum Lager hätte Mat seine Freunde Ty, Bran und Jason beinahe aus den Augen verloren.

Er erspähte gerade noch Tys Kopf in der Menge und beeilte sich, ihnen zu folgen. Gar nicht so leicht, so dicht wie das Gedränge war.

Er musste einen kleinen Bogen schlagen, um einer Gruppe Geier auszuweichen. Auf die hatte er im Moment wirklich keine Lust. Die meiste Zeit gingen ihm diese anhänglichen, kichernden Frauen einfach nur auf die Nerven.

Dann verlor er seine Freunde in der Menge ganz aus den Augen, fand dafür an einem Tisch eine vielversprechende Gruppe aus Männern und Frauen.

Direkt vor ihm saß die mit Abstand heißeste Frau, die er jemals gesehen hatte. Das, was er von ihrer Figur sah, war atemberaubend. Schlank und trainiert, aber nicht ohne Kurven an den richtigen Stellen.

Die langen, hellblonden Haare reichten ihr beinahe bis zur Taille und ihr Gesicht war nahezu perfekt. Riesige tiefblaue Augen, eine zierliche Nase, hohe Wangenknochen und ein voller, rosa Mund.

Ihre Augen funkelten höllisch sexy, wenn sie lächelte. Definitiv war sie um Längen besser als die leichten Mädchen, die sich normalerweise im Dunstkreis von Fire&Ice aufhielten.

In diesem Moment trat Shane an den Tisch und Mat ärgerte sich, dass er nicht schneller gewesen war.

"Hallo, Sky, richtig? Ich bin Shane, Ryans Freund aus Amerika", sagte Shane zu der Frau, auf die Ryan so scharf war. Dann grinste er sein Aufreißergrinsen und setzte sich zwischen Mats blonder Schönheit und einen anderen Mann.

Mat lehnte sich an den Baumstamm hinter ihm zurück und betete, dass sie ihn abblitzen lassen würde. Er wollte ganz bestimmt keine Frau, die einer seiner Freunde bereits gehabt hatte.

Es mochte selbstgerecht klingen, da er keineswegs von One-Night-Stands abgeneigt war, aber eine Frau, die vorhatte, sich durch seinen Freundeskreis zu schlafen, kam für ihn definitiv nicht in Frage.

Er hatte einmal vor vielen Jahren sein Herz an solch eine Schlampe verloren, nur um herauszufinden, dass sie hinter seinem Rücken seinen Freund vögelte. Noch einmal würde ihm das nicht passieren. Zumindest nicht, wenn er es vermeiden konnte.

"Hi Shane, wie geht's? Was treibt dich zu uns?", fragte Sky. Er erinnerte sich erst an ihren Namen, als sie angefangen hatte zu sprechen. Davor hatte die hübsche Blonde seine Aufmerksamkeit einfach zu sehr gefesselt.

Shane zuckte die Schultern. "Ich sah dich und dachte, ich komm mal vorbei und sag dir und Maya hallo, aber ich sehe, sie ist gar nicht da? Aber dafür andere nette Gesellschaft", sagte er grinsend.

Shane sah erst die atemberaubende Blonde an, dann den Mann auf seiner anderen Seite. Er streckte Shane die Hand entgegen und sagte: "Hi, ich bin Jonas. Ich bin für zwei Tage zu Besuch hier und eventuell nächste Woche noch einmal."

Shane gab ihm die Hand und wandte sich dann wieder an die schlanke Blondine zu seiner Rechten.

"Und du, Honey?"

"Zoey. Ich bin die ganze Zeit da, wie steht's mit dir, Schätzchen?", antwortete sie mit einem ziemlich eindeutigen Grinsen. Mat ballte die Hände zu Fäusten. Das konnte nicht wahr sein. Er hatte so sehr gehofft, dass sie ihn abblitzen lassen würde.

"Ebenso", antwortete Shane und legte dann die Arme auf die Rücklehnen der beiden.

Als wäre er masochistisch veranlagt, blieb Mat im Schatten des Baumes stehen und sah dabei zu, wie Shane Zoey und Jonas um den Finger wickelte.

Als Zoey die beiden Männer fragte, ob sie mit ihr zusammen zur Burg gehen würden, um das Feuerwerk anzusehen, wandte er sich ab. Egal wie perfekt sie äußerlich war, innerlich war sie es nicht.

ZEHN TAGE SPÄTER

ZOEY

Die Stimmung bei den Setarips und bei Fire&Ice war im Keller.

Nachdem Sky wegen ihres psychopathischen Exfreunds Robert überstürzt abgereist war, hatte keiner mehr Lust, das Festival so richtig zu genießen.

Ihr selbst ging es nicht anders. Nicht nur wegen Sky und Robert, der ihr wirklich Angst machte, auch ihre On-Off-Affäre John hatte ihr wieder einmal mächtig zugesetzt.

Sie wusste, dass es sie nicht interessieren sollte, was er über sie dachte. Natürlich konnte nicht jeder Mensch sie mögen, aber sie kam einfach nie damit klar, wenn jemand es nicht tat.

Es lag ihr jedes Mal wie ein riesiger Stein im Magen, auch wenn sie es sich nicht anmerken ließ.

Am Abend saßen die Setarips wie jeden Tag seit Skys Verschwinden im Lager der Fire&Ice.

Zoey hatte sich eine Flasche Rotwein geholt und ging dann ebenfalls zu ihnen.

Ihre Mutter und ihr Ernährungscoach wären ausgerastet, wenn sie von dem Alkohol erfahren hätten. Aber das waren nun mal die einzigen zwei Wochen im Jahr, in denen sie nicht jedes Salatblatt zählte, das sie aß, und sie genoss es in vollen Zügen.

Sie liebte ihren Modeljob, und die meiste Zeit machte es ihr auch nichts aus, auf alles zu verzichten, aber zwei Wochen Urlaub im Jahr mussten drin sein!

Mit dem Wein und einem Glas in der Hand setzte sie sich neben einen außergewöhnlich schönen Mann, den sie noch nicht kennengelernt hatte.

Sie hatte ihn zwar schon einige Male gesehen, aber sie hatten noch nie miteinander gesprochen.

Er hatte wenige Zentimeter langes, dunkelbraunes Haar. Seine Augen, die von dichten Wimpern umrahmt waren, wirkten im Schein des Lagerfeuers beinahe schwarz und absolut kalt. Er hatte eine gerade Nase und um seine schmalen Lippen zeichnete sich ein deutlicher Bartschatten ab.

Er hatte sich auf der improvisierten Strohballenbank nach hinten gelehnt und gewährte ihr dadurch einen Blick auf seinen anbetungswürdigen Körper.

Breite Schultern, voller Bizeps, eine schön definierte Brust und einen flachen Sixpack.

Der schmale Streifen dunkler Härchen führte von seinem Bauchnabel bis in seine Shorts.

"Bist du fertig?", fragte er und klang irgendwie unfreundlich.

Ja, sie hätte ihn nicht so ausführlich mustern sollen, aber es war noch lange kein Grund, sie so anzuzicken.

Sie goss sich ein Glas Wein ein und trank einen kräftigen Schluck.

"Nur nicht so schüchtern. Du bist eben nett anzusehen, da kann ich ja nichts dafür", gab sie grinsend zurück.

Er schnaubte.

Innerlich verdrehte Zoey die Augen. Sie hatte keine Ahnung, was das Problem dieses Typen war, aber sie wollte keine Spannungen in der Gruppe. Also versuchte sie es mit einem freundlichen Lächeln.

"Ich glaube, wir wurden uns noch nicht vorgestellt. Ich bin Zoey." Sie hielt ihm ihre Hand entgegen.

Er zögerte einen Moment, dann nahm er sie. "Mat."

Er riss seine Hand zurück, als hätte er sich verbrannt, und starrte wieder ins Feuer.

Ihre Haut kribbelte, wo er sie berührt hatte, was sie ein wenig aus der Fassung brachte. Schnell trank sie noch einen Schluck Wein.

"Kommst du auch aus Boston?", versuchte sie die unangenehme Stille zu überbrücken.

"Ja." *Knapp und unfreundlich. Wie reizend!*

Sie lehnte sich zurück und er zog augenblicklich seinen Arm von der improvisierten Rückenlehne.

In ihr brodelte es. Was hatte dieser Kerl nur für ein Problem?

"Hast du ein Problem mit mir?", fragte sie ihn direkt, weil sie absolut keine Kraft für Spielchen hatte.

"Nein."

Sie hob eine Augenbraue. Diese perfektionierte, arrogante Geste hatte sie von ihrer Mutter gelernt.

"Hör mal, *Schätzchen*." Sein Tonfall war ziemlich ätzend. "Warum gehst du nicht zu Shane und kaust dem ein Ohr ab?" Das "Oder etwas anderes" murmelte er so leise, dass sie es kaum verstanden hätte.

"Wie bitte?"

Jetzt drehte er sich mit einem gehässigen Grinsen zu ihr um.

"Stell dich nicht dümmer als du bist, *Schätzchen*. In meinem Bett ist kein Platz für eine Frau, die meine Freunde bereits gefickt haben. Also lass es einfach gut sein."

Der Schlag saß. Gewaltig. Sie hatte alle Mühe, ihr Grinsen aufrecht zu halten, und war froh darüber, dass sie eine so gute Schauspielerin war.

Sie wollte ihm auf keinen Fall zeigen, dass er sie getroffen hatte. Niemals. Sie zeigte es nie jemandem, so war sie niemals angreifbar.

Um sich Zeit zu verschaffen, nahm sie scheinbar genüsslich noch einen Schluck Wein.

Dann legte sie den Kopf schief und musterte ihn noch einmal eindringlich.

Äußerlich so lecker … Schade, dass er so ein Arsch ist!, dachte sie und freute sich auf ihre Antwort.

"Wenn man den Rest deines Körpers so ansieht, sollte man nicht meinen, dass du Angst hast."

Er zog eine Augenbraue nach oben und machte mit dem Ausdruck auf seinem Gesicht ihrer Mutter beinahe Konkurrenz.

"Angst?"

"Dass dein Schwanz mit seinem nicht mithalten könnte."

Seine Augen weiteten sich, und bevor er ihren Triumph mit irgendeiner Antwort zunichte machen konnte, stand sie auf und ging mit ihrem Wein zurück in das Lager der Setarips.

Sie würde sich für heute lieber in ihr Zelt zurückziehen und ein wenig früher schlafen.

Das waren eindeutig zu viele Tiefschläge für einen Abend. Es würde ein wenig dauern, bis sie die Abscheu in seinem Blick verarbeitet hatte, aber sie würde weiter lächeln.

Wie immer.

2 DOPPELHOCHZEIT
DREI JAHRE SPÄTER

ZOEY

Zoey stand vor dem großen, bodentiefen Spiegel in ihrem Hotelzimmer und betrachtete ihr Werk.

Sie sah gut aus. Zumindest in ihren eigenen Augen. Sowohl ihre Mutter als auch ihr Coach und vermutlich John hätten bestimmt etwas auszusetzen.

Aber dennoch. *Ich sehe gut aus*!, versicherte sie ihrem Spiegelbild lächelnd.

Sie war groß, beinahe einen Meter achtzig und schlank. Eben genau so, wie sie es für ihre Laufstegkarriere brauchte.

Sie trug Kleidergröße Zero, und doch gab es die ein oder andere Stelle, an der es weniger sein könnte, wenn man ihren Designern glauben durfte. Die jammerten regelmäßig über ihre Oberweite und ihren Hintern.

Sie schüttelte den Kopf und widmete sich wieder ihrer eingehenden Musterung.

Es ging nur um heute. Es ging nur darum, ob sie so auf die Doppelhochzeit von Maya, Shane, Sky und Ryan gehen konnte, nicht darum, ob sie für gewöhnlich dem Standard genügte.

Das tat sie sowieso nicht, also lohnte es sich nicht, sich deshalb den Abend versauen zu lassen.

Sie zupfte am oberen Rand ihres roten, bodenlangen Kleides, um das Dekolleté gerade zu richten.

Das Kleid war wunderschön. Schmal geschnitten, figurbetont, mit freien Schultern und aus weicher, angenehm kühler Seide.

Ihre langen, blonden Haare hatte sie kunstvoll hochgesteckt. Das dezente Makeup genau so aufgelegt, wie sie es schon tausend Mal bei ihren Visagisten beobachtet hatte.

Ihren langen, schmalen Hals zierte eine feine Platinkette mit kleinen Diamanten, die sie von John zum Geburtstag bekommen hatte.

John. Sie waren seit beinahe zwei Jahren wieder ein Paar. Sie hatten es auch früher schon immer wieder miteinander versucht. Bei ihrer letzten Trennung vor knapp drei Jahren dachte sie, dass es endgültig aus sei.

Aber ihre Mutter hatte sie immer und immer wieder bedrängt, bis sie schließlich nachgegeben hatte und es noch einmal mit ihm versuchte.

Für ihre Mutter war John schon immer der ideale Schwiegersohn gewesen.

Erfolgreich und aus einer guten Familie. Genau das, was Zoey, ihrer Meinung nach, nach ihrer Modelkarriere brauchte.

Dieses Mal war es leichter und schwerer zugleich, mit ihm zusammen zu sein.

Leichter, weil sie gelernt hatte, weniger von John zu fordern, weniger zu erwarten und weniger vorauszusetzen. Und schwerer, weil John mehr Erwartungen in sie hegte, mehr von ihr forderte und wollte.

Er hatte einen Job bei einer großen Investmentfirma angenommen. Er war Key-Account-Manager für Großinvestoren auf der ganzen Welt. Ein Job, der es verlangte, ständig on Tour zu sein. Von Stadt zu Stadt, von Land zu Land, von Kontinent zu Kontinent.

Eigentlich genau wie ihr eigener Job als Model, aber das machte es nicht zwangsläufig leichter, eine Beziehung mit John zu führen. Vor allem, weil er erwartete, dass sie ihn auf seinen Reisen begleitete.

An seiner Seite sollte sie immer repräsentativ und nett sein. Hübsch aussehen und immerzu lächeln. Die perfekte Frau neben ihm eben.

Das war ein Job, den sie von Kindesbeinen an gelernt hatte. Einfach nur da zu sein, hübsch auszusehen und den Erwartungen anderer zu entsprechen. Den Erwartungen ihrer Eltern, ihrer Verwandten, ihrer Lehrer. Ja, sogar den ihrer Freunde und Kollegen.

Manchmal kam sie sich vor wie ein Chamäleon. Sie konnte sich jeder Situation anpassen, überall dazugehören und immer exakt *das* sein, was die anderen von ihr erwarteten.

Es war ermüdend, aber es beschrieb ihr Leben ziemlich exakt. Es gab nur wenige Menschen, bei denen sie einfach sie selbst sein konnte, hauptsächlich bei ihrem besten Freund Taylor.

Es klopfte an der Tür zu ihrem Schlafzimmer. Sie wusste, dass es nur John sein konnte. Obwohl sie ein Paar waren, klopfte er jedes Mal an wie ein Fremder, wenn er einen Raum betrat.

Aber daran würde sie sich wohl gewöhnen müssen. Wirkliche Nähe gab es in ihrer Beziehung sowieso nicht mehr.

Das war bei ihren ersten Versuchen, als sie noch Teenager gewesen waren, vielleicht so gewesen. Doch mit den vielen Auseinandersetzungen und Trennungen war alles Echte, das zwischen ihnen einst gewesen war, verflogen.

Sie beide hatten dieses Spiel und diese Maske perfektioniert. Sie waren Profis darin geworden, sich nichts anmerken zu lassen.

Sie sollte aufhören zu schmollen und ihren Job machen. Einfach nur schön aussehen und die Klappe halten.

Allein der Gedanke daran stieß ihr sauer auf.

Aber sie tat es. Wie jedes Mal.

Sie setzte ihr Grinsen auf, neigte den Kopf leicht und gab ihm, was er wollte.

Unterwegs trafen sie viele ihrer Freunde von den Setarips, der Gruppe, mit der sie früher immer auf das Mittelalterfestival in Talin gefahren waren. Im letzten Jahr hatten sie es nicht geschafft, weil John zu einer Geschäftsreise nach Asien musste.

Sie hielt es wie immer. Lächelte und nickte und überließ es John zu sprechen. So wie John es am liebsten hatte.

Auch Ryans Mittelaltergruppe Fire&Ice war auf der Hochzeit. Genauso wie viele ortsansässige Politiker und die Bostoner High Society.

Menschen, unter denen Zoey sich eigentlich wohl fühlen sollte, unter denen sie sich früher wohl gefühlt hatte. Bis sie aufhören musste, sie selbst zu sein.

Das ist es wert, Liebes, echote die Stimme ihrer Mutter durch ihren Kopf.

John führe sie zu ihren Sitzplätzen auf der linken Seite der Kirche. Ganz Gentleman half er ihr sich hinzusetzen und ließ sich dann mit diesem schmierigen Fakegrinsen neben ihr nieder.

Ihre Wangen schmerzten bereits vom falschen Dauerlächeln. Aber es half nichts, sie musste noch eine Weile durchhalten.

Alexa, eine ihrer Freundinnen aus Kindertagen, saß auf ihrer anderen Seite. Sie hatte ihre kleine, bezaubernde Tochter Lia auf dem Schoß und ihr Ehemann Brandon saß neben ihr. Sein Arm lag auf der Rückenlehne der Bank und sein Daumen streichelte sanft über Alexas Schulter.

Zoey beneidete sie ein wenig um diese Art von Beziehung.

Alexa stupste sie mit dem Ellenbogen an. Gerne hätte sie sich ihr zugewandt, aber das hätte nur wieder eine Diskussion mit John zur Folge gehabt.

"Alles in Ordnung?", raunte Alexa ihr zu, die sie einfach zu gut kannte.

"Alles bestens."

"Lüg mich nicht an, Zoey ..."

"Psst, die Trauung geht los."

Das kam ihr gerade gelegen. Sie hatte im Moment einfach keine Kraft, sich mit dem auseinanderzusetzen, was in ihrem Leben schief lief.

"Später?"

"Klar." Eine andere Antwort hätte Alexa sowieso nicht zugelassen.

Der Hochzeitsmarsch erklang und alle wandten sich auf ihren Plätzen um, um die beiden Bräute zu sehen, die nacheinander den Gang entlang kamen.

Maya ging voraus, was Zoey nicht wunderte. Sie war die selbstbewusstere der beiden und hatte bestimmt kein Problem damit, wenn die ganze Kirche sie anstarrte.

Ryan und Shane warteten bereits vorne am Altar.

Sie sahen beide zum Anbeißen aus. Groß, breite Schultern, die dunklen Haare, die so gut zu den Smokings passten.

Vor allem strotzten sie nur so vor Selbstbewusstsein. Und die Art, wie sie ihre Frauen ansahen, sagte alles über die Tiefe ihrer Gefühle.

Einen Mann zu finden, der einen so sehr liebte, war wohl das Beste, was einem passieren konnte. Maya und Sky hatten definitiv das gefunden, wonach die meisten Frauen sich sehnten.

Mayas Dad führte Maya den Gang entlang nach vorne zum Altar. Sie sah umwerfend aus.

Ihr Kleid war klassisch geschnitten und hatte einen Queen Anne Ausschnitt.

Es lag eng an ihrem kurvenreichen Oberkörper und ihrem Po. Am Oberschenkel wurde es weiter und lief in einer kleinen Schleppe aus.

Wenn Zoey es richtig erkannte, bestand es aus Seidencharmeuse und Spitze, was einen sehr edlen Eindruck machte.

Als Maya an ihr vorüberschritt, sah sie die zarte Knopfleiste, die im Nacken begann und sich bis hin zur Hüfte über den Rücken zog. Es war atemberaubend und passte perfekt zu den kunstvoll aufgesteckten, dunklen Locken.

Dann folgte Sky, die von Jonas begleitet wurde, dem man deutlich ansah, wie stolz er war, diesen Part übernehmen zu dürfen.

Skys Eltern waren beide bereits verstorben und Jonas, nach Fabio, Skys engster Freund.

Zoey fand es, vor allem für Sky, sehr schade, dass es Fabio nicht möglich war, dabei zu sein.

Skys Brautkleid war im Princess-Stil gehalten. Schulterfrei mit einem engen, sehr schlichten Mieder aus weißer Seide.

Ab der Taille wurde das Kleid sehr breit und hatte eine lange Schleppe.

Die langen, blonden Haare trug sie offen und in großen, seidig aussehenden Wellen.

Sie hatte nie schöner ausgesehen, nicht einmal, als sie die Modenschau in Talin gelaufen war.

Die beiden Brautführer übergaben die Frauen an ihre Männer. Dann begann die Zeremonie.

Von den Worten des Pfarrers bekam Zoey kaum etwas mit. Sie war vollkommen vertieft in die Betrachtung dieser beiden wunderbaren Paare vor dem Altar.

Die Liebe, die sie für einander empfanden, war beinahe greifbar.

Trotz aller Schwierigkeiten hatten diese vier es geschafft und sie hatten es verdient.

"... und Sie dürfen die Braut jetzt küssen."

Die letzte Silbe hatte die Lippen des Pfarrers noch kaum verlassen, da hatten beide Männer ihre Frauen bereits an sich gezogen und küssten sie leidenschaftlich.

Einige ihrer Freunde pfiffen und Applaus brandete auf. Sie selbst hätte das auch gern getan, aber John hätte es nicht gut geheißen und sie hätte sich auf einen weiteren Streit mit ihm einlassen müssen.

Also beließ sie es bei dem leisen Geklatsche, das er bevorzugte.

Nachdem die Brautpaare die Kirche verlassen hatten, folgten ihre Freunde ihnen.

John legte ihre Hand wieder in seine Ellenbeuge und führte sie ebenfalls den Gang entlang.

Dann fuhren sie im Konvoi zu CB-Resorts, dem Hotel von Ryans Schwester, in dem die Hochzeitsfeier stattfinden sollte.

MATTHEW

Er bekam nicht mit, was Julien, sein jüngerer Bruder, ihm gerade erzählte. Direkt vor ihm war die Frau aus seinen Albträumen aufgetaucht.

Die Frau, die ihn seit über drei Jahren in seinen Gedanken verfolgte. Er hasste sie dafür, und er hasste sich selbst, weil er sie einfach nicht aus dem Kopf bekam.

Bei jeder Veranstaltung, zu der sie geschlossen als Gruppe gingen, musste er befürchten, dass auch sie auftauchen könnte.

Für die Erleichterung, die er empfunden hatte, als sie in diesem Jahr nicht mit nach Talin gekommen war, hätte er sich am liebsten selbst geschlagen.

Aber sie hier mit einem anderen Mann zu sehen, grenzte auch irgendwie an Folter.

"... laut Plan müssen wir hier lang", sagte Julien und deutete auf den Plan, der anzeigte, wo sie sitzen würden.

Mat sah ebenfalls auf den Plan.

"Ja, du und Destiny. Ich und Cat sitzen hier drüben."

Er war sehr froh gewesen, dass Cat ihn gebeten hatte, ihre Begleitung zu mimen. Einen Geier mit auf eine Hochzeit zu nehmen, war immer eine gefährliche Angelegenheit. Entweder sie benahmen sich furchtbar daneben oder sie dachten, sie seien die nächsten und er sei derjenige, der sie heiraten würde.

Der Nachteil war aber, dass er quasi die ganze Zeit über ohne Begleitung unterwegs war.

In die Kirche hatte Cat es nicht geschafft, weil sie die letzten Vorbereitungen im Hotel hatte überwachen wollen, jetzt war sie immer noch irgendwo und er hoffte, dass sie zumindest zum Essen auftauchen würde, damit er nicht ganz so dämlich aussah.

Er ging durch den Raum und suchte den Tisch, an dem sie sitzen würden.

Als er sah, dass Zoey ebenfalls an diesem Tisch saß, musste er sich ein Stöhnen verkneifen.

Echt jetzt? War das irgendeine ziemlich fiese Form von Karma? Warum zum Teufel musste er sie den ganzen Abend über ertragen?

Als er den Tisch nach seinem Platz absuchte, hätte er beinahe laut geflucht. Direkt gegenüber von ihr. Er musste also nicht nur an ihrem Tisch sitzen und sich selbst dazu zwingen, sie nicht nonstop anzustarren, nein, er musste ihr direkt gegenüber sitzen und den ganzen Abend beim Flirten zusehen.

Mit grimmiger Miene setzte er sich und wünschte sich dabei, sie niemals in Talin gesehen zu haben. Niemals an diesen Tisch gegangen zu sein und ihr traumhaftes Lächeln gesehen zu haben.

Eben dieses Lächeln schenkte sie ihm jetzt. Nein, das stimmte nicht. Es war nicht dieses Lächeln.

Er konnte sich noch ganz genau daran erinnern, wie ihre Augen beim Lächeln gefunkelt hatten. Aber da war nichts. Ihre blauen Augen waren wie tot, keinerlei Regung.

Nur die schönen Lippen gaben makellos weiße Zähne frei, wie sie es schon in Talin getan hatten.

"Mat, wie schön dich wiederzusehen!" Mat zog eine Augenbraue nach oben. Würde er es nicht besser wissen, hätte er ihr diese Show tatsächlich abgekauft.

Dann wandte sie sich an ihren Begleiter. Aus irgendeinem Grund hatte er erwartet, dass ihr Lächeln sich verändern würde. Aber das geschah nicht. Sie lächelte ihn genauso falsch und tot an.

"Ich glaube, ihr kennt euch noch nicht. John, das ist Mat, Fire&Ice Mitglied. Mat, das ist John, mein Lebensgefährte", sagte sie mit ruhiger Stimme.

"Ich glaube, das ein oder andere Mal haben wir uns bereits flüchtig gesehen", sagte John und reichte ihm lächelnd die Hand.

Mat schüttelte sie, ohne das ebenfalls tote Lächeln zu erwidern.

Was zum Teufel ist das für eine Horrorshow?

Und auf den Namen dieses Trottels hätte er auch gut und gern verzichten können.

Gott sei Dank kamen in diesem Moment Alexa, Bran und Lia. So musste er sich zu keiner Konversation mit Zombie-Barbie und Zombie-Ken zwingen.

Während des gesamten Essens und der Ansprachen beobachtete er Zoey und John so unauffällig wie möglich. Das Lächeln der beiden verschwand nie, änderte sich keinen Millimeter, es war wie perfekt einstudiert.

Sie unterhielten sich höflich mit den anderen an ihrem Tisch und schienen das perfekte Paar zu sein.

Nur ein einziges Mal verrutschte dieses perfekte Trugbild um wenige Millimeter.

Zoey bestellte sich ein neues Glas Wein, woraufhin John seine Hand auf ihre legte und einfach nur ruhig ihren Namen sagte. Daraufhin zuckte eine ihrer Augenbrauen.

Aber nicht auf die Art, mit der sie Mat in Talin bedacht hatte, sondern nur einen Millimeter und sofort zurück.

Daraufhin zog John seine Hand zurück und beide widmeten sich wieder ihrem Essen.

Wobei *beide* nicht wirklich stimmte. Was auch immer Zoey da tat, mit wirklicher Nahrungsaufnahme hatte es wenig zu tun.

Er betrachtete sie ein wenig genauer.

Sie war noch schlanker, als er sie damals in Talin kennengelernt hatte. Schlank traf es nicht mehr. Mittlerweile war sie eher dürr.

Man konnte die Knochen an ihrem Brustbein sehen und auch die Schultern wirkten sehr eckig.

Er musste sich sehr zusammenreißen, als John den Nachtisch für sie beide ablehnte, mit der Begründung, sie müssten auf ihre Linie achten.

Irgendwas stimmte hier ganz und gar nicht und es machte ihn wahnsinnig, dass er die Lösung für dieses Rätsel noch nicht im Entferntesten erkennen konnte.

3 ESKALATION

ZOEY

Nachdem sie das Abendessen und die ersten Tanzrunden hinter sich gebracht hatte, benötigte sie dringend eine Pause.

Ihre Nerven lagen blank. Nicht nur, dass John sie dauernd ermahnte, irgendetwas nicht zu tun oder besser zu machen, sie fühlte sich unter Mats dauerhaft prüfenden Blick wie unter einem Mikroskop.

Sie hatte keine Ahnung, was er wollte oder was er damit bezweckte, aber es machte sie verrückt. Vor allem, weil seine Kränkung ihr noch immer allzu präsent war. Woher kam dieses plötzliche Interesse?

Als John in das Gespräch mit einem von Ryans Geschäftspartnern verwickelt war, entschuldigte sie sich unter seinem strafenden Blick.

Schnell huschte sie zu der Tür hinaus, die in den Außenbereich führte.

Aus ihrer Clutch fischte sie eine ihrer Notfallzigaretten und zündete sie an. Sie hoffte, den Geruch später mit Parfüm und einem Kaugummi überdecken zu können, sonst würde John wieder außer sich sein.

Tief zog sie den beruhigenden Rauch in ihre Lungen und atmete dann genüsslich aus.

Die kühle Nachtluft half ihr ebenfalls, ihr überhitztes Gemüt und die vom ungewohnten Alkohol lockere Zunge zu beruhigen.

Sie nahm die Stola ab und legte sie sich über den Arm, um mehr von der kalten Luft auf ihrer Haut zu spüren.

Immer wieder kamen Menschen durch die Tür, wollten nur ein wenig frische Luft schnappen oder ebenfalls eine Zigarette rauchen.

Zoey ging ein paar Schritte vom Eingang weg, um nicht mitten im Rauch zu stehen.

"Dachte ich es mir doch!" Johns Stimme klang gereizt. Sehr gereizt. Zoey drehte sich zu ihm um.

Über seine Schulter hinweg erspähte sie Mat, der an der Wand neben der Eingangstür lehnte.

Warum verfolgte er sie? Oder wollte er auch nur frische Luft schnappen?

Etwas traf schmerzhaft ihre Hand und riss sie zurück aus ihren Gedanken.

"Aua", sagte sie leise und schüttelte die Hand, in der sie ihre Zigarette gehalten hatte, bis John sie ihr aus der Hand geschlagen hatte.

"Du weißt ganz genau, wie sehr ich es hasse, wenn du nach diesem Zeug stinkst!", knurrte er. Er trat dicht vor sie, mit ihren niedrigen Absätzen konnte sie ihm genau ins Gesicht sehen.

Er schäumte vor Wut, die sich den ganzen Tag über in ihm angesammelt hatte.

"Und dann lässt du mich mitten in so einem wichtigen Gespräch alleine, nur um dich hier draußen, halb nackt wie eine Nutte zu präsentieren und dieses ekelhafte Zeug zu rauchen!"

Wäre da nicht der Alkohol gewesen, der ihr zuflüsterte, dass es völlig in Ordnung sei, ihm auch einmal Kontra zu geben, hätte sie seine Tirade wie immer einfach stillschweigend hingenommen.

Aber sie war selbst wütend und hatte für einen Tag einfach genug von seiner Missbilligung geschluckt.

"Es war *dein* Gespräch, John. Nicht meines. Entschuldige bitte, dass ich eine Pause vom höflichen Lächeln gebraucht habe."

"Stell dich nicht so an! Es kann doch nicht so schwer für dich sein, dich ein paar Stunden zusammenzureißen."

Die Wut ließ ihr Herz rasen. "Lass es, John. Es reicht für heute!", warnte sie ihn.

Aber er ließ nicht locker, zählte alle ihre vermeintlichen Verfehlungen auf und endete mit: "Und wie viel willst du noch trinken? Meinst du nicht, es reicht langsam?"

Oh doch. Und wie es reichte. "Du hast recht. Es reicht. Ich gehe zurück aufs Zimmer."

Sie wollte sich an ihm vorbeischieben, aber er hielt sie am Handgelenk fest.

"Das wirst du nicht tun!", knurrte er. "Du wirst dich jetzt verdammt nochmal zusammenreißen!"

Sie riss ihren Arm los und funkelte ihn wütend an.

"Lass es!", warnte er sie, aber Zoeys Grenze an Erträglichem war bereits weit überschritten.

"Leck mich!", fauchte sie.

Seine Ohrfeige kam schneller, als sie reagieren konnte. Sie brannte scharf auf ihrer Haut und ließ sie einige Schritte zurückstolpern, dann knickte ihr Fuß schmerzhaft um und sie fiel auf den Boden.

MATTHEW

Er hatte sich mit Sandro und Taylor unterhalten, die ebenfalls zum Rauchen nach draußen gekommen waren und hatte nebenbei die Auseinandersetzung zwischen Zoey und John belauscht. Oder eher dem Ton gelauscht, denn die Worte verstand er nicht.

Als John sie so hart am Handgelenk gepackt hatte, war Mat in ihre Richtung gegangen. Zu langsam, die Ohrfeige hatte er nicht mehr verhindern können.

Abgrundtiefer Hass und Verachtung gegenüber diesem widerlichen Typen brandete in ihm auf. Er konnte die Wut, die in ihm brodelte, kaum beherrschen.

John riss er zu sich herum und schlug ihm mit voller Kraft die Faust auf die Schläfe, sodass dieser taumelnd zu Boden ging.

Er wollte weiter auf ihn einschlagen und ihm zeigen, wie es war, der Schwächere zu sein. Hilflos und gebrochen, aber er versuchte, sich zu beruhigen.

Aber er durfte sich nicht so gehen lassen, der Wut nicht die Kontrolle überlassen.

Er sah sich nach Zoey um. Sie versuchte gerade, auf die Beine zu kommen. Also eilte er schnell zu ihr, packte sie um die Taille und stellte sie vor sich auf die Füße. Dann hielt er sie an den Hüften fest.

Sie sah furchtbar mitgenommen aus. Ein paar der Strähnen hatten sich aus ihrer Frisur gelöst und sie zitterte am ganzen Körper.

"Alles in Ordnung?", fragte er sanft und streichelte vorsichtig über die gerötete Wange.

Sie sah über seine Schulter, da blickte auch Mat sich um. John hatte sich wieder aufgerappelt und wischte sich über den Anzug. Sandro hatte sich drohend mit finsterer Miene vor ihm aufgebaut und Taylor redete schnell auf ihn ein.

Als Mat wieder zurück zu ihr sah, bemerkte er die Tränen in ihren Augen.

Sie lächelte. Das gleiche ekelhafte Lächeln wie den ganzen Abend lang.

"Klar. Alles in Ordnung."

Als er sie nur mit zusammengezogenen Augenbrauen ansah, sagte sie: "Mein Kleid hat einen Fleck."

"Das Kleid ist mir egal", knurrte er. Er hatte genug von dieser Scharade.

"Es ist von Versace", sagte sie mit einer hochgezogenen Augenbraue, die er ihr zu jedem anderen Zeitpunkt vielleicht abgekauft hätte.

"Du möchtest bestimmt ins Badezimmer", sagte er so ruhig wie möglich, obwohl er sie am liebsten geschüttelt hätte, weil sie einfach dicht machte und tat, als wäre nichts gewesen.

Wieder dieses Lächeln. "Nein, danke. Ich bleibe noch ein wenig hier."

"Zoey!", sagte er warnend. Aber sie lächelte nur weiter liebreizend.

Es trieb ihn in den Wahnsinn. Diese Maske saß so perfekt, dass er kaum dahintersehen konnte.

Er musste sie von John wegbringen. Vielleicht würde sie dann endlich loslassen.

Schnell packte er sie am Ellenbogen und zog sie mit sich, doch schon beim ersten Schritt keuchte sie laut auf.

Finster starrte er sie an.

"Ich brauche noch einen Moment", sagte sie daraufhin.

Wenn es überhaupt möglich war, wurde er in diesem Moment noch wütender. Das konnte doch alles nicht wahr sein.

Ohne lange zu überlegen, legte er einen Arm um ihre Mitte und den anderen unter ihre Knie und hob sie hoch.

Sie keuchte erschrocken auf und schlang reflexartig die Arme um seinen Hals.

"Mat, lass mich runter. Wie sieht das denn aus!"

"Es ist mir scheiß egal, wie das aussieht, verdammt nochmal!", fluchte er und ging mit großen Schritten durch die Eingangstür. "Welches ist dein Zimmer?"

"Wir werden nicht so durch die Empfangshalle gehen!", widersprach sie vehement.

Sie wand sich in seinen Armen, aber er konnte sie mühelos festhalten. Sie wog nichts, fühlte sich dafür aber verdammt gut in seinen Armen an.

Er spürte ihre Rippen unter seiner Hand. Würde er sie nur wenige Zentimeter höher schieben, könnte er ihre Brust berühren.

"Wir brauchen ein Badezimmer!", erklärte er die Diskussion für beendet.

Sie hörte auf, sich zu wehren, und gestand sich ihre Niederlage wohl ein.

"Da vorne geht eine Treppe zu den Waschräumen im Kellergeschoss runter", sagte sie seufzend.

Gerade als er die ersten Stufen genommen hatte, hörte er Johns aufgebrachte Stimme vom Eingang.

Zoey verspannte sich sofort wieder in seinen Armen.

Die Wut auf diesen Mann trieb ihn dazu an, schneller zu gehen und sie von ihm fortzubringen. Er wollte sie vor ihm beschützen und aus seiner Reichweite bringen.

Eine Frau wie sie hatte bei so einem Typen nichts verloren.

Er zerstörte sie systematisch und Mat konnte es nicht mitansehen. Allein für dieses falsche Lächeln wollte er den Bastard umbringen.

In den Gästewaschräumen angekommen setzte er sie auf dem großen Waschtisch aus Marmor ab. Dann griff er nach einem der kleinen, blauen Handtücher und machte es mit kaltem Wasser nass.

Er spürte ihren fragenden Blick, hatte aber selbst keine Antwort auf die Frage, die darin stand.

Warum ging ihm das alles so nahe?

Natürlich hätte er jeder Frau geholfen, aber er hätte auch einfach eine ihrer Freundinnen holen können, anstatt sich selbst so hineinzusteigern.

Vorsichtig legte er ihr das kühle, nasse Handtuch auf die Wange.

Sie saß stocksteif auf dem Waschtisch und ließ keinerlei Emotionen erkennen. Das ließ die Wut auf diesen Wichser von neuem in ihm aufkochen.

"Warum tust du dir das an? Warum lässt du dich so von ihm schikanieren?"

Er krallte sich rechts und links von ihr am Waschtisch fest, als sie erneut lächelte. "Lasse ich mich doch nicht. Hast du doch gesehen."

Da brannten seine Sicherungen durch, er packte sie an den Schultern und schüttelte sie heftig.

"Könntest du bitte für einen Moment aufhören, so zu tun, als hättest du alles im Griff!", schrie er.

Schmerz trat in diese wunderschönen, blauen Augen.

Ein Schmerz, der tief aus ihrer Seele kam. Ihre immer noch gestrafften Schultern fielen nach unten und ihre Stimme klang sehr verletzlich, als sie sagte: "Lass es, bitte."

In diesem Moment sah sie so viel jünger und zerbrechlicher aus, als er sie jemals gesehen hatte. Er reichte ihr das nasse Handtuch und sie hielt es sich an die Wange.

"Er ist ein schlechter Mensch. Du solltest nichts mit ihm zu tun haben."

"Du kennst ihn nicht", antwortete sie, aber zumindest war ihre Stimme nicht mehr so leblos.

"Ich muss ihn nicht kennen, es reicht, wenn ich sehe, was er aus dir macht."

Er griff nach ihrem Kleid und zog es bis zu ihren Knien nach oben. Sofort sah er den bereits deutlich geschwollenen Knöchel.

Zoey schlug seine Hand beiseite.

"Was soll das? Ich will dir helfen!", sagte er barsch und zum ersten Mal an diesem Abend sah er ehrliche Wut in ihren Augen aufblitzen.

"Warum? Willst du einen Fick zur Belohnung? Tut mir leid, ich bin vergeben", fauchte sie und zog das Kleid über ihre nackten Beine.

"Dass du überhaupt noch von einer Beziehung sprechen kannst, nachdem was gerade passiert ist!", schrie er und deutete auf die Tür, durch die sie gekommen waren.

"Es geht dich nichts an!"

Er kochte vor Wut und war kurz davor, sie erneut zu schütteln. "Tut es sehr wohl!"

"Nur falls du es vergessen hast, du willst keine Frau, die mit einem deiner Freunde geschlafen hat. Ich habe Shane gefickt, erinnerst du dich?"

"Ja, leider", knurrte er und versuchte, sich wieder unter Kontrolle zu bekommen.

Dass sie sich so genau an ihr Gespräch erinnerte, zeigte ihm, dass es sich ihr genauso ins Gedächtnis gebrannt hatte wie ihm.

Dass Zoey ihn genauso wenig vergessen konnte wie er sie. Was das Ganze nicht unbedingt leichter machte.

Er atmete tief aus, stützte sich wieder rechts und links von ihren Oberschenkeln auf der Waschtischplatte ab und sah ihr fest in die Augen.

Sie war so unglaublich schwer zu lesen. Ihre Emotionen tauchten nur für den Bruchteil einer Sekunde auf, ehe sie alles wieder hinter sicheren Mauern verbarrikadierte.

"Bitte Zoey. Lass mich dir einfach nur helfen. Ohne Hintergedanken, ohne nachträgliche Forderungen, ohne Gegenleistung."

"Warum?" Die Vorsicht in ihrem Blick versetzte ihm einen Stich ins Herz.

"Weil ich es brauche", gestand er.

Auch er ließ sie in seinen Augen lesen. Die Sorge um sie und der Kummer, den ihre Art schon den ganzen Abend in ihm verursachte.

Sie nickte vorsichtig und raffte dann ihr Kleid, bis ihr Knöchel zum Vorschein kam.

"Verdammt", murmelte er, als er sah, wie sehr der Knöchel geschwollen war.

Vorsichtig löste er den Riemen des Schuhs und zog ihn ihr aus. "Das sieht nicht gut aus, Honey", murmelte er gedankenverloren und bemerkte den Kosenamen erst, als ihr Bein sich in seinem Griff anspannte.

Er heftete seinen Blick einen Moment länger als nötig auf das Bein, um sich zu sammeln, dann hob er den Fuß an, stellte ihn ins Waschbecken und drehte das kalte Wasser auf.

"Kühl das einen Moment, okay? Ich hole Dave."

Sie nickte, sah ihn aber nicht an. Ein sichereres Zeichen, dass sie nicht in der Lage dazu war, ihre Maske aufrecht zu halten.

Er war mehr als nur neugierig, was in ihr vorging, aber er wollte sie nicht zu sehr in die Ecke drängen. Er hatte das Gefühl, ihr sowieso schon stärker zugesetzt zu haben, als er es hätte tun dürfen.

ZOEY

Sie war mehr als nur froh, ein paar Minuten für sich allein zu haben. Die letzte halbe Stunde hatte ihre Gefühlswelt so sehr durcheinandergeschüttelt, dass sie das Gefühl hatte, jeden Moment in eintausend Teile zu zerspringen.

Mat weckte Gefühle in ihr, die sie nicht zulassen durfte. Er verabscheute sie für das, was sie getan hatte. Er hatte es ihr mehr als deutlich gesagt.

Und John? Sie hatte keine Ahnung, wie sie mit ihm umgehen sollte. Was sie jetzt tun sollte und vor allem, wie sie ihm gegenübertreten sollte.

Natürlich war das, was er getan hatte, unverzeihlich. Ob sie ihn nun provoziert hatte oder nicht. Auf der anderen Seite hatte sie keine Ahnung, wie sie sich gegen ihn durchsetzen sollte, wenn sie ihm das nächste Mal begegnete … von ihrer Mutter ganz zu schweigen. Die würde die Schuld zu einhundert Prozent bei Zoey suchen.

Sie schrak auf, als die Tür des Waschraums sich erneut öffnete. Einen kurzen Moment lang hatte sie Angst, dass es John sein könnte und sie sich jetzt schon mit ihm auseinandersetzen müsste.

Ihr Blick fand Mats und sie bemerkte sofort, dass ihre Maske nicht an Ort und Stelle saß, als sein Blick fürsorglicher wurde.

"Hey … ich hab Dave dabei …", begann er, doch Zoey unterbrach ihn sofort.

"Die anderen …"

"Haben nichts mitbekommen. Keine Sorge." Das Lächeln, das er ihr schenkte, war so verständnisvoll und sanft, dass sie den Blick abwenden musste.

Es dauerte nur wenige Sekunden, dann hatte sie sich wieder im Griff. Sie lächelte Dave strahlend an.

"Hi, danke dir, aber ich glaube, es ist nicht so schlimm", grüßte sie ihn.

Er lächelte nachsichtig und antwortete zwinkernd: "Lass das mal den Onkel Doktor entscheiden."

Zoey lachte auf, schaltete das Wasser aus und trocknete ihren Fuß ab.

Als er ihren Fuß in der Hand hatte und untersuchte, war aller Schalk aus seinem Blick verschwunden.

Er begutachtete ihn und bewegte ihn dann in alle Richtungen.

"Tut das weh?"

Ja! Verdammt! "Nicht so schlimm."

"Und das?"

Verdammte Scheiße, ja! "Geht schon."

"Und so?"

Willst du mich quälen, du Arsch? "Lässt sich aushalten."

Mat knurrte.

Zoey traute sich nicht ihn anzusehen. Er konnte viel zu leicht in ihr lesen. Dabei wollte sie doch einfach nur in ihr Bett und allein sein.

"Wie ist es damit?"

Sie biss die Zähne zusammen, um nicht laut aufzuschreien. "Okay", presste sie hervor, doch selbst in ihren Ohren klang das unglaubwürdig.

"Das reicht!", schnauzte Mat. "Alle Richtungen haben ihr verdammt weh getan. Egal was sie sagt."

Zoey wich sowohl seinem als auch Daves Blick aus.

"Okay … ich denke, das Außenband ist ab. Für eine einhundertprozentige Diagnose machen wir eine MRT."

Mat nickte. "Kannst du für morgen einen Termin organisieren?"

"Ich versuche es. Ich rufe dich an, sobald ich etwas weiß. Währenddessen sollte der Fuß hochgelagert und gekühlt werden, damit er nicht noch mehr anschwillt."

"Danke, Dave. Ich kümmere mich darum."

Dave nickte und wandte sich dann an Zoey. "Brauchst du ein Schmerzmittel?"

Sie schüttelte sofort den Kopf. Schmerzmittel und ihr meist eher leerer Magen vertrugen sich nicht sonderlich gut.

"Nein danke. Kannst du mir meinen Schuh geben?"

Beide Männer sahen sie an, als wäre sie geisteskrank. "Ich muss mich noch bedanken und John Bescheid geben." Auch wenn allein der Gedanke, ihm jetzt unter die Augen zu treten, ihr den Magen umdrehte.

"Du darfst jetzt auf keinen Fall laufen und schon gar nicht in diesen Schuhen! Wenn das Band nur angerissen ist, könntest du es ganz abreißen und ich habe keine Schiene oder Stützverbände hier, um es zu stabilisieren", protestierte Dave sofort, während Mat sie nur wütend anstarrte.

"Ich kann nicht einfach so verschwinden und ich werde mich ganz bestimmt nicht durch diesen Festraum tragen lassen und die ganze Stimmung versauen!"

"Du *kannst* einfach so verschwinden. Ich sage allen Bescheid … auch John."

Den letzten Teil des Satzes fügte Dave sehr, sehr widerwillig hinzu. Also hatte er bereits von den Geschehnissen gehört.

Sie hoffte nur, dass es nicht die Runde gemacht hatte. Sie wollte den anderen die Party nicht verderben.

"Ich trage dich die Hintertreppe hoch, dann musst du nicht durch die Menge."

Dave reichte ihm ihren Schuh und Mat steckte sich ihren kostbaren Louboutin einfach in die Tasche seines Jacketts.

"Danke, Dave", sagte sie mit einem Lächeln und wollte von dem Waschtisch rutschen, doch Mat fing sie noch in der Luft auf und hob sie auf seine Arme.

"Kein Problem", gab Dave zurück und öffnete ihnen die Tür.

Sie schlang die Arme fest um Mats Hals.

Es fühlte sich verdammt gut an, so eng an ihn geschmiegt zu sein. Sein Körper war hart und heiß. Er duftete unbeschreiblich gut, herrlich maskulin herb und irgendwie kalt, nach Schnee.

Er stieg die Treppen bis in den ersten Stock, als würde sie nichts wiegen, und ging dann zum Aufzug.

"Du kannst mich auch absetzen. Ich renn schon nicht weg."

Er zog eine Augenbraue nach oben. "Warum bin ich mir bei dir da nicht so sicher?"

Er drücke die Taste für den fünften Stock.

"Das ist der falsche. Ich muss in den Dritten", sagte sie und versuchte, an den Knopf zu kommen.

Mat ging einen Schritt vom Schaltpult weg. "Du glaubst doch nicht im Ernst, dass ich dich zu diesem Verrückten aufs Zimmer lasse!"

Innerlich lächelte sie und freute sich über seine Fürsorge, äußerlich ließ sie sich nichts anmerken.

"Wir haben eine Juniorsuite. Ich kann auf dem Sofa übernachten." Auch wenn John das niemals zulassen würde, aber das musste Mat nicht wissen.

Er schnaubte. "Kommt nicht infrage. Du kannst mein Zimmer haben. Ich habe es nicht weit nach Hause."

Sie wollte sich ihre Erleichterung nicht anmerken lassen, konnte sich das "Danke" aber nicht verkneifen.

Sie hatte einfach nicht die Kraft, sich jetzt mit John zu befassen. Ihr Sprunggelenk tat ihr weh, ebenso wie der Nacken und ihr Hintern. Von dem Durcheinander in ihrem Herzen ganz zu schweigen.

Seine Arme spannten sich sofort fester um sie. Dass sie sich bei dem Mann, der sie so verabscheute, so geborgen und beschützt fühlte, verwirrte sie nur noch mehr.

Er trug sie aus dem Aufzug zu seinem Zimmer.

"In meiner Jackettasche ist die Schlüsselkarte, könntest du aufsperren?", bat er.

Auch wenn es sich komisch anfühlte, in seiner Tasche zu wühlen und dann das Zimmer für sie aufzusperren, als wären sie ein verliebtes Pärchen in der Hochzeitsnacht, tat sie es ohne Widerworte.

Er trug sie über die Schwelle und stieß die Tür mit dem Fuß zu. Dann ging er zum Bett und legte sie vorsichtig darauf ab. Aus seinem Koffer holte er ein großes, weißes Shirt und legte es neben ihr ab.

Dann ging er vor ihr auf die Knie und zog ihr den zweiten Schuh aus.

Sie legte ihm eine Hand auf die Schulter und er sah ihr direkt in die Augen.

"Ich danke dir … für alles", sagte sie leise und spürte sofort, wie ihr die Tränen in die Augen stiegen.

Er legte ihr eine Hand auf die Wange und streichelte zart mit dem Daumen unter ihrem Auge entlang.

"Honey … ich …"

Das Klingeln ihres Handys riss sie beide aus diesem Moment. Mat nahm seine Hand von ihrer Wange, als würde er sich erst jetzt daran erinnern, wer sie war, und schüttelte den Kopf.

Sie musste all ihre mögliche Selbstbeherrschung aufbringen, um über diese harte Zurückweisung nicht in Tränen auszubrechen.

Mit zitternden Händen griff sie nach ihrer Clutch und kramte ihr Handy hervor.

Wie benommen starrte sie auf das Display. John. Ein Mann mit vielen Fehlern, der aber auch all ihre Fehler kannte und sie dennoch wollte.

Es war das erste Mal, dass er ihr physisch weh getan hatte. Normalerweise erstreckten sich seine Attacken auf emotionaler Ebene.

Aber machte es das besser? Wollte sie sich für den Rest ihres Lebens behandeln lassen, als wäre sie nichts Besseres als der Dreck an seinen Schuhen?

Mat nahm ihr diese Entscheidung für den Moment ab. Er nahm ihr das Handy aus der Hand, drückte Johns Anruf weg und schaltete es aus.

"Ich muss …", begann sie, doch Mat unterbrach sie.

"Du musst jetzt gar nichts. Du bist ihm nichts schuldig. Nicht nach diesem Abend!"

Sie sah ihn lange an und wieder brannten ihre Augen. Diese emotionale Achterbahnfahrt machte sie fertig.

"Brauchst du Hilfe mit dem Kleid?", fragte er.

"Nein, danke. Der Reisverschluss ist an der Seite."

Mat nickte, dann stand er auf. "Dann lasse ich dich kurz allein, ich bin gleich zurück."

Auf ihr Nicken hin verschwand er im Badezimmer. Vorsichtig stand sie auf und wimmerte, als sie den falschen Fuß belastete.

Die Badezimmertür flog augenblicklich auf und Mat kam heraus. Seine Miene war wutverzerrt.

"Was machst du denn da? Dave hat dir gesagt, dass du nicht auftreten darfst!" In wenigen Schritten war er bei ihr und fasste sie um die Taille.

Sie schwieg, wie immer, wenn John wegen einem ihrer Fehler sauer war.

"Zoey?" Seine Stimme war weich und es dauerte einen Moment, bis sie sich daran erinnerte, dass es Mat war, nicht John, und sie ihm nicht gefallen musste. Er mochte sie sowieso nicht.

"Ich habe nicht nachgedacht", murmelte sie und versuchte, sich von ihm zu lösen.

"Lass das. Ich helfe dir", brummte er dicht an ihrem Ohr.

Sein Arm lag weiterhin stützend um ihre Taille, während seine zweite Hand den Reißverschluss ihres Kleides öffnete.

Es rutschte über ihre Brüste nach unten, dann änderte er rasch seinen Griff, bis es ganz zu Boden fiel.

Augenblicklich versteifte sie sich. Bei John konnte sie nie sagen, ob ihm gefiel, was er sah, wenn sie nur Unterwäsche trug.

Zoey liebte schöne Unterwäsche. Das schwarze Spitzen Ensemble von Victoria‘s Secret, das sie an diesem Abend trug, war eines ihrer liebsten.

Zusammen mit den halterlosen, schwarzen Strümpfen, die sie normalerweise dazu trug, fühlte sie sich die meiste Zeit über sehr sexy.

Zumindest so lange, bis sie Johns Blicken ausgesetzt war. Manchmal liebte John ihre Wäsche ebenso, manchmal bekam er diesen abschätzigen Blick, der ihr genau sagte, dass er sie für eine Schlampe hielt … wenn er es nicht sogar aussprach.

In den letzten Monaten war es immer letzteres, bis ihr Sexleben völlig eingefroren war.

Seitdem versuchte sie, es einfach zu vermeiden, dass er sie so sah. So konnte sie sich eine weitere Demütigung ersparen.

Mat räusperte sich. "Okay … ähm … wow …" Er setzte sie vorsichtig auf dem Bett ab. "Ich glaube, den Rest bekommst du im Sitzen hin."

Er ließ sie los und deute etwas unbeholfen hinter sich. "Ich warte dann nebenan."

Zoey nickte und Mat verschwand abermals im Bad.

Was zum Teufel sollte das? Mat brachte sie völlig durcheinander. Sie wusste nie, was er als nächstes tun würde.

Sie streifte sich den BH ab und legte ihn neben das Kingsize Bett. Dann zog sie sich sein Shirt über.

Es roch nach Mat … und doch anders. Es roch nach seinem Waschmittel, nach seinem Parfüm und doch nicht nach ihm selbst.

Dennoch liebte sie den Geruch schon jetzt und vergrub ihre Nase fest darin.

Dann legte sie sich ins Bett und deckte sich mit der dicken, warmen Decke zu.

Minuten später öffnete sich die Tür zum Badezimmer. "Bist du soweit?", fragte er.

"Ja."

Sie fühlte sich furchtbar einsam, verletzt und gebrochen. Dieser Abend, John und der widersprüchliche Mat hatten ihr alle Kraft ausgesaugt.

Er kam zu ihr und ging neben ihr in die Hocke. Das Mondlicht zauberte eine seltsame Kombination aus silbernem Licht und Schatten auf sein schönes Gesicht.

Wieder legte er seine warme Hand unglaublich zart auf ihre Wange. "Wenn es okay ist, bleibe ich noch, bis du eingeschlafen bist."

Erleichterung durchflutete sie und ihr Herz krampfte sich zusammen. Sie nickte.

Mats Daumen streichelte noch einmal über ihre Wange, dann stand er auf und holte sich einen Stuhl heran, mit dem er sich neben das Bett setzte.

Sie lauschte seinem ruhigen Atem, bis sie beinahe eingeschlafen war.

Kurz davor meinte sie ihn flüstern zu hören: "Schlaf gut … ich passe auf dich auf."

MATTHEW

Er wusste nicht, warum er das Bedürfnis hatte, hier zu bleiben und sie zu beschützen; und sei es nur vor ihr selbst. Er musste es einfach tun.

Mit vor der Brust verschränkten Armen saß er da und beobachtete den blonden Engel, der so verletzlich aussah im fahlen Mondlicht.

Mat wusste, dass er gehen sollte, dass er nicht länger bleiben sollte, jetzt wo sie eingeschlafen war. Und doch schaffte er es nicht aufzustehen, oder auch nur den Blick von ihr abzuwenden.

Das Handy in seiner Tasche vibrierte zum einhundertsten Mal. Er nahm es heraus und sah neben vielen verpassten Anrufen auch einige Nachrichten.

Dave: MRT morgen um 9AM
Taylor: John ist außer sich. Ist aber erstmal auf seinem Zimmer. Sandro passt auf, dass es so bleibt.
Alexa: Danke.
Jason: Brauchst du Hilfe?

Und zu guter Letzt dankte ihm leider auch Sky, was hieß, dass dieses Drama bis zu den Hochzeitspärchen durchgedrungen war.

Verdammt. Das war das letzte, was er gewollt hatte, und es war vor allem auch Zoeys größte Sorge. Er wollte nicht, dass sie sich deshalb Vorwürfe machen würde.

Wenn dann hatte John die Party gesprengt, nicht sie!

Sein Blick wanderte wieder zu Zoey und sein Entschluss stand fest. Er würde bleiben. Auf keinen Fall sollte sie sich allein mit John auseinandersetzen.

Jemand musste auf sie aufpassen, wenn sie anscheinend schon keinen Selbsterhaltungstrieb mehr hatte. Was zum Teufel war aus dem spitzzüngigen Weib geworden, das behauptet hatte, sein Schwanz könnte nicht mit Shanes mithalten?

Wo waren die funkelnden Augen und das ehrliche Lachen hin?

Er würde es herausfinden. Morgen.

4 NEUE WEGE

ZOEY

Nur langsam erwachte sie aus einem sehr tiefen Schlaf. Ihre Lider öffneten sich flatternd und ihr Blick fiel sofort auf Mat, der mit verschränkten Armen auf dem Stuhl neben ihrem Bett schlief.

Das Kinn war ihm auf die Brust gefallen, die Beine waren ausgestreckt und an den Knöcheln überkreuzt. Er war geblieben und hatte sich um sie gekümmert.

Ihr Magen kribbelte bei dem Gedanken, dass jemand sich um sie sorgte. Jemand wie Mat, groß und stark, bewiesenermaßen dazu in der Lage, sie zu beschützen.

Sie zog ihre Beine ein wenig an und spürte sofort den Schmerz in ihrem Knöchel. Das schwere Ausatmen konnte sie nicht unterdrücken.

Augenblicklich fuhr sein Kopf nach oben und sein Blick fand ihren. Einen Moment lang war er noch trüb, klärte sich aber beinahe sofort.

"Hey", sagte er rau.

Unwillkürlich musste sie lächeln. Auch Mat lächelte sofort.

"Guten Morgen."

Ehe er etwas erwidern konnte, klopfte es an der Tür. Mats Blick verfinsterte sich, dann stand er auf.

Er ging durchs Zimmer und öffnete mit angespannten Schultern.

Dave stand in der Tür. "Guten Morgen. Ich habe einen Stützverband mitgebracht, damit Zoey sicher zur MRT kommt."

"Danke, Mann. Komm rein."

Er wandte sich von der Tür ab und stoppte dann mitten in der Bewegung, als wäre ihm erst jetzt wieder eingefallen, dass Zoey noch in seinem Bett lag und nicht sonderlich viel anhatte.

Dave wiederum schien es nicht zu stören. Das Kleid und ihren BH, die vor dem Bett am Boden lagen, quittierte er lediglich mit einer hochgezogenen Augenbraue.

Zoey richtete sich auf und strich sich die Haare aus dem Gesicht. Sie musste grauenhaft aussehen.

"Guten Morgen. Vielen Dank, Dave. Auch für gestern", sagte sie ruhig.

Er lächelte und setzte sich neben ihre Beine auf die Bettkante. "Dr. Dave, stets zu Diensten", gab er zwinkernd zurück.

Sie zog die Decke beiseite und Daves Blick wurde finster.

"Das sieht nicht so gut aus. Habt ihr es nicht gekühlt?", fragte er.

Das hatte sie tatsächlich nicht getan. Es war einfach irgendwo in ihrem Gedankenstrudel untergegangen.

Mat fluchte leise, dann kam auch er näher und warf einen Blick auf das mittlerweile blaue Sprunggelenk.

Dave trug eine Salbe auf und wickelte dann eine feste Elastikbandage darum. "Das sollte gehen, bis du eine richtige Schiene hast."

In diesem Moment klopfte es erneut an der Tür.

"Zimmerservice", drang die Stimme eines Mannes zu ihnen und Mat ging hinüber, um sie stirnrunzelnd zu öffnen.

"Eine Lieferung für Miss Zoey von Richthofen."

Mat trat beiseite und ließ den Mann den kleinen Kleiderwagen einfahren.

Ohne eine Miene zu verziehen, wandte sich der Mann zu ihr.

"Mr. de Witt erwartet sie um neun zum Frühstück." Dann verließ er den Raum, ohne ein weiteres Wort an einen von ihnen.

Zoey dachte sich nichts dabei. Das war eben Johns Art. Er machte einen Termin mit ihr, um ihre Differenzen zu klären, und dachte dabei daran, dass sie etwas zum Anziehen und ihre Kosmetikartikel brauchte.

"Das ist verdammt nochmal nicht sein Ernst!", fluchte Mat. Wäre Zoey nicht so gut darin gewesen, ihre Emotionen zu verbergen, wäre sie unter seinem wütenden Ton zusammengezuckt.

Zoey schwang die Beine aus dem Bett und wollte aufstehen. Dave kam ihr sofort zur Hilfe.

Sie fühlte sich absolut unzulänglich gekleidet, auch ihr Gesicht und ihre Haare mussten furchtbar aussehen.

"Er möchte sich eben mit mir aussprechen und das ist seine Art, es zu zeigen …"

Mat, der gerade über den Wagen gebeugt dastand, tauchte mit einem ihrer Valentino Schuhe wieder auf.

Außer sich vor Wut fuchtelte er mit dem kostbaren Schuh vor ihrer Nase herum. "Mit acht Zentimeter Highheels für eine Frau, die sich das Außenband angerissen hat?", schrie er.

"Jetzt beruhige dich erstmal, Mat. Sie wird doch sowieso nicht hingehen können", kam Dave ihr zur Hilfe.

Er entspannte sich ein klein wenig. "Du hast recht. Wir haben um neun einen Termin beim MRT."

"Oh … dann sollte ich mich beeilen und John eine Nachricht zukommen lassen."

Zoey machte sich von Dave los, angelte sich den Kleidersack und ihren Kosmetikkoffer und humpelte Richtung Bad. Sie war noch nicht weit gekommen, da hatte

Mat sie bereits eingeholt und um die Taille gepackt, um sie zu stützen.

Stumm begleitete er sie ins Bad.

"Danke."

Aber er ließ sie nicht los. "Ich bräuchte einen Moment für mich, Mat."

Als er sie forschend ansah, lächelte sie, um ihn zu beruhigen.

Sofort griff er nach ihrem Kinn. "Lass das!"

"Was?"

"Dieses Fakelächeln. Lass es!"

Sie nickte unsicher. Der Gedanke, dass er so leicht in ihr lesen konnte, behagte ihr nicht.

Sein Daumen streichelte über ihr Kinn, dann ließ er sie vorsichtig los und verließ das Badezimmer.

MATTHEW

Dave war bereits gegangen, als er zurück ins Schlafzimmer kam.

Er rieb sich über das Gesicht. Diese ganze Geschichte ging ihm viel zu nahe. Zoey ging ihm viel zu nahe.

Natürlich tat sie genau das schon immer, aber nach dem gestrigen Abend war es noch viel schlimmer geworden.

Und wie zum Teufel konnte eine Frau direkt nach dem Aufwachen so hinreißend aussehen? Ihr Blick war so offen gewesen, dass es ihm vorgekommen war, als könnte er bis auf den Grund ihrer Seele blicken.

Diese wunderschönen, blauen Augen hatten eine Tiefe, die er niemals erwartet hätte.

Er durfte das nicht zulassen. Er hatte sowieso schon keine Zeit für eine Frau in seinem Leben. Erst recht keine wie sie, die endlos viel Zeit in Anspruch nehmen würde, damit sie nicht zum nächsten Mann weiterzog.

Ganz davon abgesehen, dass sie auf einem anderen Kontinent wohnte und ihr Beruf darin bestand, von Land zu Land zu reisen und sich auf den Laufstegen dieser Welt zu präsentieren.

Zoey war nichts für ihn.

Das hatte er gewusst, seit er sie zusammen mit Shane gesehen hatte. Er musste sich nur daran erinnern.

Er holte sich einen neuen Anzug aus dem Schrank und alles, was er für den Krankenhausbesuch sonst noch brauchte, dann klopfte er an die Badezimmertür.

"Bist du fertig?", fragte er. Natürlich waren es erst zwanzig Minuten, aber sie sollte sich schließlich nicht für ein Dinner schick machen.

"Komm rein", rief sie zurück.

Er drückte die Tür auf und erstarrte.

"Ich brauche noch zwei Minuten, aber du kannst ruhig schon anfangen."

Sie hatte zwei Haarklammern im Mund und steckte gerade die letzten Strähnen einer ziemlich aufwendig wirkenden Hochsteckfrisur zurecht.

Ihr Makeup war dezent, dennoch wirkte ihr Gesicht makellos, als wäre es von einem Profivisagisten bearbeitet worden.

Wie zum Teufel hatte sie das in dieser kurzen Zeit hinbekommen?

Und der Rest von ihr … nun ja, war ziemlich spärlich bekleidet.

Sie trug lediglich rote Spitzenunterwäsche. Der Tanga hatte einen breiten Bund, war aber tief geschnitten und lag deutlich unter ihren Hüftknochen.

Sie war zu dünn. Ganz eindeutig. Er würde ihr auf dem Weg etwas zu essen besorgen.

Als sie sich ihm zuwandte, zuckten ihre Augenbrauen für einen Moment besorgt zusammen, dann folgte das Fakelächeln.

Über was zum Teufel machte sie sich Sorgen?

"Ich bin fertig. Sorry. Ich vergesse immer, dass es nicht für jeden normal ist, sich mit dreißig oder mehr Leuten gleichzeitig anzuziehen. Modellbusiness eben!"

Er sah ihr wortlos dabei zu, wie sie einen schwarzen Bleistiftrock aus dem weißen Kleidersack nahm und ihn sich anzog.

"Warum ist ein Datum auf dem Kleidersack?"

Zoey lächelte ihn über die Schulter hinweg an, während sie sich eine schlichte schwarze Bluse überzog. Ihr Outfit stand im krassen Gegensatz zu der Unterwäsche, die sie darunter trug.

Oberflächlich formell und schick. Darunter höllisch sexy.

"Damit ich nur genau das einpacke, was ich wirklich brauchen werde. Fertige Outfits für jeden Tag. John hasst es, wenn ich mit zu viel Gepäck reise."

Gab es eigentlich irgendwas, das dieser Mann nicht hasste oder kontrollierte?

"Aha."

Mit zwei halterlosen Strümpfen in der Hand, humpelte sie an ihm vorbei.

Er sah ihr noch einen Moment nach, ehe er den Kopf schüttelte und ins Badezimmer schlüpfte.

Er wurde aus dieser Frau nicht schlau. Absolut nicht. Und dass sie ihn so vor ein Rätsel stellte, machte sie nur noch faszinierender.

Er hatte sich immer leicht getan, jeden zu durchschauen, aber bei ihr lief er regelmäßig gegen eine Wand. Es war, als könnte sie ihren Körper und ihre Seele komplett voneinander abspalten.

Sie hatte ihre Mimik und Gestik so perfekt unter Kontrolle, dass quasi nichts davon, was sich in ihr abspielte, nach außen drang.

Zoey lächelte ihm entgegen, als er zehn Minuten später aus dem Bad trat.

Er kämpfte noch mit seinen Manschettenknöpfen und seine Haare waren noch nass, aber sie waren bereits spät dran.

"Komm, ich mach sie dir zu."

Er ging zu ihr und hielt ihr den Arm entgegen. Als er den Blick senkte, um ihren zierlichen Fingern dabei zuzusehen, wie sie den Knopf schlossen, fiel sein Blick auf die Schuhe, die sie trug.

Er schloss die Augen und versuchte, die Fassung zu waren. "Das ist nicht dein Ernst, oder?", fragte er so ruhig wie möglich.

"Hm?"

"Du kannst nicht in Highheels gehen!", verdeutlichte er.

"Oh, ja, ich habe leider keine anderen Schuhe dabei."

Stimmt ja, Johns Packplan. "Dann besorgen wir dir welche von Cat."

"Das geht schon. Dave hat das wirklich klasse gemacht. Mit dem Verband könnte ich fast eine Modenschau laufen."

Das dunkle Grollen, das in ihm aufstieg, konnte er nur teilweise unterdrücken, während sie die zweite Manschette schloss.

"Du wirst keinen Schritt so gehen!" Ehe sie protestieren konnte, hob er sie auf seine Arme und ging, ihr überraschtes Keuchen ignorierend, zur Tür.

"Mat?"

"Keine Widerrede!", brummte er nur.

"Ich brauche meine Handtasche." Das Lächeln, das diesmal auf ihren Zügen lag, war echt. Ein Zoey-Lächeln, das ihn schon bei ihrer ersten Begegnung in Talin verzaubert hatte.

Automatisch erwiderte er es. "Klar." Er steuerte zu der roten Tasche vom Vorabend, aber Zoey deutete in die andere Richtung.

"Die schwarze für heute."

Natürlich. Als wäre irgendetwas an ihrem Outfit nicht komplett durchdacht.

"Die rote würde zur Unterwäsche passen", sprach er seinen Gedanken aus, ehe er seine Zunge unter Kontrolle bringen konnte.

Noch ein Zoey-Lächeln. Er wünschte sich, er würde nur noch diesen Gesichtsausdruck bei ihr sehen.

"Stimmt, aber das weiß ja keiner."

Nur sie und er. Diese Tatsache plus ihr verführerischer Körper in seinen Armen sorgten dafür, dass sein Schwanz sich zu regen begann.

"Okay … dann mal los", sagte er und trug sie aus dem Zimmer.

Er musste schleunigst auf andere Gedanken kommen, ehe er mit einer Beule in der Hose durch die Lobby gehen musste!

ZOEY

Vier Stunden später waren sie zurück im Hotel. Mat hatte darauf bestanden, ihr unterwegs noch Turnschuhe zu besorgen.

In ihren acht Zentimeter Highheels war sie fast genauso groß wie Mat, in den Turnschuhen kam sie sich neben ihm beinahe klein vor, was bei einer Frau ihrer Größe wirklich selten vorkam.

Er hielt ihr die Tür zum Hotel auf, damit sie auf Krücken und einem Bein hineinhumpeln konnte.

Er war zu nett zu ihr. Seine Hilfe, seine freundliche Art und vor allem seine ständigen Berührungen waren nicht gut für sie.

Sie hatte das Gefühl, sehenden Auges in eine Katastrophe epischen Ausmaßes zu laufen. Sie wusste, dass dieser Mann ihr viel zu nahe ging. Dass er ihr das Herz brechen könnte, wenn sie es zuließ.

In diesem Moment entdeckte sie John. Er stand von einem der Sofas in der Lobby auf und klemmte sich die gefaltete Zeitschrift unter den Oberarm.

Er kam zu ihr. Der braune, maßgeschneiderte Anzug saß perfekt wie immer.

Nur die leichte Schwellung an seiner Augenbraue passte nicht ins Bild.

"Mat." John nickte ihm zu, dann wandte er seinen Blick auf sie. "Zoey. Ich habe deine Absage erhalten und habe mich schon gewundert, wo du steckst."

Der Muskel an seinem Kiefer zuckte, als sein Blick auf ihre Füße fiel.

Früher hätte sie gedacht, dass er besorgt wäre oder etwas in der Art.

Heute wusste sie, dass er überlegte, wie er sie so mit auf eine dieser Dinnerpartys schleppen konnte.

"Ich habe uns einen Tisch reserviert. Wir müssen uns unterhalten."

Zoey nickte. Da war sie ganz seiner Meinung. Sie lächelte erst John, dann Mat an. "Danke für alles, Mat."

Sie bemerkte sofort, wie sich sein ganzer Körper anspannte.

"Geht nur vor. Ich muss auch etwas essen, werde aber erst nach Cat suchen. Vielleicht leistet sie mir Gesellschaft." Die Drohung in seinem Blick würde John nicht wahrnehmen. Dafür war er viel zu sehr mit sich selbst beschäftigt.

Wie sich herausstellte, hatte John bereits für sie bestellt. Wasser, für ihn ein Steak mit Gemüse und für sie Salat ohne Dressing.

Innerlich lächelte Zoey bei dem Gedanken an die Donuts, die Mat ihnen unterwegs besorgt hatte.

Sie waren köstlich. Es war Jahre her, dass sie sich so eine süße Leckerei genehmigt hatte.

"Du warst also beim Arzt?", begann John das Gespräch, als wäre der gestrige Abend gar nicht vorgefallen.

Sie war wütend. Stinksauer, wenn man es genau nahm. Zumindest eine Entschuldigung hätte sie von John schon erwartet.

In diesem Moment setzten sich Cat und Mat an den Tisch hinter John. Nahe genug, um ihrer Unterhaltung folgen zu können.

Es störte und freute sie zugleich. Sie wollte nicht, dass jemand mitbekam, wie John sein konnte. Andererseits fühlte sie sich besser … selbstsicherer, wenn Mat in der Nähe war.

Das war absurd, weil er von ihr eine noch schlechtere Meinung hatte als John, aber dennoch empfand sie so.

"Ja. Ich musste, weil ich mir wegen dir das Außenband angerissen habe."

Die spitze Bemerkung brachte ihr nur eine erhobene Augenbraue ein.

"Ein unglücklicher Unfall infolge meines Ausrutschers. Es tut mir leid, Zoey. Es versteht sich von selbst, dass das nicht mehr vorkommen wird."

Sie glaubte ihm seine Entschuldigung nicht und leider war sie sich ganz und gar nicht sicher, dass das nicht mehr vorkommen würde.

"Unser Flieger geht in knapp drei Stunden. Möchtest du dich noch ein wenig hinlegen?"

So schnell war das Thema für ihn vom Tisch. Zoey war froh, eine Ausrede zu haben, warum sie nicht mit ihm reisen konnte.

"Ich kann dich nicht begleiten, John."

Er starrte sie grimmig an. "Ich habe mich entschuldigt. Was denn noch, Zoey?"

"Ich darf die nächsten sechs Wochen wegen der erhöhten Thrombosegefahr keine Flüge nehmen, die weiter als 5000 Flugkilometer sind." Sie war froh darüber, das eigentliche Thema so noch eine Weile umgehen zu können.

"Wie soll das gehen? Du musst in drei Wochen zur Mailänder Fashion Week!"

Zoey verzog das Gesicht. "John, ich habe mir das Außenband angerissen. Ich werde unter keinen Umständen in drei Wochen eine Modenschau laufen können."

"Hast du deinen Agenten schon angerufen?"

Sie war froh, dass in diesem Moment ihr Essen kam,

sonst hätte sie ihm an die Gurgel springen müssen.

Die Unterbrechung gab ihr die Zeit, noch einmal tief durchzuatmen.

"Ich komme gerade erst aus dem Krankenhaus. Es wird das nächste sein, sobald wir hier fertig sind."

Sie aß ihren Salat ohne Dressing und hörte sich dabei Johns Ausführungen an, was ihm *ihr* Missgeschick jetzt alles für Probleme einbrachte.

Von Wort zu Wort wurde sie wütender. Mat ebenfalls, wenn sie seine zusammengebissenen Zähne über Johns Schulter hinweg richtig deutete.

"Bis zu dem Investorentreffen in Dubai bist du aber wieder fit, oder? Da kann ich nun wirklich nicht ohne dich hinfahren."

Sie legte ihre Gabel beiseite und richtete sich auf. "Nein, John. Ich werde dich nicht nach Dubai begleiten."

"So lange kann das doch nicht dauern und …"

"Genau genommen werde ich dich überhaupt nirgendwohin mehr begleiten", unterbrach sie ihn.

"Zoey!", mahnte er mit dieser leisen, unterdrückten Wut in der Stimme.

"Ich *kann* und *will* nicht mehr. Es funktioniert einfach nicht, John."

"Na gut." Er faltete seine Serviette zusammen und legte sie neben seinen Teller. "Du bist verwirrt, ich verstehe das. Die Schmerzen setzen dir bestimmt zu. Wir werden einfach in zwei oder drei Wochen nochmal in Ruhe darüber sprechen."

Sie spürte, wie ihre Schultern sich ganz automatisch verkrampften. "Es gibt nichts weiter zu besprechen, John."

Er nickte, als würde er ihr zustimmen, aber sie sah die Ignoranz in seinem Blick.

"Bis dahin hattest du Gelegenheit zur Ruhe zu kommen. Vielleicht rufst du deine Mutter an, sie wird dir helfen, deine Gedanken zu sortieren."

Zoey biss bei dieser unterschwelligen Drohung die Zähne zusammen.

John stand auf, kam zu ihr herüber und küsste sie auf die Wange, als hätte sie sich nicht eben von ihm getrennt. Ihr war übel. Dieses Gespräch hatte ihr alles abverlangt.

Als sie aufsah, begegnete sie Mats Blick und lächelte ihn so gut es ging an.

"Lass das!", rief er ihr über Cats Schulter hinweg zu.

Sie verdrehte die Augen.

Wie konnte sich ein Mensch nur so sehr über ein gut gemeintes Lächeln ärgern?

Mat lachte, stand auf und kam zu ihr. Cat folgte ihm und legte ihm eine Hand auf die Schulter, als er sich auf Johns Platz setzte.

"Ich hoffe, du magst Kalb in Weißweinsoße", sagte Cat und zwinkerte ihr zu.

Dann kam ein Kellner, räumte den Salat und Johns Teller ab und brachte ihr und Mat neue Gerichte.

"Viel Spaß ihr zwei", dann verschwand Cat auch schon.

"Ich wollte euch nicht unterbrechen", sagte Zoey und sah Cat hinterher.

Mat zuckte mit den Schultern. "Sie war sauer, weil ich sie hierher geschleppt habe, obwohl sie keine Zeit und keinen Hunger hat."

Zoey hatte auch keinen Hunger. Hatte sie eigentlich nie. Aber dieses Gericht duftete himmlisch. Es passte absolut nicht in ihren Ernährungsplan, genauso wie die Donuts heute früh … aber es duftete himmlisch …

"Jetzt iss schon. Du siehst aus, als hättest du seit Monaten nichts mehr gegessen."

Der Schlag saß, aber sie versuchte, sich nichts anmerken zu lassen, und lächelte.

Mat seufzte. "Was?"

"Was was?", fragte sie verwirrt zurück.

"Was ich falsches gesagt habe."

Sie verzog das Gesicht. Etwas, das sie in Johns Gegenwart niemals gemacht hätte. "Kannst du bitte damit aufhören, das ist gruselig." Sie nahm ihr Wasserglas, um einen Schluck zu trinken.

"Was?"

Jetzt musste sie wirklich lächeln. "Dieses Gedankenleser-Ding." Sie deutete mit dem Glas auf ihn. "Man fühlt sich, als hätte man keine Privatsphäre mehr", sagte sie und nahm noch einen Schluck.

"Würdest du nicht immer diese Maske aufsetzen, müsste ich das nicht machen."

"Falsch. Dann würde es mir vielleicht nicht so sehr auffallen, weil du nicht verbal nachfragen müsstest, was nicht stimmt."

Mat kniff die Augen zusammen. "Kannst du nicht einfach meine Frage beantworten, anstatt zu versuchen, mich abzulenken?"

"Du tust es schon wieder."

Um ihn nicht weiter ansehen zu müssen, nahm sie das Besteck und aß einen Bissen von dem Kalb. Es roch nicht nur himmlisch, es schmeckte auch so.

Sie konnte sich ein genießerisches Aufstöhnen gerade noch verkneifen.

Er griff über den Tisch hinweg und nahm ihre Hand in seine. "Ich wollte dich nicht kränken oder kritisieren. Ich wollte nur, dass du etwas isst. Das Leben soll schön sein, Zoey. Mach es dir nicht kaputt, indem du dir selbst alles verbietest."

Sie nickte, ohne ihn anzusehen. Sie war sich sicher, dass ihre Maske in diesem Moment absolut nicht saß.

Dann aßen sie beide eine Weile stumm.

"Was willst du tun, solange du hier bist?", fragte er dann.

"Ich weiß nicht. Die Füße hochlegen wahrscheinlich", sagte sie leichthin.

"Sechs Wochen lang? Dir wird langweilig werden." Er verzog zweifelnd das Gesicht.

"Fast alle meine Freunde sind hier, Mat. Wie sollte mir da langweilig werden?"

Langsam nickte er. "Ja, du hast recht. Wo willst du in der Zeit wohnen?"

"Ich rede mal mit Cat. Vielleicht kann ich hier im Hotel bleiben." Es wäre die einfachste Lösung und sie würde niemandem zur Last fallen.

MATTHEW

"Nächste Woche ist die GIAN-Messe. Da werden alle Zimmer ausgebucht sein."

Zoey sah einen Augenblick lang wirklich überrumpelt aus, und aus irgendeinem Grund verließen die nächsten Worte seinen Mund, ohne dass er sie aufhalten konnte. "Ich habe noch ein Zimmer frei. Es steht leer, seit Julien ausgezogen ist."

Er hatte absolut keine Ahnung, woher diese Worte kamen oder warum sich der Gedanke, sie in seinem Haus zu haben, so verdammt gut anfühlte, aber es war so.

"Ich … ähm … danke?"

Zoey schien nicht weniger überrascht über diese Einladung zu sein wie er. Doch bevor er in ihren Augen lesen konnte, was wirklich vor sich ging, verschlossen sie sich vor ihm.

"Klar. Ich bin untertags wenig zuhause, lange Arbeitstage. Aber von mir aus ist es nicht weit zu Taylor und Luces Werkstatt, falls es dir langweilig werden sollte."

Ihr Lächeln war zaghaft und vorsichtig, aber echt. Er liebte es.

"Ich weiß es wirklich zu schätzen, was du für mich tust, Mat", sagte sie und er fühlte sich verdammt gut.

"Gut, lass uns noch ein wenig Zeit schinden, bis John abgereist ist, dann können wir packen."

Sie nickte und sie wandten sich wieder dem Essen zu, während sie sich angeregt unterhielten.

Es war leicht, mit ihr die Zeit zu vergessen. Es entstand nie dieses unangenehme Schweigen. Sobald eine Unterhaltung ins Stocken geriet, stellte sie geschickt eine neue Frage, die ein anderes Thema anschlug.

Sie wäre die perfekte Politikerin oder die perfekte Frau an der Seite eines sehr einflussreichen Mannes. Auch wenn ihm diese Vorstellung nicht gefiel.

Sie könnte es definitiv. Sie hatte perfekte Manieren, konnte in jeder Situation lächeln und konnte eine Unterhaltung perfekt lenken.

Er hasste es. Er wusste, dass das nicht *sie* war. So war die echte Zoey nicht. In anderen Situationen hatte er einen Blick auf die echte Zoey erhaschen können.

Sie hatte Biss, Stil, Sexappeal, Humor und Schlagfertigkeit. Was sie ihm jetzt zeigte, war die glattgebügelte Version ihrer selbst.

Eine Version, die John aus ihr gemacht hatte. Er verstand nicht, warum sie das zuließ, und er verstand nicht, warum sonst niemand etwas dagegen unternahm.

Aber so lange sie bei ihm war, würde er das nicht tolerieren. Er würde alles daran setzen, die echte Zoey hervorzulocken.

5 SEIN LEBEN

<u>ZOEY</u>

Sie war mehr als nur gespannt auf Mats Zuhause. Nachdem er alle ihre Sachen im Kofferraum verstaut hatte, waren sie in den Süden Bostons gefahren.

Dort parkte er den silbernen Bentley vor einem großen weißen Reihenhaus.

Mat ging um den Wagen herum und half ihr beim Aussteigen, ehe er zum Kofferraum ging und ihr Gepäck holte.

Sie würde morgen shoppen gehen müssen, weil John ihre Kleidung ja stets nur abgezählt duldete und die meisten ihrer Kleidungsstücke in die Reinigung mussten.

Auf dem Weg zum Haus fragte sie: "Warum hast du ein ganzes Haus, wenn du alleine lebst?"

Mat sperrte die Tür auf und sagte: "Ich habe mit meinen Geschwistern hier gewohnt. Chloe lebt offiziell noch hier, auch wenn sie mehr oder weniger bei ihrem Freund eingezogen ist. Julien wollte schon vor Jahren lieber in einer WG leben, als sich hier den ganzen Tag um seine kleine Schwester zu kümmern."

Er hielt ihr die Tür auf.

Der Flur war eng und nicht sehr hell. Es gab eine kleine Garderobe, eine Sitzbank und ein Sideboard.

"Setz dich, dann helfe ich dir mit den Schuhen."

Sie fühlte sich ein wenig wie Aschenputtel, als er sich mit seinem teuren, maßgeschneiderten Anzug vor sie kniete und ihr die Schuhe auszog.

Sie fragte nach seinen Geschwistern, dann nach seinen Eltern. Seine Antwort war nur: "Mum ist tot und Dad im Gefängnis." Daher lenkte sie das Gespräch schnell auf ein anderes Thema.

Die meisten Männer liebten es, über ihren beruflichen Erfolg zu reden, also fragte sie ihn danach.

Und ja, er erzählte deutlich mehr als bei allen anderen Themen. Von seinem Studium, das er mit Auszeichnung und mit Hilfe eines Stipendiums geschafft hatte, von seinen ersten Jahren in einer Kanzlei und ein klein wenig von dem Aufbau seiner eigenen Kanzlei.

"Damals hätte ich nicht gedacht, dass es so anstrengend sein könnte. Das Schlimmste ist, eine vernünftige Assistentin zu finden, die nicht nach wenigen Wochen wieder verschwindet."

Sie unterließ es, ihn darauf hinzuweisen, dass Mitarbeiter nur verschwanden, wenn sie zu schlecht bezahlt wurden, die Arbeitsbedingungen nicht tragbar waren oder die Arbeit selbst furchtbar war.

Mat sah nicht so aus, als könnte er mit dieser Art von Kritik umgehen.

Mittlerweile saßen sie in einer großen, typisch amerikanischen Küche, mit integriertem Essbereich. Dieser Raum war lichtdurchflutet und Zoey konnte sich darin die perfekte Hausfrau und Mutter mit Schürze bewaffnet und Cookies backend vorstellen.

"Warum bist du nicht verheiratet?", platzte es aus ihr heraus und sie wollte sich selbst dafür ohrfeigen. So wenig Feingefühl war eigentlich nicht ihre Art.

Er versteifte sich ein wenig, während er den zweiten Kaffee eingoss.

"Ich arbeite viel. Ich habe keine Zeit für eine feste Beziehung."

Zoey nickte, auch wenn sie nicht seiner Meinung war. Wo ein Wille, da war auch ein Weg.

Immerhin hatten sogar John und sie es hinbekommen und viel mehr Arbeit konnte es in zwei Leben gar nicht geben.

Wobei *hinbekommen* nicht gerade das richtige Wort war. Zoey hatte sich ihm angepasst, so wie ihre Mutter es von ihr erwartet hatte.

Sie hatte Alexa immer darum beneidet, dass sie sich so klar von ihren Eltern und deren Wertesystem hatte abkapseln können. Ihr selbst war das nie gelungen. Dafür hatte sie einfach zu sehr das Bedürfnis gehabt, es jedem recht zu machen.

Das war bei ihren Eltern alles andere als leicht!

"Ich muss ein paar Telefonate führen. Ist das okay für dich?", fragte sie.

"Klar, soll ich …" Er deutete auf die Tür.

"Nein, nein. Bleib sitzen."

MATTHEW

Sowohl das Gespräch mit ihrem Agenten als auch das mit ihren Eltern schien mehr als anstrengend zu sein.

Er verstand nicht, was sie sagte, weil sie deutsch sprach, aber der Ton machte deutlich, dass sie in Schwierigkeiten steckte, obwohl es absolut nicht ihre Schuld war.

Die Wut, die ihn darüber überkam, war völlig absurd, und doch war sie da. Er hatte das Bedürfnis, ihr das Telefon aus der Hand zu reißen und diese Idioten am anderen Ende der Leitung zur Schnecke zu machen.

Als sie schließlich auflegte, wirkte sie erschöpft, aber sie lächelte dieses Lächeln, für das er sie am liebsten schütteln würde.

"Möchtest du dich hinlegen?", fragte er stattdessen.

"Es ist noch früh am Abend."

Sie wollte sich hinlegen, dachte aber anscheinend, dass es sich nicht schickte. Diesen Zahn würde er ihr auf der Stelle ziehen.

"Du siehst erschöpft aus, ich zeige dir dein Zimmer, dann kannst du dich ausruhen."

Sie lächelte ein echtes Lächeln und sagte: "Weißt du, es ist ziemlich unhöflich, wenn du mir dauernd sagst, dass ich schlecht aussehe."

Dann erhob sie sich und ging mit den Krücken zur Treppe.

Bevor sie den Aufstieg beginnen konnte, hob er sie hoch und trug sie mit Leichtigkeit die Stufen hinauf.

"Würdest du aufhören, mir etwas vorzumachen, müsste ich dich nicht ständig darauf hinweisen, dass du lügst", sagte er leichthin.

Sie schwieg, was er als Sieg wertete, auch wenn er den Krieg noch lange nicht als gewonnen ansah.

Er setzte sie auf Juliens Doppelbett ab und deutete auf die Tür, die rechts von dem rechteckigen Raum abging. "Da ist das Bad, deine Koffer stehen hier." Er zeigte auf die zweite Tür, die in den kleinen begehbaren Kleiderschrank führte.

"Ich danke dir."

Er konnte sich nicht zurückhalten und streichelte sanft über ihre Wange. "Schlaf gut, Princess."

Das echte Zoey-Lächeln war mehr als Dank genug.

ZOEY

MONTAG

Mat verließ das Haus am nächsten Morgen, bevor sie wach wurde. Da sie keine Ahnung hatte, wo sie war, und sie, wenn sie ehrlich zu sich selbst war, auch ziemlich erschöpft war, verbrachte sie den Tag mit ihrem eReader auf dem Sofa.

Er kam früher zurück, als sie erwartet hätte. Bereits um sieben Uhr hörte sie den Schlüssel im Schloss.

Schnell richtete sie sich auf und kontrollierte den Sitz ihres Pferdeschwanzes.

"Hey", sagte sie lächelnd, als er ins Wohnzimmer kam.

"Hey Princess, wie war dein Tag?"

Sie lächelte, weil ihr der Name gefiel. So wie er sie behandelte, fühlte sie sich wirklich wie eine Prinzessin.

"Sehr entspannt und deiner?"

"Alles andere als das. Meine neue Sekretärin scheint aus Zucker zu sein." Sie wunderte sich, dass er Menschen auf der einen Seite so gut deuten konnte, auf der anderen mit seinen Angestellten nicht zurechtkam. Vielleicht lag es an seinem Stresspegel beim Arbeiten?

Aus einer Tüte holte er Schachteln vom Chinesen und stellte sie auf den Tisch, ehe er Teller bereitstellte.

Sie hatte wirklich Hunger, hatte aber im Kühlschrank nichts gefunden, das in ihren Ernährungsplan passte. Das chinesische Essen passte zwar auch bei weitem nicht, aber irgendwas musste sie schließlich essen.

Daher stand für sie an erster Stelle des Gesprächs die Frage, wo genau sie hier war, damit sie zum Einkaufen gehen konnte.

"Mat, wie heißt diese Anschrift hier?"

Er sah sie verwundert an. "Columbus Ave 5557, warum?"

"Damit ich mir ein Taxi bestellen kann. Ich habe keine Ahnung, wo wir hier sind."

"Sorry, daran hätte ich denken sollen."

"Macht nichts, ich habe den Tag ganz hervorragend auf dem Sofa verbracht."

Sie setzte sich zu ihm an den Tisch.

"Wohin wolltest du?", fragte er, während er ihr Wasser eingoss.

"Etwas zu Essen besorgen", gab sie zu und ihr Magen knurrte bestätigend.

Er sah sie finster an. "Der Kühlschrank ist voll."

Fieberhaft suchte sie nach einer diplomatischen Antwort … fand aber keine.

"Sag es einfach!", forderte er und setzte sich ihr gegenüber an den Tisch.

"Er ist voll … mit Fastfood."

Mat zuckte die Achseln. "Alles, was mir schmeckt. Meine Haushälterin bringt einmal die Woche die Einkäufe. Probiere es einfach."

Zoey musste sich beherrschen, nicht nervös auf ihrer Unterlippe zu kauen. "Es passt leider nicht in meinen Ernährungsplan."

Seinen Blick als stinksauer zu bezeichnen, wäre eindeutig untertrieben gewesen.

Aber er sagte nur: "Und was hast du dann gegessen?"

Als sie nicht antwortete, brummte er etwas Unverständliches und schüttete die gesamten Shrimps-Bratnudeln auf ihren Teller.

Sie sah ihn mit offenem Mund an, woraufhin er nur mit der Gabel auf sie deutete und befahl: "Iss!"

DIENSTAG

Mat hatte das Haus bereits wieder verlassen, als sie aufstand. Sie duschte, zog sich an und ließ sich einen Kaffee aus dem Vollautomaten in der Küche.

Danach war sie beim Einkaufen und bei der Reinigung gewesen. Anschließend hatte sie alle Fitnessübungen absolviert, die ihr Fuß zuließ, und hatte es sich dann erneut auf dem Sofa bequem gemacht.

"Hey Princess", sagte Mat, als er gegen halb acht das Haus betrat.

"Hey, wie war dein Tag?"

"Anstrengende Verhandlungen, aber okay. Komm, ich habe Pizza mitgebracht."

Sie verzog das Gesicht. "Wenn du Philippe jemals in die Finger kommst, wird er dich umbringen!"

"Wer ist Philippe?", fragte er und sah irgendwie verärgert aus.

Sicherheitshalber lächelte sie ihn beruhigend an. "Mein Coach."

"Dem würde ich was erzählen", brummte er und schob ihr die halbe Pizza zu.

Als würde sie das jemals runterbekommen!

Sie unterhielten sich über Boston, Fire&Ice und wie sich ihre Freunde hier integriert hatten. Mat erzählte von ihren Fire&Ice Monatstreffen und was bei den einzelnen Paaren so passierte.

Man merkte ihm an, wie sehr sie ihm alle ans Herz gewachsen waren und dass er für jeden einzelnen sein letztes Hemd geben würde.

Zoey freute sich für ihre Freunde, dass sie hier so einen tollen Menschen kennenlernen durften.

MITTWOCH

Auch an diesem Tag war Mat bereits weg, als sie nach unten kam, um einen Kaffee zu trinken.

Zoey bestellte sich bereits sehr früh erneut ein Taxi und fuhr erst zum Frisör, wie sie es jede zweite Woche tat, und anschließend zu dem Termin beim Ganzkörperwaxing, den sie am Tag zuvor ausgemacht hatte.

Dann besichtigte sie drei Fitnessstudios, die ihr zugesagt hatten, dass es möglich wäre, auch nur für sechs Wochen bei ihnen zu trainieren. Sie war sich aber noch nicht schlüssig, ob es das Richtige für sie war.

Sie reduzierte ihre Kalorienzufuhr den Tag über so, dass sie Mats Mastorgien am Abend einigermaßen unbeschadet überstehen konnte und intensivierte dafür ihr Training, das ihr trotz Bänderriss möglich war.

"Hey Princess", begrüßte er sie abermals und Zoey konnte nicht anders, als ihn anzulächeln.

Ihr abendliches Ritual gefiel ihr zunehmend mehr.

Sie liebte es, mit ihm zusammen zu essen und seinen Worten zu lauschen. Er war so anders, als sie es jemals von ihm erwartet hatte, seit sie ihn damals in Talin kennengelernt hatte.

Mat war großzügig, offenherzig, loyal und fleißig. Er sprach immer nur gut über seine Freunde und liebte seine Familie von ganzem Herzen.

"Sind deine Haare anders?", fragte er nach einiger Zeit.

"Ähm … nein?" Sie hatte sich nur die Spitzen schneiden lassen, wie jede zweite Woche.

"Doch, sie sehen anders aus." Er musterte sie forschend, als hätte er ein schweres Rätsel zu lösen.

"Ich war beim Frisör, aber es ist ja noch nicht mal ein Zentimeter weniger."

Er nickte zufrieden. "Sieht gut aus."

Dieses simple Kompliment berührte sie tief in ihrem Herzen. Niemand sonst machte ihr jemals Komplimente, zumindest niemand, dem sie nahe stand.

Fremde Menschen ja. Aber Menschen, die Teil ihres Lebens waren, kritisierten sie für gewöhnlich nur.

Ihre Augen brannten bei dieser Erkenntnis. Ihr Leben hörte sich sogar in ihren eigenen Gedanken armselig an. Also senkte sie schnell den Blick auf ihre Pizza.

"Zoey?", fragte er besorgt.

Sie riss sich zusammen und lächelte ihn an.

"Lass das!", knurrte er augenblicklich. Sie wusste, dass er dieses Fakelächeln erkannte und hasste, aber sie wusste sich nicht anders zu helfen.

"Entschuldige."

"Was soll das? Warum entschuldigst du dich?" Er sah ernsthaft verwirrt aus, aber ihr fehlten die Worte, um sich ihm zu erklären. Erst als er mit dem Daumen eine Träne von ihrer Wange wischte, wachte sie aus ihrer Trance auf.

"Es tut mir leid … manchmal bin ich ein wenig emotional."

Er zog die Brauen zusammen, beließ es aber dabei.

Als er sie an diesem Abend ins Bett trug, küsste er sie auf die Wange, ehe er sein mittlerweile gewohntes "Schlaf gut, Princess." sagte und ihr Zimmer verließ.

DONNERSTAG

Als sie sich fertig angezogen und geschminkt wie jeden Tag ihren Kaffee holte, war kein Mat weit und breit zu sehen.

Dafür klingelte wenige Minuten später das Telefon. Sie überlegte einen Moment lang, ob sie wohl wirklich rangehen sollte, entschied aber dann, dass es auch etwas Wichtiges sein konnte.

"Bei Fox?", nahm sie das Gespräch vorsichtig an.

"Hallo? Ich bin Carolin, Mr. Fox' Assistentin." Mat hatte ihr gesagt, dass seine Assistentin Cathrin hieß, aber vielleicht war es ja wieder eine neue?

"Hallo, ich bin Zoey. Kann ich Ihnen helfen?"

"Ich erreiche Mr. Fox auf dem Handy nicht." Sie weinte beinahe. Zoey war sich sicher, so zittrig wie ihre Stimme war.

"Ist alles in Ordnung bei Ihnen, Carolin?"

"Ich kann heute leider nicht zur Arbeit kommen", schluchzte sie. Sie klang furchtbar. Völlig außer sich.

"Okay. Ich richte es ihm aus … aber er möchte bestimmt wissen, warum Sie nicht kommen können."

Wieder schluchzte sie auf. "Pete ist gestorben", weinte sie. "Ich muss seine Beerdigung organisieren."

"Oje … das tut mir furchtbar leid für Sie … standen Sie sich nahe?", fragte Zoey unbeholfen. Sie hatte keine Ahnung, wie man in so einer Situation reagieren sollte.

"Sieben Jahre lang war er der beste Wellensittich, den ich je hatte", heulte Carolin weiter.

Zoey hielt das Telefon ein Stück von ihrem Ohr weg und starrte es an, als könne es ihr verraten, ob das ein schlechter Scherz sei.

Sie räusperte sich. "Ihr… Vogel?"

"Ja! Es ist furchtbar!"

Sie weinte eine Weile, während Zoey versuchte, ihre Fassung zurückzuerlangen.

"Okay … ähm … ich werde es Mr. Fox ausrichten. Kann er Sie erreichen?"

"Vielen Dank. Ja, ich bin auf dem Handy erreichbar."

Zoey sprach ihr Beileid aus, weil sie nicht wusste, wie sie sonst reagieren sollte, dann legte sie auf.

Einen Moment lang saß sie schweigend da und überlegte, ob das gerade tatsächlich passiert war.

Ja, war es. Und sie konnte es nicht fassen.

Sie selbst war zwei Stunden nach der Beerdigung ihres heiß geliebten Großvaters in einen Flieger gestiegen, um dann lächelnd über die Pariser Laufstege zu gehen.

Sie hatte sich mit einer gebrochenen Rippe in ein Korsett schnüren lassen, um die Modenschau für Lagerfeld zu laufen.

Entweder machte sie selbst etwas falsch oder Carolin. Sie konnte sich nicht entscheiden, ob sie dumm war oder Carolin überempfindlich.

Nach kurzem Überlegen musste sie feststellen, dass sie Mats Nummer nicht hatte. Aber sie kannte seit ihrem Gespräch über die Kanzlei die Adresse seines Büros, also rief sie sich ein Taxi und fuhr zu ihm.

Sie klingelte und ein äußerst gestresst wirkender Mat öffnete ihr die Tür.

"Princess … was machst du hier?"

Der Name entlockte ihr wie immer ein echtes Lächeln. "Ich habe deine Nummer nicht, also dachte ich, ich komme einfach vorbei."

Er runzelte die Stirn und bedeutete ihr einzutreten. "Hier, setz dich!", sagte er und deutete auf ein schwarzes Ledersofa, das für Besucher bereitstand.

Sie wollte ihm gerade erzählen, warum sie hier war, als er ihr auffordernd die Hand entgegenstreckte und forderte:

"Gib mir dein Handy!"

Fast schon automatisch kam sie dem Befehl nach. Er nahm es entgegen und tippte darauf herum.

"So, jetzt hast du sie. Was brauchst du?"

Auch wenn es bestimmt nicht so gemeint war, fühlte sie sich von der Aussage in die Defensive gedrängt. Sie wollte ihm nicht lästig sein. Sie war ihm dankbar für alles, was er für sie tat und …

Seufzend ließ er sich neben sie fallen und strich sich durchs Haar. "Was auch immer in diesem hübschen Köpfchen gerade vor sich geht, es stimmt nicht. Ich möchte lediglich wissen, warum du hier bist."

Fühlte er sich von ihr unter Druck gesetzt? Oder gar belästigt? Sie wollte ihm nicht zusätzlich zur Last fallen oder ihm auf die Nerven gehen.

Er griff nach ihrem Kinn und zwang sie, ihn anzusehen. "Zoey! Hör auf damit! Ich will nur wissen, was dich zu mir führt!"

Sie setzte zu einem Lächeln an, brach aber ab, als sein Griff fester wurde.

"Carolin hat angerufen … sie kann nicht kommen."

"Wer ist Carolin?"

Zoey war verwirrt. "Deine Assistentin."

"Ach Cathrin!"

Sie war sich ziemlich sicher, dass sie Carolin am Telefon gesagt hatte, widersprach ihm aber lieber nicht. Es tat nichts zur Sache.

"Kann sein. Auf jeden Fall kann sie leider nicht kommen …" Bei ihren nächsten Worten kam sie sich wirklich dumm vor. "… weil ihr Wellensittich gestorben ist."

Mat sah sie fassungslos an. "Das ist ein Scherz, oder?"

"Ich befürchte, nein."

Fluchend erhob er sich und holte sein Handy aus seiner Hosentasche.

So wütend, wie er aussah, würde Carolin, oder Cathrin, gleich ihr blaues Wunder erleben!

"Cathrin!", bellte er. "Seit wann heißen sie Carolin? … Egal … Sie können heute nicht Zuhause bleiben … Cathrin … schon gut …"

Sein Ton wurde von Wort zu Wort sanfter. "Ja … ich verstehe … nein … okay … ja, bis morgen." Dann legte er auf.

Zoey sah ihn mit großen Augen an.

Sie hatte fest damit gerechnet, dass er sie zwingen würde, zur Arbeit zu kommen.

"Was?"

"Das ist okay? Ich meine, sie kommt nicht zur Arbeit, weil ihr Wellensittich gestorben ist, und es ist okay?"

"Was hätte ich denn tun sollen! Sie hat geweint!", sagte er beinahe anklagend.

Niemals hätte sie gedacht, dass unter all dieser Strenge so ein extrem weicher Kern steckte.

Zoey lächelte ihn an. "Das war echt süß von dir."

Widerwillig verzog er das Gesicht. "Ich bin nicht süß und ich habe jetzt ein verdammt großes Problem!"

"Warum?"

"Weil ich niemanden habe, der das Telefon übernimmt und die Tür und die Emails und … na was meine Assistentinnen eben so tun! Und dabei habe ich gleich eine Mammut Vertragsverhandlung mit Ryan und einem seiner Bauherren!"

Zoey dachte einen Moment nach.

"Ich kann dir helfen."

Er sah sie forschend an. "Du kannst uns mit deinen Krücken keinen Kaffee bringen."

Sie verdrehte die Augen. "Dann hol dir den Kaffee selbst. Ich kann alles andere übernehmen. Dann hast du zumindest das von der Backe!"

Er lächelte. "Du hast recht. Ich wäre dir verdammt dankbar, wenn du das machen würdest, Princess."

"Stets zu Diensten", gab sie zwinkernd zurück. Dann zeigte er ihr alles, was sie für die nächsten Stunden wissen musste.

FREITAG

Langsam gingen ihr wirklich die Kleidungsstücke aus. Sie hatte alles Waschbare in Mats Waschmaschine gewaschen und ein zweites Mal getragen.

Sie fühlte sich furchtbar.

Immerhin konnte sie heute ihre Kleider aus der Reinigung holen.

Fertig hergerichtet ging sie nach unten und erschrak halb zu Tode, als sie eine Frau in der Küche sah.

Sie kreischte erschrocken auf und die Frau tat es ihr gleich.

Eine Hand auf die Brust gepresst wich Zoey zurück. "Wer sind Sie?"

"Das müsste ich wohl fragen!", sagte die Frau anklagend und mit deutlich lateinamerikanischem Akzent.

"Ich bin Zoey und einige Wochen hier zu Besuch."

"Wochen?", fragte die Frau mit hochgezogener Augenbraue.

Sie war ungefähr Mitte dreißig, etwas füllig und sah aus, als hätte sie spanische Wurzeln. Sehr wütende spanische Wurzeln.

"Ja, ich bin eine Freundin aus Deutschland und zu Besuch hier", versuchte sie die Frau zu beruhigen.

Diese sah immer noch kritisch aus, aber nicht mehr ganz so aufgebracht.

Dann warf sie einen Blick auf Zoeys Krücken und runzelte die Stirn. "Und ich dachte schon, Sie seien eines der Flittchen, die sich hier einquartieren wollen. Ich bin Esperanza, die Haushälterin."

Zoey konnte sich nicht vorstellen, dass Mat es seiner Haushälterin überlassen würde, sich um seine abgelegten Liebschaften zu kümmern, aber wer wusste das schon.

Mit einem Zungenschnalzen wandte sie sich wieder dem Kühlschrank zu. "Das erklärt auch die Tomaten."

"Die Tomaten?", echote Zoey.

"Mr. Fox hasst Tomaten. Wie lange werden Sie bleiben?", fragte Esperanza in nicht gerade höflichem Ton.

"Noch ungefähr fünf Wochen", antwortete Zoey unsicher.

"Gut. Sie essen also nur Tomaten, Karotten, Salat und fettreduziertem Jogurt."

"Und Wasser … ?"

Esperanza nickte und schloss den Kühlschrank. "Ich muss jetzt putzen."

Das kam ihr wie die stumme Aufforderung vor, dass sie endlich das Haus verlassen sollte, also rief sie sich schnell ein Taxi.

SAMSTAG

Mat schlief noch, als sie am Samstag aufstand. Sie trank ihren Kaffee und machte sich dann an ihr tägliches Fitnessprogramm.

Sie war gerade bei der Hälfte ihres vierten Dreißig-Situp-Blocks, als Mat das Wohnzimmer betrat.

"Was machst du da?", fragte er mit zusammengezogenen Augenbrauen.

"Dir auch einen wunderschönen guten Morgen, Mat. Das nennt man sich fit halten."

"Du bist krank. Du sollst keinen Sport machen." Er klang brummig, verschlafen und müde.

Er schien schon geduscht zu haben und sah in dem weißen Hemd und der schwarzen Hose anbetungswürdig aus.

"Hol dir doch erstmal einen Kaffee, bis dahin bin ich fertig." Er nickte und Zoey absolvierte die letzten vier Situps.

Dann stand sie auf und wischte sich das Gesicht ab. Wirklich geschwitzt hatte sie nicht, das tat sie nur beim Ausdauersport, aber der blieb ihr im Moment ja leider verwehrt.

Mat stand mit einer Tasse Kaffee in der Hand vor dem Kühlschrank und sah alles andere als zufrieden aus.

"Alles in Ordnung?", fragte sie.

"Wo kommt das ganze Grünzeug her?", brummte er.

Zoey setzte sich an den Tisch. "Ähm … ich habe gestern Esperanza getroffen und sie hat mich gefragt, was sie für mich einkaufen soll."

Jetzt lachte Mat.

Das erste Mal an diesem Morgen, dass er nicht aussah, als würde er jeden Moment zum Amokläufer werden.

"Esperanza fragt niemals irgendwas. Sie befielt, oder sie schnauzt, oder knurrt. Ich bezweifle, dass sie eine Frage überhaupt formulieren könnte."

"Oh doch, kann sie", erwiderte Zoey grinsend. Dann senkte sie die Stimme zu Esperanzas Brummen: "Wie lang werden Sie bleiben?"

Mat lachte noch lauter und schien dann endlich zu entdecken, was er im Kühlschrank gesucht hatte.

"Ich mache mir samstags Rührei mit Toast. Möchtest du auch?"

"Nein, danke. Ich habe schon gefrühstückt."

Mat stellte die Pfanne auf die Induktionsplatte und schlug die Eier hinein.

"Kaffee?", riet er, während er Salz und Pfeffer hinzugab und die Eier rührte.

Zoey sagte lieber nichts und suchte stattdessen fieberhaft nach einem Thema, mit dem sie ihn ablenken konnte.

"Hat sich deine Sekretärin erholt?", fragte sie und kam sich dabei ziemlich gemein vor.

Mat schnaubte und stellte den Toaster an.

"Sie ist verrückt. Völlig verrückt. Sie hat gestern gekündigt, weil sie sich dem großen Druck nicht gewachsen sieht."

"Oh … wie lang hast du denn Zeit, um eine neue zu finden?"

Mat ließ die Schultern sinken.

"Gar keine. Cathrin war noch in der Probezeit. Aber ich habe noch jemanden auf der Warteliste. Ich hatte ihr noch nicht abgesagt. Gott sei Dank! Als hätte ich es geahnt, dass Cathrin es nicht lange aushält."

Sie unterließ es abermals, ihn darauf hinzuweisen, dass es für ein gutes Verhältnis zwischen ihm und seinen Mitarbeiterinnen schon mal vom Vorteil wäre, wenn er sie mit dem richtigen Namen ansprechen würde.

Sie starrte noch nachdenklich auf ihre Nägel, die dringend gemacht werden mussten, als auf einmal ein Teller vor ihrer Nase erschien.

"Was …?", verwirrt hob sie den Blick.

"Nachdem du mir auf meine Frage eine andere Frage gestellt hast, gehe ich davon aus, dass du nicht gefrühstückt hast", antwortete er und setzte sich ihr gegenüber hin.

"Ich sagte, dass ich bereits gefrühstückt habe", gab sie missmutig zurück.

"Ja, nur Kaffee und jetzt iss!"

Zoey seufzte und lehnte sich zurück. "Ich kann nicht zweimal am Tag so etwas essen. Schon gar nicht, wenn ich keinen richtigen Sport machen kann."

"Sieh diese sechs Wochen doch einfach als Urlaub. Ein bisschen entspannen … und ein paar Kilo mehr würden dir nicht schaden."

Zoey rieb sich über die Stirn. "Du verstehst dieses Business nicht, Mat. Das ist, als würde ich sagen, ein paar Paragraphen weniger werden dir schon nicht schaden", gab sie unwillig zurück.

Das Wiegen an diesem Morgen hatte ihren Verdacht bestätigt.

Sie hatte bereits ein Kilo mehr auf den Rippen und würde jetzt wirklich aufpassen müssen.

"Nein, ich verstehe es wirklich nicht. Eine Frau sollte doch wie eine Frau aussehen!"

"Nicht in diesem Beruf. Ein paar Kilo mehr schaden mir da durchaus. Der Laufsteg hat nun mal gewisse

Normen und ich bin sowieso schon immer an der Obergrenze."

Sein Blick war mehr als nur finster, als er sie über sein Frühstück hinweg anstarrte. "Wo solltest du denn bitte noch abnehmen?!"

"Oberweite, Hintern. Aber es ist nicht nur das. Die Haare sind zu lang und zu blond und langsam aber sicher werde ich auch zu alt."

Klappernd fiel seine Gabel auf seinen Teller. "Das soll wohl ein Witz sein!"

Zoey grinste schief. "Ich bin 29, Mat."

"Na und?"

"Da sind haufenweise wunderschöne siebzehn- und achtzehnjährige Frauen, die nur darauf warten, dass ich einen Platz frei mache."

"Mädchen. Das sind Mädchen! Und deshalb tust du dir das alles an?"

Er deutet auf den Teller und ins Wohnzimmer, wo sie eben noch Sport gemacht hatte.

"Das ist mein Job!"

"Das ist krank!"

Mühsam rang sie um Geduld. "Findest du es besser, jeden Tag von früh bis spät in einem Büro zu sitzen?"

Unwillig brummte er und widmete sich dann schweigend seinem Frühstück.

Als er seinen Teller leer gegessen hatte, sah er wohl ein, dass sie ihren nicht anrühren würde und zog ihn zu sich.

"Was willst du machen, wenn du nicht mehr als Model arbeitest?"

Das fragte sie sich mittlerweile auch. "Naja … bis vor einer Woche war der Plan, John zu heiraten und die Frau an seiner Seite zu sein."

Mat schnaubte angewidert. "Das ist doch kein Plan. Das wäre eine Katastrophe geworden!"

Wahrscheinlich. Sie wäre die meiste Zeit ihres Lebens unglücklich gewesen. Alle aus ihrem Umfeld hätten bekommen, was sie sich immer vorgestellt hatten.

Ihre Eltern wären zufrieden. Ihr Agent wäre zufrieden. John wäre zufrieden.

Und sie? Sie hätte versucht, sich einzureden, damit zufrieden zu sein, dass sie alle anderen glücklich gemacht hatte.

"Wenn du alles machen könntest, was würdest du tun?", fragte er dann, als hätte er gespürt, dass sie in ihrem Gedankenstrudel festsaß.

Zoey lächelte schalkhaft. "Ich würde an einer Supermarktkasse arbeiten!"

Auf Mats verständnislosen Blick führte sie es weiter aus.

"Dann könnte ich immer so Durchsagen machen wie: Der Mann mit dem unverschämt knackigen Arsch soll nochmal zur Kasse kommen."

Sie lachten beide. "Vielleicht könnte ich so meinen Traummann kennenlernen", schloss sie schließlich zwinkernd.

Mit Mat hier zu sitzen und zu scherzen, war besser, als sie es sich jemals vorgestellt hatte. Je mehr Zeit sie mit ihm verbrachte, desto besser konnte sie sich vorstellen, was seine Freunde so gern an ihm mochten.

Auch wenn dieses Gedankenlesen wirklich gruselig war!

"Überleg dir einen besseren Plan, Princess. Wenn dir nichts einfällt, stelle ich dich als meine Sekretärin ein, du bist wenigstens nicht so empfindlich!"

Lächelnd schüttelte sie den Kopf. Das würde sie nie im Leben tun!

6 FREUNDE

MATTHEW

Mit Zoey zusammenzuleben, war so viel einfacher, als er es sich jemals hätte träumen lassen.

Sie war unglaublich unkompliziert, war einfach nur da, wenn er nach Hause kam, aß mit ihm, unterhielt sich mit ihm und lachte mit ihm.

Sie war niemals zickig oder sauer. Sie versuchte immer, es ihm recht zu machen. Es störte ihn, wenn sie diese Maske trug, aber er schaffte es immer wieder, sie dahinter hervorzulocken.

Jedes echte Zoey-Lächeln, das er bekam, machte ihn unglaublich glücklich.

Es sollte nicht so sein. Sie sollte ihm nicht so nahe gehen. Und vor allem sollte er sie ganz bestimmt nicht so sehr begehren.

Er freute sich jedes Mal darauf, sie am Abend ins Bett zu tragen, einfach nur, weil er dann einen Grund hatte, sie zu berühren.

Ihr Duft vernebelte ihm die Sinne und ihr Körper machte es ihm verdammt schwer, seine Finger bei sich zu behalten.

Diese Frau war sowas von verdammt heiß, dass er wusste, an ihr würde er sich nicht nur die Finger, sondern auch das Herz verbrennen.

Am Samstag hatte sie es irgendwie geschafft, ihn dazu zu überreden, mit ihr Shoppen zu gehen. Schlussendlich mit der Aussage, dass sie stürzen würde, wenn sie die Tüten mit den Krücken tragen müsste.

Manipulatives Luder!

Überraschenderweise war es alles andere als schlimm. Sie wollte nicht wirklich shoppen, so wie er es von anderen Frauen kannte.

Sie wusste genau, in welchen Laden sie wollte, schnappte sich die nächstbeste Verkäuferin und ratterte ihre Einkaufsliste samt Größen herunter. Dann verschwand sie für fünfzehn Minuten in einer der Kabinen und kam mit ihren eigenen Klamotten wieder raus.

Auf die Frage, ob sie seine Meinung denn nicht hören wollte, antwortete sie: "Willst du das wirklich?"

Nein. Wollte er nicht. Er hasste es einhundertmal an einem Tag "Das sieht gut aus" sagen zu müssen.

Nun ja ... bei Victoria‘s Secret hätte er durchaus eine Ausnahme gemacht.

Den Sonntag verbrachten sie gemeinsam auf dem Sofa und sahen sich eine Komödie nach der anderen an.

Erfreut stellte er fest, dass sie genau den gleichen dreckigen Humor hatten und er sah sie so viel lachen wie die ganze Woche noch nicht.

Langsam gestand er sich ein, dass er sich absolut in ihr getäuscht hatte.

Je näher er sie kennenlernte, desto mehr musste er einsehen, dass alles, was er bislang über sie gewusst hatte, nichts als eine weitere ihrer Rollen war.

Sie war nicht das Flittchen, das er mit Shane gesehen hatte, nicht die aalglatte Frau an Johns Seite und auch nicht die aufgedrehte Person, die er so oft in Talin bei ihren Freunden beobachtet hatte.

Zoey war durch und durch weich und verletzlich, hatte keinerlei Selbstwertgefühl oder Durchsetzungskraft. Sie konnte das alles haben. Sie zog es über wie eine zweite Haut, wenn es von ihr erwartet wurde, aber das war nicht sie.

Eigentlich suchte sie nur jemanden, an den sie sich anlehnen konnte, der nichts von ihr erwartete.

Und auch wenn er sich bemühte, ihr nicht die Chance zu geben, sich ihm anzupassen, es war gar nicht so leicht. Ihre Sensoren für die Wünsche und Bedürfnisse eines anderen waren so fein, dass es ihm manchmal so vorkam, als würde sie vor ihm wissen, was er wollte.

Manchmal bemerkte er es noch nicht einmal, so perfekt saß die Maske, bis dieses eine Lächeln kam, das sie zumindest vor ihm entlarvte.

Als er sie am Sonntagabend in ihr Zimmer trug, konnte er sich nicht davon abhalten, seine Wange auf ihren Scheitel zu legen.

Sie würde nur noch fünf Wochen bei ihm sein. Fünf verdammt kurze Wochen.

ZOEY

MONTAG

Montagmorgen war Mat wie immer schon außer Haus. Sie war ein klein wenig erleichtert, weil ihr Herz sich viel zu sehr auf Mat eingeschossen hatte. Je mehr Zeit sie mit ihm verbrachte, desto schlimmer wurde es. Das durfte sie nicht zulassen.

Im Gegensatz zu John könnte Mat ihr wirklich den Boden unter den Füßen wegziehen.

Nach ihren Fitnessübungen rief sie Taylor an, der ihr zusagte, am Mittwoch mit ihr zur Nachuntersuchung zum Arzt zu fahren.

Sie freute sich darauf, ihn endlich wiederzusehen. Er war ihr bester Freund, doch seit sie so viel mit John unterwegs war, hatte sie kaum noch Gelegenheit gehabt, sich mit ihm zu treffen.

Alles, was ihnen geblieben war, waren ihre regelmäßigen Emails und die Chats via Skype, mit denen sie sich gegenseitig auf dem Laufenden hielten.

MATTHEW

DIENSTAG

Da er bereits um neun Uhr einen Termin bei JB-Industrials hatte und am Morgen sehr müde gewesen war, entschied er sich, nicht mehr ins Büro zu fahren, sondern direkt zu der Besprechung mit Ryan Black.

Geduscht und angezogen ging er nach unten und setzte sich mit einer Tasse Kaffee an den Tisch.

Wenige Minuten später hörte er die Schritte von Zoey im Obergeschoss.

Er war nicht unbedingt ein Morgenmensch, also verzichtete er darauf, ihr fröhlich etwas zuzurufen und vertiefte sich stattdessen in The Boston Globe.

Wenig später hörte er Zoeys nackte Füße auf dem Boden. Er sah auf, als sie die Küche betrat, und hätte sich beinahe an seinem Kaffee verschluckt.

Ultraknappes, beinahe durchsichtiges, rosanes Negligee und einen winzigen, weißen String. Die blonden Haare trug sie offen und leicht zerzaust, ganz anders als in ihrer sonstigen Perfektion.

Sie rieb sich über die Augen und humpelte blind zur Kaffeemaschine. Dann stellte sie sich auf die Zehenspitzen des gesunden Fußes und holte eine Tasse aus dem Schrank.

Ihr kleiner, knackiger Apfelpo sah zum Anbeißen aus und sorgte dafür, dass sein Schwanz sich zu regen begann. Würde sie ihm gehören, würde er jetzt sofort zu ihr gehen und sie über diese Arbeitsplatte gebeugt nehmen.

Das Bild, das sich in seinem Kopf formte, war so detailgetreu, dass er leise aufstöhnen musste.

Sie drehte sich zu ihm um, riss die Augen auf und quietschte hoch.

"Mein Gott, Mat! Du hast mich zu Tode erschreckt!", keuchte sie und presste eine Hand auf ihr Brustbein. Das lenkte seinen Blick auf ihre vollen Brüste, deren Spitzen durch das dünne Hemdchen sehr gut zu erkennen waren.

Sofort begann das Kopfkino von neuem und sein Schwanz wurde zunehmend steifer.

Er wollte sie. Jetzt sofort. Er wollte tief in sie stoßen und ihr all die dreckigen Dinge ins Ohr flüstern, die er noch mit ihr vorhatte. Und er hatte ihr verdammt viel zu erzählen. Drei Jahre mentales Vorspiel brachten eine ganze Menge Fantasien mit sich.

Ohne Krücken, mit ihrem Kaffee in der Hand kam sie zu ihm herüber.

Er stellte sich vor, wie sie ihm die Hose öffnete, sich einfach auf seinen Schoß setzte und ihn ritt.

Unauffällig ließ er seine Hand unter den Tisch wandern und schob seinen Schwanz so beiseite, dass dieser keinen dauerhaften Schaden von seiner viel zu engen Hose nehmen würde.

"Stimmt ja, du bist kein Morgenmensch, sorry", sagte sie und ließ sich ihm gegenüber nieder.

Ja, er war kein Morgenmensch, aber vor allem war sämtliches verfügbares Blut im Moment in seinem Schwanz. Er würde nie wieder so früh zur Arbeit gehen, wenn sie hier so herumspazierte.

"Läufst du morgens immer so rum?" Es kam anklagend heraus, weil er sich über die vielen bereits verpassten Gelegenheiten ärgerte.

Sie runzelte kurz die Stirn, dann erst schien ihr aufzufallen, was sie trug.

"Verdammt. Es tut mir leid. Ich habe nicht nachgedacht, wollte mir eigentlich nur einen Kaffee holen und zurück ins Bett."

Zurück ins Bett hört sich gut an … Nein, nein! Konzentrier dich!, ermahnte er sich, als Zoey sich schon wieder erhob.

"Nein, es stört mich nicht." *Schau unter den Tisch, dann siehst du den Beweis, wie wenig es mich stört!*

"Ich … also … normal komme ich schon angezogen herunter und nicht in meinen Schlafsachen."

Schlafsachen? Wie sollte ein Mann neben ihr schlafen können, wenn sie *das* trug?

Obwohl … er bevorzugte seine Frauen nackt im Bett und konnte ab einem gewissen Befriedigungsgrad ganz hervorragend neben ihnen schlafen.

Aber *das*? Niemand schlief in so etwas … "Schlafsachen?" Seine Fähigkeit, sich zu artikulieren, war eindeutig schon einmal besser gewesen.

Sie zupfte an dem Saum des Negligees, was es immer wieder über ihren leicht aufgerichteten Nippel spannte und lockerte.

"John wollte nicht, dass ich nackt schlafe … das war der Kompromiss."

John, der Volltrottel. So ziemlich das einzige, was ihn zur Besinnung bringen konnte. Noch im Sitzen hängte er sich das Jackett über den Arm, um damit unauffällig seine Latte zu verbergen.

Er stand auf, ging zu ihr, küsste sie auf die Stirn und sagte: "Du siehst atemberaubend aus, Princess. Ich muss zur Arbeit." Dann floh er aus dem Gebäude, bevor er wirklich noch über sie herfiel.

ZOEY

MITTWOCH

Kein Mat weit und breit, als sie die Küche betrat, um ihren Kaffee, diesmal wieder voll bekleidet, zu trinken.

Sie war froh, als Taylor sie mit seinem alten blauen Chevy Pickup abholen kam, weil ihre Gedanken sich nonstop um Mat und sein komisches Verhalten drehten.

"Hey Süße, wie geht's?", fragte Taylor gut gelaunt und hielt ihr die Beifahrertür auf.

"Gut, danke, Babe. Wie hast du dich eingelebt?", fragte sie ihn, als sie beide eingestiegen waren.

Sie mochte ihn. Sie waren schon sehr lange befreundet. Eine unkomplizierte Freundschaft.

Als sie sich kennengelernt hatten, waren sie beide in einer Beziehung gewesen und ihre Freundschaft war dann, als sie wieder Singles waren, bereits so gefestigt gewesen, dass es nie zu Missverständnissen gekommen war, auch wenn sie ihre Scherze miteinander trieben.

Vielleicht führte sie mit Taylor sogar die ehrlichste ihrer Freundschaften.

Bei ihm konnte sie alles sein, ohne dass er sich jemals daran gestört hätte. Wenn ihm etwas nicht passte, sagte er es gerade heraus und ignorierte sie anschließend.

Er war niemals lange sauer, erwartete keine Entschuldigungen, nahm einfach alles achselzuckend zur Kenntnis, als würde es ihn überhaupt nichts angehen.

Auch wenn er immer wieder anzügliche Witze und Sprüche brachte, Zoey wusste es besser. Sie hatte sich mehr als einmal mit ihm ein Bett geteilt, ohne dass er auch nur den Versuch gemacht hatte, sie ernsthaft anzugraben.

Blöde Sprüche und sein nächtlicher Drang zum Kuscheln einmal ausgenommen.

Kurzum: Taylor war der perfekte beste Freund.

"Sehr gut! Ich liebe meine Wohnung und der Job in Luces Werkstatt ist genau das Richtige für mich."

Er startete den Wagen und lenkte ihn auf die Straße.

"Schön. Obwohl ich es immer noch ein wenig drastisch finde, wegen einer gescheiterten Beziehung den Kontinent zu wechseln."

Taylor verzog das Gesicht.

"Sie hat alles vergiftet. Jeden Zentimeter meines Lebens. Kurz bevor ich gegangen bin, hat sie angefangen, meinen Chef zu vögeln."

Zoey sah ihn mit großen Augen an.

"Der ist über fünfzig!"

"Hat die Schlampe nicht davon abgehalten, es mit ihm auf dem Rücksitz eines der Autos, die zur Reparatur da waren, zu treiben", knurrte er.

Aber egal welche Worte er wählte, sie hörte den Schmerz, den dieser Verrat noch immer in ihm auslöste.

Sie griff nach seiner Hand und drückte sie leicht. "Sie hat dich nicht verdient, Babe. Du bist zu gut für sie."

Er parkte den Wagen vor einem großen, weißen Gebäude, beugte sich zu ihr und küsste sie auf die Wange.

"Du verstehst mich eben, Süße. Die anderen erkennen nur meine Qualitäten nicht."

"Da verpassen sie was. Du bist der beste Nicht-Liebhaber, den ich je gehabt habe."

Taylor half ihr aus dem Wagen und brachte sie dann in die Praxis von Dave.

Sie wurden sofort in eines der Sprechzimmer durchgewunken.

Sie scherzten noch eine Zeitlang miteinander, dann kam Dave und untersuchte ihr Sprunggelenk.

"Sieht gut aus. Die Schwellung ist schön zurückgegangen. Hast du noch Thrombosespritzen?"

"Nicht mehr viele." Er gab ihr zwei Packungen, die sie ohne Worte an Taylor weiterreichte.

"Du kannst weiterhin für kurze Strecken ohne Krücken gehen, wenn du vorsichtig bist. Wir sehen uns in einer Woche wieder."

"Danke Dave."

"Jetzt in die Stadt, Süße?", fragte Taylor, als sie das Sprechzimmer verließen.

"Gern, ich brauch ein paar Kleinigkeiten und ein Kaffee wäre schön."

Taylor nickte zustimmend und sie fuhren erst zum Supermarkt, dann zu einem kleinen Café, von dem Sky schon öfter geschwärmt hatte.

Netties Diner war wirklich süß. Die karierten Tischdecken passten zum 50er Jahre Stil des Diners und sie fühlte sich sofort wohl.

"Hey Candy. Zwei Kaffee, bitte, beide schwarz", bestellte Taylor, der genau wusste, dass sie um diese Uhrzeit niemals aß. Sie lehnte sich in der kleinen Sitznische zurück und genoss es einfach, mit ihm hier zu sein und ein wenig zu plaudern.

Taylor nickte in Candys Richtung. "Das ist übrigens die Mitbewohnerin von Mats Bruder Julien. Scheint, die Herren Fox haben ein großes Faible für hübsche, zierliche, blonde Mitbewohnerinnen", sagte er zwinkernd.

Zoey lächelte Taylor offen an. Mit Mat zusammen zu wohnen, war wirklich einfach, aber mehr würde daraus niemals werden.

"Warum bist du traurig, Süße?", fragte Taylor mit zusammengezogenen Augenbrauen.

"Ich bin nicht traurig."

Er schnaubte und bedankte sich dann bei Candy für den Kaffee.

"Läuft es mit dem Anwalt nicht?"

Zoey lachte. "Er hilft mir, das ist alles."

"Bitte Zoey, der Typ hat doch Augen im Kopf. Natürlich will er dir an die Wäsche!"

"So wie du?", fragte sie mit einer hochgezogenen Augenbraue.

"Bei uns war das eine Timing-Sache. Wir waren einfach schon darüber hinaus, als es infrage gekommen wäre, das weißt du. Aber du bist heiß und er ist hundertpro scharf auf dich!"

"Nein, er will mich nicht", stellte sie klar und wollte das Thema eigentlich auch nicht weiter vertiefen.

"Woher willst du das wissen?"

"Weil er es mir gesagt hat", antwortete sie in der Hoffnung, dass er sie dann endlich damit in Ruhe lassen würde.

"Was genau hat er denn gesagt?"

Zoey seufzte, als sie an seine Worte dachte. "In meinem Bett ist kein Platz für eine Frau, die meine Freunde bereits gefickt haben."

Taylor stöhnte auf. "Das hat er nicht getan."

"Doch. Können wir das Thema jetzt bitte abschließen?", fragte sie genervt.

Taylor griff nach ihrer Hand. "Es hat dich verletzt, oder?"

Zoey lächelte schief. "Es tut noch immer verdammt weh, aber ich weiß, woran ich bin. Vielleicht ist es ganz gut so, dass ich es nicht mehr ändern kann. Mat versucht nicht, mich zu verändern wie John, er nimmt mich so, wie ich bin … oder in diesem Fall nimmt er mich eben nicht."

Taylor drückte ihre Hand. "Er ist ein Trottel, Süße. Und wenn du in fünf Jahren nicht verheiratet bist, dann werde ich dich mit Vergnügen heiraten. Was sollte schon besser sein, als seine beste Freundin zur Frau zu haben?"

Sie lächelte ihn warm an und erwiderte seinen Händedruck. Sie hatte definitiv den besten besten Freund, den man haben konnte.

"Hey Princess." Mats Stimme riss sie aus ihrem Buch, in das sie vertieft war, seit Taylor sie zuhause abgesetzt hatte.

"Hey, wie war dein Tag?"

Er rümpfte die Nase. "Meine neue Assistentin ist seltsam."

Sie lachte. "Sind sie das nicht immer?"

"Hast du recht." Er holte zwei Packungen aus einer Tüte und stellte sie auf den Tisch.

"Das riecht gut, was ist es?", fragte sie und ging zum Tisch hinüber.

"Gyros. Ich hoffe, du magst Griechisch."

"Ja, danke." Sie setzte sich und öffnete die Schachtel. Der Geruch ließ ihr das Wasser im Mund zusammenlaufen.

"Und, was hast du heute gemacht?"

"Ich war bei Dave." Das Gyros sah wirklich perfekt aus. Schön knusprig, wie sie es mochte.

"Mhm … und sonst?"

"Kurz in der Stadt." Mit der Gabel, die er ihr reichte, schob sie sich einiges davon auf den Teller. Sie hatte den ganzen Tag über nichts gegessen und wirklich einen Bärenhunger.

"Schon wieder?"

"Ja, mein Conditioner ist ausgegangen." Sie wusste, dass sie kein Zaziki essen sollte … aber es würde perfekt zum Gyros passen. Ihr Coach würde sie garantiert umbringen!

"Sonst nichts?"

Warum zum Teufel aß er nicht endlich? Sonst war er doch auch immer so aufs Essen fixiert.

"Kaffee trinken", fügte sie hinzu und erlaubte sich, ein klein wenig von dem extrem leckeren, griechischen Reis auf ihren Teller zu häufen.

"Allein?"

"Nein." Sie nahm einen Bissen Gyros in den Mund und seufzte leise auf, so lecker war es.

"Mit wem?"

Verwirrt sah sie auf. "Was?" Er hatte sich noch nicht einmal das Essen auf den Teller getan und sie aß schon. Peinlich. Außerdem starrte er sie wieder auf diese gruslige Art an.

"Mit wem du Kaffee trinken warst?"

"Ähm … mit Taylor."

"Warum?"

Zoey legte ihre Gabel beiseite und sah ihn mit einer hochgezogenen Augenbraue an.

"Was genau wird das hier, Mat?"

Er lächelte. Falsch. Äußerst falsch. "Ich erkundige mich nur nach deinem Tag."

"Mich knurrst du immer an, wenn ich so lächle." Besagtes Lächeln fiel augenblicklich in sich zusammen. "Ja, Taylor hat mich zu Dave gefahren und danach in die Stadt.

Er hatte heute frei."

Mat begann, sich seinem eigenen Essen zu widmen. Das Thema war wohl beendet.

Also aß sie weiter … und genoss es!

"Ihr versteht euch ziemlich gut, oder?"

Mittlerweile ein wenig genervt, weil er sie einfach nicht essen lassen wollte, knallte sie die Gabel etwas fester als nötig auf den Teller.

"Sag endlich, worauf du hinauswillst!"

Er sah sie mit hochgezogenen Augenbrauen an. "Warum bist du so empfindlich?"

Tief durchatmend rang sie um Fassung. "Ich habe Hunger. Wirklich Hunger. Vor mir steht ein himmlisch duftendes Gyros und ich würde wirklich gern essen. Also hör mit dem Herumgeeiere auf und stell die Frage, die du wirklich stellen willst! Oder warte, ich kürze das Ganze ab: Nein, wir haben nichts miteinander und wir hatten nie etwas miteinander."

Sie nahm ihre Gabel wieder auf und aß einen Bissen.

"Mhm …"

Sie war kurz davor, ihn anzuknurren, entschied sich dann aber dafür, einfach nicht darauf zu reagieren.

Einen Moment lang schwieg er. Leider nur einen Moment. "Was hat das dann mit dem Süße und Babe auf sich?", fragte Mat, als wäre nichts gewesen.

Es ging ihn nichts an, also wurde sie nicht darauf reagieren und einfach ihr Essen genießen.

Als er sich vernehmlich räusperte, schloss sie die Augen, um ihn nicht wütend anzufunkeln.

"So, der Buschfunk funktioniert also", gab sie zurück und ärgerte sich darüber, dass er mit Dave über sie sprach. Es konnte nur Dave sein, jemand anderes hatte sie und Taylor heute nicht gesehen. Oder Candy? Aber er würde wohl kaum mit der Mitbewohnerin seines kleinen Bruders über sie sprechen.

"Mehr nicht?"

Sie schob ihren Teller von sich, er hatte es endgültig

geschafft, ihr den Appetit zu verderben.

"Ich habe dir alles gesagt, was es zu sagen gibt. Was du und Dave euch da zusammenspinnt, geht mich nichts an. Ich kann es sowieso nicht beeinflussen, du hast ja sowieso schon eine feste Meinung von mir."

Sie stand auf. "Vielen Dank für das Essen. Ich geh jetzt schlafen."

Er packte sie am Handgelenk und hielt sie auf. "Was soll das, Zoey? Du hast kaum etwas gegessen!"

Sie war so wütend und enttäuscht von ihm, dass sie es noch nicht einmal verbergen konnte.

"Du hast mir den Appetit verdorben."

Sie riss sich von ihm los und humpelte zur Treppe. Sie wollte sich seiner Inquisition nicht stellen, wollte nicht, dass er ihr Gefühlsleben noch mehr durcheinander brachte.

Hatte es nicht gereicht, dass er sie einmal mehr oder weniger als Schlampe bezeichnet hatte? Konnte er sie nicht endlich in Ruhe lassen?

Doch Mat holte sie ein und hob sie hoch, wie er es jeden Abend tat.

"Es tut mir leid, Zoey. So war das nicht gemeint. Ich … ich war vielleicht ein kleines bisschen eifersüchtig."

Ihre Augen brannten. Dieses ewige Hin und Her brachte sie um den Verstand. Sie wusste nicht, was er von ihr wollte. *Sie* wollte er nicht, aber warum ging er sie dann wegen nichts so an?

"Warum? Du willst mich nicht, schon vergessen?", versuchte sie Klarheit in ihre Gedanken zu bringen. Sie musste ihn daran erinnern, wer sie waren.

Er setzte sich auf die Treppe, sie auf seinem Schoß und lächelte sie schief an. "Das habe ich nie gesagt."

Es fühlte sich wie immer viel zu gut an, von ihm gehalten zu werden. Sie musste ihr Herz vor ihm schützen. Um jeden Preis.

Ihr Magen zog sich zusammen, als seine Worte erneut durch ihren Kopf hallten.

"Stell dich nicht dümmer, als du bist, Schätzchen. In meinem Bett ist kein Platz für eine Frau, die meine Freunde bereits gefickt haben. Also lass es einfach gut sein", wiederholte sie seine Worte.

MATTHEW

Ihm wurde schlecht, als er seine Worte aus ihrem Mund hörte. Mat verzog das Gesicht.

"Es tut mir leid. Das war unter der Gürtellinie. Aber auch da … ich war eifersüchtig, Zoey. Ich wollte dich und dann habe ich dich mit Shane und Jonas gesehen … ich war einfach …" Er seufzte. Wie zum Teufel sollte er das wieder hinbiegen.

Sie drückte sich von ihm weg, wollte sich von ihm entfernen, aber er hielt sie fest.

Er wollte sie bei sich haben, sie für sich haben, egal wie verrückt das war.

"Lass es, Mat! Du weißt nichts über mich. Du kennst mich nicht!"

Er vergrub sein Gesicht an ihrem Hals und atmete ihren unvergleichlichen Duft ein.

Manchmal wünschte er sich, sie würde anders riechen. Nicht so perfekt oder noch besser einfach abstoßend, dann müsste er nicht die ganze Zeit an ihren Duft denken und sich danach sehnen, ihr endlich wieder nahe genug zu kommen, um sie riechen zu können.

"Damals wusste ich nichts über dich. Jetzt sehe ich dich besser. Ich weiß, dass du nicht die Frau bist, für die ich dich gehalten habe."

Sie fühlte sich so verdammt gut in seinen Armen an. Er wollte sie nicht mehr loslassen.

Von Abend zu Abend wurde es schwieriger, seine Arme von ihr zu lösen, wenn er sie einmal um sie geschlungen hatte, um sie die Treppe nach oben zu tragen, und dabei ihren wunderschönen Körper so dicht an seinem hatte.

"Du weißt noch immer nichts über mich und dieses Gespräch gerade hat mehr als deutlich gemacht, dass sich deine Meinung nicht geandert hat."

Ihre Stimme war ruhig, aber er war sich sicher, dass er sie damit sehr verletzt hatte.

Genau wie vor drei Jahren.

Er konnte sich nicht beherrschen und fuhr mit seinen Lippen sacht über ihren Hals, ehe er ihr ins Ohr flüsterte: "Es tut mir leid, Zoey. Manchmal kann ich nicht mehr denken, weil du mich so verrückt machst. Du bist so viel mehr, als ich von anderen Frauen gewöhnt bin. Jeder deiner Schritte ist perfekt, wie ein einstudierter Tanz. Jede deiner Bewegungen bringt mich dazu, dich berühren zu wollen, dich schmecken zu wollen. Ich bin süchtig nach dir und das macht mich ganz wahnsinnig und ich reagiere ganz anders, als es für mich normal ist."

Wieder versuchte sie, sich von ihm wegzudrücken und er ließ sie ein kleines bisschen gewähren.

"Das ändert nichts, Mat. Du wirst nie anders über mich denken. Du kennst gerade einmal meinen Namen, aber du kennst *mich* nicht."

Da waren keine Tränen in ihren Augen, aber der Schmerz ihrer Seele zeichnete sich deutlich in dem tiefen Blau ab. Er hob eine Hand an ihre Wange und streichelte sacht darüber.

"Dann lass mich dich kennenlernen. Die echte Zoey, keine Rollen oder Masken, nur dich."

Sie schüttelte ganz leicht den Kopf. "Ich kann es einfach nicht."

"Wovor hast du Angst, Zoey?", flüsterte er und küsste ihre Stirn, dann zog er sie fest an sich.

Eine Weile schwieg sie und sagte schließlich: "Dass du mir das Herz brichst." Ihre Worte waren so leise, dass er sich nicht sicher war, ob er es hören sollte.

"Gib mir eine Chance!"

Er spürte eine Träne auf seinen Hals tropfen und sein Herz krampfte sich schmerzhaft zusammen.

"Gib mir Zeit!"

"Zoey …", sagte er besorgt, aber sie schüttelte den Kopf.

"Bitte … nur eine Nacht."

Sein Magen krampfte sich zusammen und seine Arme schlossen sich automatisch fester um sie.

Hätte er damals gewusst, was er heute über sie wusste, hätte er niemals so über sie gesprochen.

Seine Wange an ihren Scheitel gelehnt stand er auf und trug sie nach oben. Auch wenn es das Letzte war, was er wollte, er hatte nicht das Recht dazu, sie so unter Druck zu setzen.

Sie weigerte sich, ihn anzusehen, als er sie auf dem Bett absetzte. Das zeigte ihm mehr als deutlich, was er ihr angetan hatte.

Er küsste sie auf die Stirn und sagte ein letztes Mal: "Es tut mir leid."

Dann wandte er sich ab und zwang sich dazu, sie allein zu lassen.

Er kehrte zurück nach unten und entsorgte das Essen. Auch ihm war der Appetit gründlich vergangen.

Er ging eine Weile im Zimmer auf und ab und versuchte, sich davon abzuhalten, zu ihr zurückzugehen.

Niemals hatte er sich mehr gewünscht, die Zeit zurückdrehen zu können, um diesmal alles richtig zu machen.

Er dachte an die vielen Male, die er sie beobachtet hatte. Als er sich für seine Besessenheit verwunschen hatte. Warum war ihm nie aufgefallen, dass es nicht *sie* war, sondern nur eine ihrer Rollen.

Weil er sich eben nie die Zeit genommen hatte, sie wirklich kennenzulernen.

Er schüttelte über sich selbst den Kopf und ging zu der kleinen Bar im Wohnzimmer, um sich einen Whisky zu holen.

Es war nicht der beste Plan, aber alles, was er im Moment tun konnte, um seine Nerven zu beruhigen.

Zoey hatte recht. Er wusste nichts über sie. Er kannte ihr Äußeres und ihren Namen, alles andere hielt sie wohl tief in sich verborgen.

Aber er war froh um jedes noch so kleine Stückchen, das sie ihm mehr von sich zeigte.

Er hatte keine Ahnung, warum er nicht von ihr los kam. Und er hatte sich mehr als einmal deswegen verwünscht. Er hatte *sie* dafür verflucht, dass sie so verdammt hartnäckig in seinem Kopf war.

Immer wieder war er mit anderen Frauen zusammen gewesen, es hatte perfekt funktioniert, bis sie sich wieder in seine Gedanken geschlichen hatte.

Dann hatte er sich wieder nur nach Zoey gesehnt.

Als er das Glas erneut an seine Lippen setzte, bemerkte er, dass er es schon ausgetrunken hatte, also holte er sich ein neues.

Dann stellte er sich vor die Fensterfront seines Wohnzimmers und starrte in die Nacht hinaus.

Er fühlte sich hoffnungslos verloren in der Sehnsucht nach einer Frau, von der er wusste, dass er sie niemals würde halten können.

Er wollte sie in seinem Haus einsperren, an sein Bett fesseln, damit sie nie von ihm weggehen würde. Er wünschte sich, er könnte sie in seinen goldenen Käfig einsperren, um sicher zu sein, dass sie ihn nicht verlassen konnte.

Aber sie würde es tun. Irgendwann. Und er wusste nicht, ob sein Herz das überstehen könnte.

Und dennoch würde er alles dafür geben, sie für sich zu haben, solange sie es zuließ.

Er trank noch ein weiteres Glas, und als er sich das vierte einschenkte, war der Drang, zu ihr zu gehen, einfach zu groß.

Leise schlich er nach oben, öffnete ihre Tür und trat zu ihrem Bett.

Im fast vollen Mondschein konnte er sie gut erkennen, den Engel, der in diesem Bett schlief.

Auf die Seite gedreht lag sie da, die blonden Haare ausgebreitet auf dem weißen Kissen.

Er sah den nassen Fleck, den ihre Tränen auf dem Kissen hinterlassen hatten.

Tränen, für die er verantwortlich war, und er hasste sich dafür.

Er setzte sich neben das Bett, den Rücken dagegen gelehnt und die Beine angewinkelt.

Seine Unterarme lagen auf seinen Knien und das Whiskyglas baumelte locker in seiner Hand.

Hätte er damals genauer hingesehen! Hätte er früher erkannt, dass sie mit ihrem Verhalten nur spiegelte, was er von ihr erwartete, wäre es niemals so weit gekommen.

Er studierte sie über seine Schulter hinweg, sah den Schmerz, den er sogar im Schlaf erkennen konnte und versuchte, das Rätsel zu lösen.

Aber ihm fehlten viel zu viele Puzzleteile. Sie hatte recht. Er kannte sie nicht.

Vielleicht würde sie ihm auch niemals die Gelegenheit dazu geben, sie wirklich kennenzulernen. Der Gedanke schmerzte und er trank einen weiteren Schluck Whisky.

Er würde alles dafür tun, sie wieder glücklich zu sehen, wenn sie es nur zuließ.

Ehe er es verhindern konnte, wanderte seine Hand zu ihrer Wange und streichelte sacht über die Tränenspuren.

Ihre Wimpern begannen augenblicklich zu flattern, dann öffnete sie die Augen.

"Mat?", flüsterte sie.

Seine Augen brannten. Selbst jetzt konnte er den Schmerz in ihrem Blick sehen.

"Lass mich dich halten, nur diese Nacht." Ihr Zögern ließ sein Herz zusammenkrampfen.

Aber dann rutschte sie zurück und machte ihm Platz. Immer noch in Hemd und Anzughose legte er sich neben sie und zog sie an seine Brust.

In dem Moment, als ihre Wange seine Brust berührte, fühlte er sich komplett.

Er brauchte nicht mehr, wollte sie nur halten und wissen, dass sie da war, er sie beschützen konnte und sie nicht allein in ihrem Bett lag und weinte.

Diese Nacht, nur er und sie.

Sacht streichelte er über ihre Haare, genoss es, wie sie sich von Atemzug zu Atemzug mehr in seinen Armen entspannte.

Ihre Wärme fühlte sich verdammt gut an seinem Körper an und ihr Duft hüllte ihn ein.

Sie so nah bei sich zu haben, entspannte seine Nerven und beruhigte sein Herz.

Sie hatte ihn nicht von sich gestoßen, also gab es eine Chance und er würde alles dafür tun, sie davon zu überzeugen, dass er der Richtige für sie war.

Ganz langsam kam er zur Ruhe, vergrub seine Nase in ihren Haaren und atmete mit jedem Atemzug ein klein wenig von ihr ein.

Dann sank er langsam in den Schlaf.

7 VIELLEICHT

MATTHEW

Eine Weile lag er schon wach, genoss ihre Nähe und die Art, wie sie sich fest an ihn schmiegte. Er beobachtete, wie die Sonne höher stieg und nach und nach ihr Gesicht erhellte.

Irgendwann begann sie sich in seinen Armen zu regen, aber er wollte sie noch nicht gehen lassen, wollte diesen Moment nicht verlieren, also schloss er seine Arme fester um sie.

"Es wird dir nichts nützen, mich einfach nur festzuhalten", flüsterte sie und sein Herz setzte einen Schlag aus.

War es das schon? Hatte sie ihm diese eine Nacht geschenkt, nur um ihn jetzt von sich zu stoßen?

Er drehte sich auf die Seite und rutschte tiefer, bis ihre Augen auf einer Höhe waren. Wenn überhaupt, dann würde er dort seine Antworten finden.

Sein Arm lag locker um ihre Taille, doch sie rückte nicht von ihm ab.

"Ist es das, was du willst? Gehen?", fragte er leise und suchte in ihren Augen die Wahrheit.

"Ich sollte es tun", gab sie ebenso leise zurück.

"Mach das nicht. Gib mir eine Chance."

"Irgendwann wirst du es dir wieder anders überlegen und ich bleibe gebrochen zurück." In diesem Moment verbarg sie nichts vor ihm. Ihre Seele lag frei, endlos traurig und verletzlich in ihren Augen.

Er hatte nie etwas Schöneres gesehen.

"Lass es mich beweisen. Lass mich dir zeigen, dass du dich täuschst." Sanft streichelte er über ihre Wange.

Als ihre Finger sich über seinem Herzen spreizten, wusste er, dass er eine einzige Chance bekam, und er würde sie nutzen.

So zärtlich wie möglich legte er seine Lippen auf ihre, strich sanft darüber und genoss es, wie weich sie sich an ihn schmiegten.

In diesem Moment war er sich sicher, dass er niemals genug von ihr bekommen würde, dass er ihr mit Haut und Haar verfallen war.

Sein Herz zog sich bei dem Gedanken schmerzhaft zusammen. Er hatte Angst vor dem Tag, an dem sie gehen würde.

Das Klingeln des Telefons riss ihn aus seinen Gedanken. Er löste seine Lippen von ihren und sah einen Moment lang in ihre Augen.

"Ich befürchte, du hast verschlafen", sagte sie leise und musterte ihn, als versuche sie ein Rätsel zu lösen.

Es dauerte einen Moment, bis ihre Worte zu ihm durchdrangen.

"Verschlafen?"

"Normalerweise bist du schon weg, wenn ich aufwache … und das Telefon klingelt nie vor acht Uhr."

Bei dem Gedanken verzog er das Gesicht. Er verschlief nie. Hatte er auch heute nicht. Er hatte sich schlicht nicht von ihr losreißen können.

"Verdammt", brummte er, ohne sich zu bewegen.

Zoey lächelte. Ein echtes Zoey-Lächeln. "Soll ich es dir reichen?"

Er überlegte einen Moment.

Er konnte entweder aufstehen und es sich selbst holen oder sie sich herumwälzen lassen und es sich reichen lassen … wobei er sich an sie schmiegen konnte.

"Ja, bitte", antwortete er spontan.

Sobald sie sich auf die andere Seite gedreht hatte, rutschte er ihr nach und schmiegte sich von hinten der Länge nach an sie.

Und … verdammt … ihr Arsch fühlte sich noch unglaublich viel besser in seinem Schoß an, als in seinen besten Träumen.

Völlig unbeeindruckt von dieser grandiosen Taktik, drückte sie ihm das Telefon in die Hand.

"Fox!", bellte er genervt.

"Dir auch einen wunderschönen Morgen!" Juliens heitere Stimme passte ihm gerade gar nicht. Vor allem, weil Zoey sich fest in seine Arme kuschelte.

"Was willst du?"

"Deine neue Sekretärin erreicht dich nicht auf deinem Handy und hat mich unter *Wichtige Nummern* gefunden."

"Aha."

"Vielleicht möchtest du sie zurück rufen, ehe sie deinen halben Freundeskreis aus dem Bett klingelt?"

"Müsstest du nicht längst in der Uni sein?"

Julien schnaubte genervt. Mat wusste, dass Julien es hasste, wenn Mat den großen Bruder heraushängen ließ, aber konnte es einfach nicht lassen.

Er hatte sich viel zu viele Jahre Sorgen um ihn und Chloe gemacht, um es einfach vom einen Tag auf den anderen abzustellen.

"Nein *Dad*, donnerstags fangen meine und Destinys Vorlesungsstunden erst mittags an. Weshalb es noch ärgerlicher ist, dass deine Sekretärin mich aus dem Bett klingelt. Was ist los mit dir? Bist du krank?"

Neugieriger kleiner Scheißer! Er kannte ihn einfach viel zu gut!

"Nein, bin beschäftigt."

"Aha, du hast also eine Frau bei dir … unter der Woche … bist du sicher, dass du nicht krank bist."

"Hast du mir noch etwas mitzuteilen, Julien?", knurrte er unwillig.

"Also habe ich recht. Das erklärt, warum du mich seit fast zwei Wochen nicht mehr belästigt hast."

"Ich belästige dich nicht, ich passe auf dich auf!", sagte er streng.

"Warte mal … fast zwei Wochen … etwa immer noch die Blonde von der Hochzeit, die du dauernd so angestarrt hast?"

Da er die Schnauze von diesem Gespräch definitiv voll hatte, legte er einfach auf.

Er legte das Telefon hinter sich und vergrub seine Nase in Zoeys herrlich duftendem Nacken.

"Dad?", fragte sie und erst jetzt fiel ihm auf, wie angespannt sie war.

Er küsste die zarte Haut und murmelte: "Meine Geschwister nennen mich so, wenn ich ihrer Meinung nach überfürsorglich bin."

"Bist du das?"

"Manchmal." Er hatte absolut keine Lust, jetzt über seine verkorkste Familie zu sprechen. Er wollte Zoey genießen und jeden Zentimeter von ihr erkunden.

"Warum?"

Er streichelte die samtweiche Haut ihres Oberschenkels. "Weil ich mein halbes Leben damit verbracht habe, sie aufzuziehen und auf sie aufzupassen. Das lässt sich nicht so leicht abstellen."

Er stellte sich vor, wie er mit der Zunge über die Stelle fuhr, die seine Hand gerade liebkoste, er würde weiter nach oben wandern bis hin zu ihrer Leiste.

"Wann ist deine Mum gestorben?"

Verwirrt sah er auf. Sie musterte ihn ernst, während sein Kopf sich völlig den Sexfantasien hingab.

Wie sollte es auch anders sein, jetzt wo er sie endlich berühren konnte.

Ehe er antworten konnte klingelte sein Telefon erneut. Er griff hinter sich und ging ran.

"Fox?"

"Guten Morgen", zwitscherte Chloe.

"Hey Kleines. Was ist los?"

"Eine Frau namens Elisabeth hat mich angerufen und gesagt, sie brauche deine Nummer, weil sie deine Sekretärin sei. Ich hab sie ihr nicht gegeben, weil deine Sekretärin Carolin heißt. Aber ich dachte, ich sag dir Bescheid."

"Danke. Wo bist du?"

"Willst du nicht wissen."

"Chloe!", knurrte er und befürchtete, sie gleich von irgendeinem Berg zerren zu müssen.

"Ich bin im Bett und erhole mich von dem atemberaubenden Sex mit Ash."

"Chloe …", jammerte er und verzog das Gesicht. Was er noch weniger wollte, als sie von einem Berg zu zerren, war Details über ihr Sexleben zu hören.

Sie kicherte. "Frag nicht immer Sachen, die du nicht hören willst. Hab dich lieb, großer Bruder."

Er seufzte. "Ich dich auch, Kleines." Dann legten sie auf und Mat rollte sich auf den Rücken.

Der Gedanke, dass seine kleine Chloe ein Sexleben hatte, war die beste kalte Dusche, die er bekommen konnte.

"Kleine Schwester?", riet Zoey.

"Mhm …"

"Dann ruf am besten deine Sekretärin an, ich mach uns Kaffee."

"Danke, Princess." Er sah ihrem süßen, kleinen Hintern nach, während sie das Zimmer verließ, und verfluchte sich dafür, dass er sich nicht einfach krankmelden konnte.

"Elisabeth, Sie haben versucht mich zu erreichen", sagte er, als sie ans Telefon ging. Die hektische Stimme seiner neuen Sekretärin vertrieb den Gedanken.

"Mr. Fox, endlich! Hier sind so viele Menschen!"

Augenblicklich war er hellwach.

Er hatte tatsächlich einen Termin vertrödelt.

"Geben Sie ihnen Kaffee. Ich bin in zwanzig Minuten da." Dann legte er auf und rannte in sein Bad, um sich in Windeseile zu duschen.

Als er zehn Minuten später die Treppe herunterjoggte, stand Zoey mit einem Thermobecher am Treppenende und lächelte ihm entgegen.

"Du bist perfekt, hab ich das erwähnt?" Er küsste sie flüchtig und schlüpfte dann eilig in seine Schuhe. "Kommst du mittags vorbei?" Meistens ging er in seiner Pause Schwimmen oder ins Fitnessstudio, aber eine Pause mit Zoey klang eindeutig besser!

"Gern. Sandwiches?"

"Perfekt habe ich gesagt, oder?", gab er grinsend zurück.

"Darfst du gern öfter." Ein Zoey-Lächeln, dann küsste sie ihn noch einmal.

"Bis später."

ZOEY

Sie hatte sich noch immer nicht umgezogen, als die Haustür sich öffnete. Es war erst Donnerstag, Esperanza kam erst am Freitag, hatte Mat etwas vergessen?

"Mat?", rief sie vorsichtig.

"Nein." Ein junges Mädchen mit dunklen Haaren, das Mat ziemlich ähnlich sah, betrat die Küche, in der Zoey gerade stand.

"Urg … kannst du dir nichts anziehen?", sagte das Mädchen angeekelt.

Zoey hatte das Gefühl, dass dieses Gespräch nicht freundlich werden würde, also ging sie vorsichtshalber in Abwehrstellung. "Könnte ich, aber ich habe keinen Besuch erwartet."

"Ich muss mich nicht anmelden, ich wohne hier!"

Damit wäre die Identität also geklärt. Das war Chloe, Mats kleine, süße Schwester, die im Moment alles andere als süß aussah.

Dennoch stellte Zoey sich dumm. "Wirklich? Ich dachte Mat wohnt hier und nun ja, ich im Moment."

Sie schnaubte. "Was er sich dabei gedacht hat … obwohl, warte … " Sie ließ ihren Blick abschätzend über Zoey gleiten. "Doch, ich kann mir sehr genau vorstellen, was er sich dabei gedacht hat."

Zoey hatte die Faxen dick. "Fahr die Krallen ein, Mäuschen. Niemand will dir was wegnehmen."

"Nachdem du dich im Leben meines Bruders breit machst, muss ich leider doch davon ausgehen. Mat braucht keine kleine Schlampe, die hier auf bedürftig macht." Chloe deutete auf die Krücken. "Und es ausnutzt, dass er so ein gutes Herz hat."

Der Schlag saß, aber Zoey würde es sich nicht anmerken lassen. Mat hatte nicht nur Mitleid mit ihr, er wollte sie, er hatte es mehr als einmal gesagt.

"Tja, die *Schlampe* hat leider nicht vor, so schnell wieder zu gehen, also gewöhn dich besser dran." Auch wenn sie keine Ahnung hatte, wie lang es mit ihr und Mat wirklich gehen würde, sie würde sich von Chloe bestimmt nicht auf der Nase herumtanzen lassen.

Chloe deutete mit dem Finger auf sie. "Er würde niemals mit einer wie dir zusammen sein!", fauchte sie.

Zoey nippte an ihrem Kaffee. "Du darfst mich Mama nennen, Kleines."

Chloe öffnete noch zweimal den Mund und schloss ihn wieder, wie ein Fisch auf dem Trockenen, ehe sie auf dem Absatz kehrt machte und ging.

Das würde noch heiter werden.

Nach diesem Drama entschied Zoey sich dazu, sich einen weiteren Kaffee zu genehmigen.

Sie lehnte sich gerade erneut gegen die Arbeitsplatte, als die Tür wieder aufging. Diesmal rief sie nicht, sondern wartete, bis ihr Besuch sich meldete.

"Hallo?"

"Küche." Die Stimme kam ihr vage bekannt vor. War das nicht Mats Bruder? War heute Familientag und sie hatte nichts mitbekommen?

"Hey Zoey", sagte Julien fröhlich wie immer, bis er in ihr Blickfeld trat. "Holla … ähm … wirklich nett anzusehen, aber Destiny reißt mir die Augäpfel raus", sagte er sichtlich bemüht, sie nicht anzustarren.

"Ich hol dir einen Morgenmantel."

Echt jetzt? Es gab Leute, die sowas noch anzogen?

Eine Minute später kam er mit einem dunkelblauen Satinmorgenmantel zurück.

"Danke", sagte sie, nachdem sie ihn sich übergestreift hatte.

Sie war schon nur mit einem String bekleidet vor hunderten Menschen auf einem Laufsteg herumgelaufen und konnte nie verstehen, warum manche Menschen damit ein Problem hatten.

Aber sie mochte Julien. Sie hatte ihn im vorletzten Jahr in Talin kennengelernt. Er war witzig und immer zu Späßen aufgelegt … also hatte sie zumindest die Hoffnung darauf, dass es sich hierbei um keine Wiederholung von Chloes Auftritt handelte.

"Möchtest du einen Kaffee?"

"Gern."

Sie reichte ihm eine Tasse aus dem Kaffeevollautomat.

"Wie komm ich zu der Ehre?"

Er rieb sich über den Nacken.

"Ähm … also … ich wollte eigentlich nur schauen, ob Chloe … keine bleibenden Schäden hinterlassen hat. Sie klang ein wenig … hysterisch, als sie mich gerade angerufen hat."

Zoey lachte, um ihn zu beruhigen. "Sie liebt ihn nun mal."

Julien grinste schief. "Ja, und eigentlich ist sie auch nicht so … und Mat wäre alles andere als erfreut, wenn er davon Wind bekäme."

Aha, das war also der eigentliche Grund für seinen Besuch. Zoey sollte die Klappe halten.

"Mach dir keine Sorgen, Julien. Ich werde nicht gleich zu Mat laufen und ihm sagen, dass Chloe sich hier wie eine kleine Raubkatze aufgeführt hat."

Er sah mehr als nur erleichtert aus und lächelte sie offen an. Er hatte sich wirklich Sorgen um seine kleine Schwester gemacht.

"Danke und danke für den Kaffee."

Zoey duschte und zog sich an, bevor weiterer Besuch das Haus betreten konnte. Dann machte sie sich auf die Suche nach einem Subway, um Sandwiches für Mat zu besorgen.

Es war eindeutig zu viel für einen Tag. Als würde es nicht schon reichen, dass sie sich Sorgen um ihr eigenes Herz machen müsste.

Und das tat sie. Sie war sich noch immer nicht sicher, ob es die richtige Entscheidung war, Mat und sich eine Chance zu geben.

Nicht nur, weil er sie zutiefst verletzt hatte, sie hatte sich auch von ihrer letzten Trennung noch nicht wirklich erholt. Ihr Herz tat wegen John nicht weh. Liebe hatte es zwischen ihnen schon lange nicht mehr gegeben. Aber konnte sie sich wirklich einfach so in die nächste Beziehung stürzen?

Was, wenn sie es unbewusst nur tat, um nicht allein zu sein?

Nein. Mat war mehr als das, sonst könnte er sie nicht so sehr verletzen.

Sie vertrödelte noch etwas Zeit in einem Café, dann fuhr sie mit dem Taxi zu seinem Büro.

Die neue Sekretärin wirkte sehr aufgelöst. Vielleicht sollte sie Mat doch einmal darauf hinweisen, dass er ein echtes Problem mit der Führung seiner Mitarbeiter hatte.

"Hi, ich bin Zoey, ich möchte gern zu Mr. Fox."

"Haben Sie einen Termin?"

"Inoffiziell ja", gab Zoey zwinkernd zurück.

In diesem Moment öffnete sich Mats Tür. "Ah Zoey, da bist du ja", sagte er lächelnd und winkte sie zu sich.

"Ich … ich würde mir dann etwas zu essen holen …", sagte seine Assistentin, die aussah wie ein Reh im Scheinwerferlicht.

"Seien Sie pünktlich zurück, wir haben noch einiges aufzuarbeiten."

Sie zuckte zusammen und nickte dann hastig.

Mat führte Zoey in sein Büro, schloss die Tür und zog sie in seine Arme.

Der Blick, mit dem er sie bedachte, war zu viel für sie. Da waren zu viele Emotionen, mit denen sie noch nicht umgehen konnte. Sie wollte ihn, aber die Angst, verletzt zu werden, hinderte sie daran, ihm ihr Herz zu öffnen.

Um sich von ihm abzulenken, sah sie sich in seinem Büro um. Es war ungefähr fünf auf fünf Schritte groß und hatte eine große Fensterfront.

Der wuchtige Holzschreibtisch stand mitten im Raum, ein großer, schwarzer Lederstuhl dahinter. Rechts von der Tür stand eine kleine Sitzgruppe, ebenfalls aus schwarzem Leder.

An der Wand gegenüber der Tür ragte ein riesiges Regal auf, dass die ganze Länge einnahm und voll war mit Büchern und Ordner.

Sie spürte seinen heißen Atem, als er seinen Mund ganz nah an ihr Ohr brachte. "Entspann dich, Zoey."

Sie versuchte sich zusammenzureißen und lächelte zu ihm auf.

Da seine Augenbrauen sich daraufhin nur finster zusammenzogen, versuchte sie noch strahlender zu lächeln.

"Lass das!"

Sie machte sich von ihm los. "Du kannst mir nicht befehlen, dass ich mich entspannen soll, und mich dann anknurren, wenn ich es nicht zu deiner Zufriedenheit schaffe."

Sie ging hinüber zur Sitzgruppe, stellte die Krücken beiseite und die kleine Sandwichtüte auf den Tisch. Dann setzte sie sich hin.

Mat setzte sich neben sie, ignorierte ihre steife Art und zog sie an sich. "Du hast recht. Aber können wir uns bitte darauf einigen, dass du aufhörst, es mir recht machen zu wollen?"

Sie grinste schief. "Bist du sicher, dass du das willst?"

"Ich bin mir sicher, dass ich die echte Zoey kennenlernen möchte und keine angepasste Version."

Sie war sich nicht sicher, ob die echte Zoey ihm genügen würde. Bislang hatte sie niemandem genügt, außer Taylor. Sie wandte den Blick nicht ab, ließ ihn ihre Zweifel sehen. Erstaunlicherweise lächelte er sanft. Dann küsste er sie zärtlich, spielerisch auf die Lippen.

Sie liebte seinen Geschmack nach frischem Kaffee und Minze. Sie liebte die Wärme seiner Lippen und das Gefühl seiner starken Arme um sie.

Sie liebte viel zu viel an ihm.

Sie zog sich zurück und Mat ließ sie gewähren, streichelte nur sanft über ihre Hüfte.

"Ich hoffe, du magst Schinkensandwich", sagte sie und deutete auf die Tüte.

"Ja, danke." Er griff danach und sah etwas ratlos hinein. "Es ist nur eins."

"Wolltest du ein zweites?" Er konnte doch nicht so viel essen und trotzdem so göttlich aussehen!

"Nein, aber du?"

Zoey seufzte. Er wollte die echte Zoey, dann konnte sie ebenso gleich damit anfangen. "Wir beide werden wesentlich besser miteinander auskommen, wenn du aufhörst, dich in meinen Essensplan einzumischen", sagte sie ernst und zog eine Augenbraue nach oben, wie ihre Mutter es immer tat.

Mat lachte. "Okay, verstanden … zumindest so lange du noch vorhast, auf den Laufstegen dieser Welt herumzuspazieren."

Das implizierte, dass er vorhatte, länger mit ihr zusammen zu sein … worüber sie sich bislang überhaupt keine Gedanken gemacht hatte.

"Nächste Woche ist unser Fire&Ice Monatstreffen, da würde ich gern mit dir hingehen und Jason feiert die Woche darauf am Samstag seinen dreißigsten Geburtstag in Chris' Club. Glaubst du, das geht mit deinem Bein?", fragte er.

Noch in Gedanken versunken antwortete sie: "Ja, ich darf ja schon langsam wieder ohne Krücken gehen. Mit Highheels wird es wohl nichts, aber sonst sehe ich kein Problem darin."

Er schob sich das letzte Stück Sandwich in den Mund, lehnte sich dann entspannt zurück und zog sie an sich.

"Wir können uns heute Abend einen Film ansehen, wenn du willst?"

Zoey nickte und genoss das Gefühl seiner Nähe. Vielleicht würde es zwischen ihnen tatsächlich funktionieren.

Vielleicht könnte er die Vergangenheit und seine Vorurteile vergessen.

MATTHEW

Wirklich schlecht gelaunt kam er am Abend zurück nach Hause. Er zog sich die Schuhe aus und stellte das Essen in der Küche ab.

"Hey Princess", rief er ins Wohnzimmer, bekam aber keine Antwort.

Er ging hinüber und fand sie bereits auf der Seite schlafend auf dem Sofa vor.

Bei ihr angekommen küsste er sie auf die Wange. Ihre Lider flatterten.

"Hey", murmelte sie mit vom Schlaf rauer Stimme und blinzelte.

Er küsste sie auf die Lippen und streichelte sanft ihre Hüfte.

Den ganzen Tag über war er unter Strom gestanden, doch diese einfache Berührung reichte, um ihn zu erden.

"Wie spät ist es?", fragte sie schläfrig.

"Nach zehn. Willst du noch etwas essen?"

Sie schüttelte den Kopf und streckte sich träge. Es sah unendlich sexy aus und er würde sich am liebsten einfach zu ihr auf die Couch legen.

"Nein. Wo warst du so lange?"

Da war kein Vorwurf in ihrer Stimme, nur echtes Interesse.

Die wenigen Frauen, mit denen er mehr als nur einen One-Night-Stand versucht hatte, hätten spätestens jetzt die Dramaqueen raushängen lassen.

"Erinnerst du dich daran, dass Elisabeth gesagt hat, sie hole sich was zu essen?"

Zoey nickte und sah ihn fragend an.

"Sie kam nicht wieder", sagte er und konnte seine eigene Fassungslosigkeit nicht verbergen.

"Sie kam nicht wieder?"

"Ja, sie ist einfach nicht zurückgekommen!", antwortete Mat.

Zoey lachte auf. "Oh mein Gott! Die Arme hat so viel Angst vor dir, dass sie sich noch nicht einmal zu kündigen traut?"

Sie lachte weiter und zog dabei ihre perfekten Beine an den Oberkörper.

Mat schlug ihr auf den Arsch. Nicht gerade zimperlich. "Das ist ernst! Ich wäre fast erstickt in Arbeit und sie kommt einfach nicht zurück!"

Sie lachte noch lauter, während sie sich über den Hintern rieb.

"Du mein Freund, hast ein echtes Problem mit deiner Mitarbeiterführung!"

"Ich habe ein Problem mit der Auswahl meiner Mitarbeiter, das ist alles!", brummte er missmutig. "Willst du wirklich nichts essen?"

"Nein, nur noch ins Bett."

Er hob sie auf seine Arme und Zoey lehnte sofort ihren Kopf an seine Brust. "Bett klingt gut", sagte er leise mit leicht anzüglichem Unterton.

Ihre Finger streichelten seinen Nacken. Die sanfte Berührung machte ihn nur noch mehr an.

Er setzte sie auf dem Bett ab und konnte keinen Moment länger warten.

Er presste seine Lippen auf ihre, genoss es, wie sie den Kuss sofort gierig erwiderte.

Er griff nach dem Bund ihres Longsleeves und zog es ihr über den Kopf, ehe er seine Lippen sofort wieder auf ihre legte.

Ihre Zunge spielte mit seiner und ihre Hände in seinem Nacken machten ihn verrückt. Er küsste sie härter, drückte sie langsam zurück aufs Bett, bis er sich über ihr abstützen konnte.

Sie löste seine Krawatte und öffnete die Knöpfe seines Hemds, ohne den Kuss zu unterbrechen. Mat streichelte von ihrer Hüfte über ihre Taille hinauf zu ihren Brüsten. Sanft drückte und massierte er sie durch den schwarzen BH.

Sie passten genau in seine Hand, fühlten sich weich und unglaublich gut an.

Er wollte sie schmecken, wollte an ihren Nippeln saugen, bis sie sich ihm entgegenbäumte.

Als hätte sie seine Gedanken gelesen, öffnete sie den Frontverschluss des BHs.

Sie stöhnte in seinem Mund, als seine Finger sanft an ihrem Nippel zogen.

Er ließ seine Lippen über ihre Wange hinab zu ihrem Hals gleiten. Liebkoste und schmeckte sie, bis er endlich an ihren Brustspitzen ankam.

Er umkreiste sie mit seiner Zunge und schloss dann seine Lippen darum.

Ihre Hände krallen sich in seine Haare.

Leise stöhnte sie seinen Namen und turnte ihn damit unglaublich an.

Sein Schwanz war mittlerweile so hart, dass es schmerzte. Er griff nach unten und öffnete seine Hose, um ihm mehr Platz zu verschaffen.

Seinen Mund bewegte er zu ihrer zweiten Brust, liebkoste sie genauso, während seine Hände ihre Hose öffneten.

Sie half ihm, die Hose über ihre Hüften zu schieben.

Mat richtete sich auf und zog ihre Hose samt Slip ganz von den Beinen.

Dann ließ er seinen Blick über diese atemberaubend schöne Frau in seinem Bett wandern.

Die langen, schlanken Beine, die schmalen Hüften und der flache Bauch. Ihre Brüste, die genau die richtige Größe für seine Hände hatten, ihr wunderschönes Gesicht und die langen blonden Strähnen, die auf seinem Bett ausgebreitet waren.

Ihre Hände streichelten über ihren Körper. Ihr Blick war träge und ihre Lippen umspielte ein leichtes Lächeln.

"Du bist unglaublich sexy", raunte er und schob sich Hose samt Shorts von den Beinen.

Sie setzte sich auf und leckte von seiner Hüfte zu seinem Bauchnabel und achtete darauf, seinen Schwanz nicht zu berühren.

Er fasste unter ihr Kinn und hob ihren Kopf, bis ihre Blicke sich trafen.

Lust glomm in ihren blauen Augen auf und er konnte sich kaum noch zurückhalten, nicht einfach über sie herzufallen.

"Ich habe mich testen lassen nach meinem letzten Sex und nehme die Pille", sagte sie leise und leckte sich dann über die vollen Lippen.

Er beugte sich zu ihr, küsste sie erneut leidenschaftlich und drängte sie zurück.

Er legte sich zwischen ihre Beine und presste seinen Schwanz an ihre Spalte. Sie war nass, verdammt nass und bereit für ihn.

"Ich war auch erst vor zwei Wochen beim Test."

Ihre Arme und Beine umschlangen ihn, hielten ihn fest an sich gepresst, dann griff sie zwischen ihre Körper und umfasste seinen Schwanz. Er stöhnte an ihrem Hals, als sie ihn langsam in sich führte und ihn dann mit ihren Beinen in sich schob.

Sie dehnte sich langsam und umschloss ihn dabei wie ein heißer, nasser Handschuh. Ihr Atem ging schnell und ungeduldig.

Er zog sich zurück und stieß dann ganz in sie. Das Gefühl überwältigte ihn, ließ ihn stöhnen und setzte ein Ziehen in seinen Lenden frei.

Zoey bewegte sich unruhig unter ihm, trieb ihn dazu an, sich in ihr zu bewegen. Und genau das wollte er. Immer wieder zog er sich zurück und stieß von neuem kraftvoll in sie.

Ihre Augen waren halb geschlossen und sie stöhnte leise durch ihre einen Spalt breit geöffneten Lippen.

Sie nahm eine seiner Hände und legte sie auf ihre Brust.

Es gefiel ihm, dass sie ihm zeigte, was sie brauchte. Er massierte ihre Brust, spielte mit ihrem Nippel, bis sie sich laut stöhnend unter ihm wand.

Er richtete sich ein Stück auf, schob eine Hand unter ihren Rücken, um noch tiefer in sie stoßen zu können, während er an ihren harten Brustspitzen saugte.

Stoß um Stoß kam sie ihm entgegen, ihre Hände kratzen fiebrig über seinen schweißnassen Rücken.

Sein Orgasmus kam unaufhaltsam näher, ließ ihn noch härter in sie stoßen, bis sie sich ihm schreiend entgegenwölbte.

"Verdammt, Zoey … du machst mich verrückt. Du fühlst dich so verdammt gut an", keuchte er. Dann griff er in ihren Nacken, brachte sein Gesicht nah vor ihres, wollte sehen, wie es sich vor Lust verzerrte.

Er spürte bereits ihr Zucken, erhöhte noch einmal Tempo und Intensität seiner Stöße.

Dann spannte sich ihr ganzer Körper an und ihre Muskeln umschlossen ihn fest.

Noch zweimal stieß er in sie, dann überrollte auch ihn ein gewaltiger Höhepunkt, der wie Lava durch seine Lenden zuckte.

Kraftlos sank er mit Zoey zusammen zurück aufs Bett, ohne sie loszulassen.

Er spürte ihr Herz an seiner Brust rasen, genauso schnell wie sein eigenes. Er hörte ihre keuchenden Atemzüge und konnte nicht anders, als mit seinen Lippen über ihren Hals zu fahren.

Viel zu schnell stemmte sie ihre heißen Hände gegen seine Brust.

"Warte noch", murmelte er, nicht gewillt, sie schon gehen zu lassen.

Sie war so sexy, so heiß, so wild. Er wollte sie nicht von sich weg lassen, wollte nicht aus ihr herausgleiten. Fühlte sich nahezu besessen von dem Drang, mehr von ihr zu spüren.

"Wenn ich jetzt nicht aufstehe, schaffe ich es nicht mehr bis ins Bad", flüsterte sie leise und streichelte über seine Brust.

"Morgen ist auch noch ein Tag."

Er hatte sich viel in seiner Fantasie ausgemalt, hatte sich oft vorgestellte, wie es wäre mit ihr zu schlafen. Aber nichts, absolut nichts hatte ihn darauf vorbereitet.

Er war sich sicher, dass Zoey ihm die beste Zeit seines Lebens bescheren würde.

Dieser neue Abschnitt mit Zoey an seiner Seite würde absolut perfekt werden.

Er legte sich neben sie, zog sie an seine Brust und breitete die Decke über ihnen aus.

Er würde sie jetzt nirgendwo hingehen lassen. Am Schluss war sie noch eine von den Frauen, die nach dem Sex Panik bekamen und verschwanden. Er hatte das oft genug bei seinen Freunden gesehen.

Diesen Fehler würde er nicht begehen. Er würde darauf achten, dass Zoey bei ihm blieb.

Sie entspannte sich in seinen Armen und drehte ihm

dann den Rücken zu. Er schmiegte sich an sie und ihre kleinen Bewegungen ließen Bilder in seinem Kopf entstehen, wie er sie das nächste Mal nehmen würde.

Die Art, wie sie sich unter ihm bewegt hatte, machte ihn noch immer wahnsinnig und ließ ihn über Dinge nachdenken, die er noch mit ihr machen würde.

Alles. Er wollte alles von ihr. Überall, auf jede nur erdenkliche Art und Weise.

"Gute Nacht", murmelte sie.

Mat küsste ihre nackte Schulter.

"Schlaf gut, Princess."

8 WIR

ZOEY

FREITAG

Aufzuwachen und ihn in ihrem Rücken zu spüren, fühlte sich einfach nur verdammt himmlisch an.

Sie konnte sich nicht mehr daran erinnern, wann sie zuletzt so umarmt worden war. War es denn jemals so gewesen?

John hatte sie nie im Arm gehalten, wenn sie aufgewacht war.

Ja, manchmal hatte er sie gehalten, wenn sie sich am Abend an ihn geschmiegt hatte, aber irgendwann hatte er sich dann von ihr gelöst und ihr den Rücken zugedreht.

Und sonst? Meistens war sie nicht lange genug geblieben, um es herauszufinden.

Das hier fühlte sich aber definitiv nach mehr an. Sie rückte noch ein Stückchen näher, um jeden Millimeter seiner Haut zu genießen.

Dann hörte sie sein schläfriges Brummen. "Wenn du weiter so machst, Princess, bin ich schneller in dir, als du schauen kannst."

Sie lächelte und küsste seinen Unterarm. Dagegen hatte sie absolut nichts einzuwenden. Sex mit Mat war unglaublich.

Hatte sie vorher schon gedacht, sie sei auf Entzug, so hatte sie nicht gewusst, wie schlimm es wirklich werden konnte.

Der Gedanke, mit Mat ein halbes Jahr das Bett zu teilen, ohne ein einziges Mal Sex mit ihm zu haben, schien ihr unerträglich.

Bei John hatte sie sich irgendwann damit abgefunden, bei Mat konnte sie sich das nicht vorstellen.

Sie bog ihren Rücken zu einem Hohlkreuz, um ihn näher an die Stelle zu bekommen, an der sie ihn haben wollte.

Stöhnend drehte er sich von ihr weg.

"Du bist ein Biest! Ich muss gleich im Büro sein, ich kann jetzt nicht …"

Sie rollte sich auf ihn, rutschte an ihm hinunter, und nahm ihn ohne Vorwarnung, ohne vorher mit ihm zu spielen, tief in ihren Mund auf.

Sie schob ihn in sich, bis sie ihn an ihrem Gaumen spürte und drückte ihn dann langsam noch ein kleines Stückchen weiter.

"Heilige Scheiße!", stöhnte er und drückte den Rücken durch.

Schnell und tief ließ sie ihn immer wieder in ihren Mund fahren, während ihre Hand seine Schwanzwurzel gleichmäßig massierte.

Jedes Mal, wenn sie nach oben fuhr, leckte sie einmal über seine Spitze und schob ihn dann schnell wieder bis zum Anschlag in sich.

Seine Hand verkrallte sich fest in ihren Haaren, während sein Körper unter ihrer Liebkosung zu zittern begann. Sie wechselte ihre Hand und umfasste mit der von ihrem Speichel feuchten Hand seinen Hoden.

Mats Stöhnen wurde lauter, animalischer, als sie ihn sanft massierte.

Als er sich verkrampfte und sie von sich wegziehen wollte, schob sie ihn noch einmal tief in ihren Mund und schluckte alles, was er ihr gab.

Er zitterte lang und heftig, ehe er sich schließlich ganz langsam entspannte und ihren Kopf freigab.

Er packte sie an den Armen und zog sie nach oben auf seine bebende Brust.

"Ich … scheiße … wow!"

Zoey lächelte zufrieden. Ein besseres Kompliment hätte er ihr nicht machen können.

Sein rasender Herzschlag unter ihrem Ohr war das Tüpfelchen auf dem i. Sie liebte nichts mehr, als zu wissen, dass sie ihn voll befriedigen konnte.

Sie stützte sich über ihm ab und küsste ihn sacht auf die Lippen.

"Geh duschen, ich mach uns Kaffee."

Er legte einen Arm träge um ihre Mitte und versuchte, sie an sich zu ziehen.

"Ich glaube nicht, dass ich jemals wieder laufen kann", brummte er satt.

Sie kicherte … ja, sie kicherte, stellte sie verwundert fest. Sie schob seine Hand von sich.

"Du musst arbeiten", sagte sie zwinkernd und glitt von ihm, ehe er erneut nach ihr greifen konnte.

MATTHEW

Den Rest des Tages konnte er an nichts anders denken als an den besten Blowjob seines Lebens.

Heilige Scheiße, diese Frau war der absolute Hammer. Wenn er gedacht hätte, der Sex in der Nacht zuvor sei nicht mehr zu toppen, hatte sie ihn definitiv eines besseren belehrt.

Die Art, wie sie seinen Schwanz geblasen hatte, müsste gesetzlich eigentlich verboten werden.

Lächelnd sah er zu den Büchern mit all den Gesetzen in seinem Büro.

Verdammt ja! Es sollte verboten sein.

Zoey machte sowas von süchtig, dass er sich nicht einmal auf seine Arbeit konzentrieren konnte.

Sein Kopf war zu nichts anderem fähig, als sich auszumalen, in welchen Stellungen er diese höllisch sexy Frau noch würde vögeln können.

Sie wusste ganz genau, wie sie sich bewegen musste, um ihn in den absoluten Wahnsinn zu treiben. Ob nun mit ihrem verführerischen Becken, oder ihrem unglaublichen Mund.

Zoey brachte ihn um den Verstand. Es war, als könnte sie seine Gedanken lesen und würde genau das tun, was ihm den Orgasmus seines Lebens bescherte.

Unwillkürlich stöhnte er auf und schob seinen Schwanz so zur Seite, dass er nicht gegen den Reißverschluss seiner Hose drückte.

Er musste sich konzentrieren, nur noch diese eine Mail fertig schreiben, dann konnte er zurück zu ihr und sich erneut tief in ihr vergraben.

Das Klingeln seines Telefons riss ihn aus seinen erotischen Fantasien.

"Fox", knurrte er, genervt, dass seine neue Sekretärin erst am kommenden Tag anfangen würde.

"Mat? Luce hier. Sie haben Alessio eingebuchtet. Kannst du kommen?"

"Sag mir, dass das ein Scherz ist, Luce", bat er, wirklich verzweifelt, während er einen Blick auf seinen mehr als nur verständnislosen Schwanz warf.

"Es tut mir leid. Ich weiß, du hast verdammt viel zu tun, aber es ist wichtig."

Das einzig wirklich Wichtige, das er zu tun hatte, war die Frau, die zuhause auf ihn wartete.

Er drückte mit Daumen und Zeigefinger auf seine Nasenwurzel und verfluchte Luce und seine Bande.

"Ich bin in dreißig Minuten da."

Luce bedankte sich, aber Mat hatte absolut kein Interesse daran.

Er wollte nur noch diese Mail fertig schreiben, den kleinen Scheißer aus dem Gefängnis holen und dann so schnell wie möglich zurück zu der Frau seiner Träume.

Er hasste sich dafür, dass er nicht wie normale Menschen pünktlich sein konnte. Zum ersten Mal in seinem Leben hasste er sich wirklich dafür.

ZOEY

SAMSTAG

Sie konnte sich nicht daran erinnern, dass Mat nach Hause gekommen war. Sie konnte sich noch nicht einmal daran erinnern, wie sie ins Bett gekommen war.

Aber da war sie, Mat dicht an sie geschmiegt. Sie drehte sich in seinen Armen und Mat brummte unwillig. Dann packte er ihren Hinterkopf und presste ihn an seinen Hals.

"Schlaf!"

Sie musste lachen. Vielleicht wäre sie sogar noch einmal eingeschlafen, wenn er es ihr nicht so brummig befohlen hätte.

Sie küsste seinen Hals. "Wo warst du so lange?", fragte sie neugierig, weil er eigentlich etwas zu essen hatte mitbringen wollen.

"Du wirst nicht mehr schlafen, oder?"

"Unwahrscheinlich."

Er seufzte. "Einen von Luces Jungs aus dem Knast holen."

"Warum?"

"Zoey … ich schlafe noch", jammerte er und sie musste erneut lachen.

Dann griff sie nach untern und drückte seinen halb aufgerichteten Schwanz.

"Sieht nicht so aus …"

"Das ist die natürliche Reaktion auf deinen Wahnsinnskörper." Sein Kompliment war Balsam für ihr angekratztes Ego, also küsste sie dankbar seinen Hals.

"Warum?", wiederholte sie und rieb langsam über seinen Schwanz.

"Bandendelikte, mit denen er aber nichts mehr zu tun hat. Es dauert nur immer ewig, bis die Polizei das auch einsieht." Dann stöhnte er auf und rollte sich auf sie, nahm sie mit seinem Körper gefangen.

Er beugte sich zu ihr und küsste sie leidenschaftlich, während sein Schwanz in ihrer Hand zuckte. In Mats Gegenwart fühlte sie sich unglaublich gut. Als wäre sie begehrenswert und wertvoll.

Seine Berührungen waren drängend. Er konnte sich genauso wenig beherrschen wie sie. Das machte sie unglaublich an.

Sie verbrachten das Wochenende zu zweit bei Mat zuhause. Sie redeten viel und je mehr sie über ihn erfuhr, desto mehr begehrte sie ihn.

Er war ständig für seine Freunde und seine Familie da, kümmerte sich um sie und half ihnen. Es schien ihm nichts auszumachen. Im Gegenteil war es eher so, als würde er es noch nicht einmal mitbekommen.

Es verging keine Stunde, ohne dass sein Handy klingelte, und jedes Mal war er freundlich und hilfsbereit.

Okay, nicht ganz jedes Mal. Einmal rief der Besitzer einer Flugschule an und erkundigte sich, ob es wirklich in Ordnung sei, dass eine junge Frau namens Chloe Fox ihre Helikopterflugstunden mit seiner Kreditkarte bezahlte.

In diesem Moment wollte sie absolut nicht in Chloes Haut stecken. Sie hatte Mat noch nie so wütend gesehen.

Am Montag kam Taylor sie besuchen. Ihr war nicht ganz wohl bei dem Gedanken, ihn einfach so in Mats Haus zu lassen, aber sie hätte ihn auch schlecht einfach an der Türschwelle abweisen können.

Leider verzog er sich auch nicht einfach wieder, sondern blieb, bis Mat gegen sieben Uhr mit dem Essen nach Hause kam.

"Hey Princess!", rief Mat wie immer beim Betreten des Hauses.

Auf Taylors belustigt nach oben gezogene Augenbrauc, fauchte sie nur: "Süße?"

"Du magst es, wenn ich dich Süße nenne!", beschwerte er sich sofort.

Mitten in diese kleine Auseinandersetzung platzte Mat hinein.

"Taylor."

"Mat."

Mat kam zu ihr und küsste sie mitten auf den Mund, was sie ein wenig aus dem Konzept brachte. Dann stützte er sich links und rechts von ihrem Kopf an der Rückenlehne des Sofas ab und schenkte ihr dieses eine Lächeln, das eigentlich fürs Schlafzimmer reserviert war.

Sofort wurde ihr warm und es kribbelte zwischen ihren Beinen. Ein Vorspiel nur mit Blicken war definitiv möglich, auch wenn sie es bisher nicht für möglich gehalten hätte.

"Alles okay bei dir?"

"Mhm ..." Sie lächelte ihn an. Ein echtes Lächeln, weil sie diesen Mann vergötterte.

"Bevor du ihr jetzt ans Bein pinkelst, um dein Revier zu markieren, gehe ich lieber", sagte Taylor lachend. Zoey schämte sich, weil sie ihn sofort vergessen hatte, als Mat ihr so nahe gekommen war.

MATTHEW

Am Dienstag kam er erst spät aus dem Büro, weil er seine neue Assistentin hatte einlernen müssen.

Er war gestresst, weil er zu Zoey wollte, was Sandra nur immer noch nervöser werden ließ. Er versuchte wirklich, Geduld mit ihr zu haben.

Zoey hatte ihn mehr als einmal versteckt darauf hingewiesen, dass es seine Schuld war, dass ihm die Assistentinnen immer zu davonliefen.

Manchmal spielte er mit dem Gedanken, Tracy von seinem Freund Tyler Moreno abzuwerben.

Wenn er sich eine perfekte Assistentin vorstellte, war es Tracy, die in seinen Kopf schoss.

Kühl, effizient, perfekt organisiert. Ty begann beinahe zu knurren, wenn er nur in Tracys Richtung schaute. So viel Gegenwind bekam man sonst nur von ihm, wenn es um seine Frau oder seine Tochter ging.

"Hey Princess", rief er wie jeden Abend. Ihm gefiel es, dass immer jemand auf ihn wartete. Dass Zoey auf ihn wartete.

Es war schön, sie jeden Abend auf dem Sofa vorzufinden, mit ihrem ebook-Reader in der Hand und diesem weichen Lächeln auf dem Gesicht.

Auch wenn er es niemals gedacht hätte, Zoey sollte im Wörterbuch als Synonym für Traumfrau stehen. Sie war nicht nur äußerlich perfekt, je mehr er über ihren Charakter erfuhr, desto mehr liebte er sie.

Genau das tat er. Er betete sie an. Sie hatte ihn vom ersten Moment an fasziniert und ihre vielen Facetten taten das jeden Tag aufs Neue.

"Hey, du siehst müde aus."

Er nickte und stellte das indische Essen auf den Tisch. "Bin ich. Ich hoffe, Sandra bleibt."

Sie lächelte nachsichtig und küsste ihn flüchtig auf den Mund, ehe sie sich zu ihm an den Tisch setzte.

"Ich war wirklich bemüht", brummte er und schob sich den ersten Happen in den Mund.

"Wir wissen was bemüht heißt." Zoey lachte.

Dieses Lachen, von dem er nicht genug bekommen konnte. Am liebsten würde er sich zurücklehnen und es einfach nur genießen, aber dann würde sie sich wieder zurückziehen.

Wie konnte so ein bezauberndes Wesen, das äußerlich so stark wirkte, innerlich so unglaublich unsicher und zerbrechlich sein?

"Hast du für Donnerstag etwas zum Anziehen?", fragte er deshalb nur.

Sie schüttelte den Kopf und schluckte ihren Bissen dann herunter.

Er hasste diese dämliche und vor allem absolut unnötige Diät. Ein paar Kilo mehr würden ihr guttun. Er hoffte nur, dass sie eher früher als später mit dem Modeln aufhören würde.

Zum einen müsste er sie dann nicht immer wieder ziehen lassen, davor graute ihm nämlich jetzt schon, zum anderen konnte er sie nach Belieben füttern.

"Nein, nachdem was Taylor gesagt hat, habe ich nichts Passendes. Auch nicht für Jasons Geburtstag, aber er hat morgen seinen freien Tag und geht mit mir shoppen."

Mats Miene verfinsterte sich sofort. Allein der Name dieses Typen, der viel zu viel Platz in ihrem Leben einnahm, versaute ihm die Laune.

Als er merkte, dass sie verstummt war, sah er auf.

Falsches Lächeln.

"Nein", sagte er und deutete mit seiner Gabel anklagend auf sie.

Wut blitzte in ihren wunderschönen blauen Augen auf. "Ich bin kein Hund, Mat."

Sein Mundwinkel zuckte. Okay, vielleicht ein wenig die falsche Ausdrucksweise. "Okay, dann hör auf so zu lächeln, bitte."

"Oh …"

"Oh?"

Ihre Augen funkelten. "Ich dachte das Nein bezog sich auf meine Shoppingpläne."

Er lehnte sich zurück und verschränkte die Arme vor der Brust.

"Du würdest dir allen Ernstes sagen lassen, mit wem du zum Shoppen gehen darfst und mit wem nicht?"

Als sie nichts erwiderte, griff er über dem Tisch nach ihrer Hand. "Hör auf, es mir recht machen zu wollen. Ich will die echte Zoey, erinnerst du dich?"

Sie lächelte ihn traurig an, was ihm einen Stich ins Herz versetzte. Wie konnte er ihr nur begreiflich machen, dass sie ihm so oder so genügte?

Genügte beschrieb es noch nicht einmal annähernd. Eigentlich war sie viel zu gut für ihn und er fürchtete sich vor dem Tag, an dem sie das erkannte. An dem sie wie alle anderen Frauen mehr forderte, als er ihr geben konnte.

"Ich mag ihn nicht. Wie sollte ich? Immer wenn du über ihn sprichst, bist du glücklich. Wenn ich euch zusammen sehe, bist du *du*, ohne Masken, einfach nur du selbst", sagte er so ruhig wie möglich.

Sie wollte zu sprechen beginnen, also beendete er schnell seinen Satz. "Ich mag ihn nicht, aber dir ist er wichtig. Und wenn du mit ihm zum Shoppen gehen willst, dann mach es. Dass es mir nicht passt, ist mein Problem."

Sie verzog zweifelnd das Gesicht. "Du bist nicht eifersüchtig?"

"Oh und ob. Aber ich vertraue dir, also ist das allein mein Problem."

Ihre Augen wurden glasig. "Warum? Es … das war einmal anders …"

Er hob ihre Hand an seine Lippen und küsste sie zärtlich.

"Ich war ein Trottel und habe es nicht besser gewusst. Jetzt kenne ich dich und weiß, dass du mich niemals hintergehen würdest", sagte er leise, aber eindringlich. Sie musste ihn endlich verstehen.

Zoey biss sich auf ihre Unterlippe. Sie brauchte Zeit, um auch ihm zu vertrauen. Also wechselte er das Thema, um sie wieder ein wenig zu entspannen.

"Und jetzt iss auf, damit ich dich dann über meine Schulter werfen kann, um mir meinen Nachtisch im Schlafzimmer abzuholen", sagte er grinsend und zwinkerte ihr zu.

Ihr Lächeln war schelmisch und unglaublich sexy. Er konnte es kaum noch erwarten, sie endlich wieder in seinem Bett zu haben.

Erst essen, dann Bett!, ermahnte er sich selbst und deutete dann auf ihren Teller, damit sie endlich weiteraß.

ZOEY

Der Shoppingtrip mit Taylor am Mittwoch war Entspannung pur. Der Vorteil, wenn man mit Taylor shoppen ging, war, dass man selbst absolut nicht nachzudenken brauchte.

Taylor hasste Shoppen. Er hasste es wirklich und sie wusste genau, dass er es nur ihr zuliebe tat.

Es war wirklich ein Verlust für die Frauenwelt, dass er sich nicht öfter dazu überreden ließ, denn er war die beste Partie, wenn es darum ging, in möglichst kurzer Zeit das Richtige zu bekommen.

Er wusste, wohin sie wollten und was für den Abend angemessen war.

Zielsicher brachte er sie in die passenden Läden und suchte in Rekordgeschwindigkeit die passende Kleidung heraus.

Dabei hatte er sogar ein sehr exaktes Augenmaß und brachte selten die falsche Größe.

Zwei Stunden später hatte sie vier komplett neue Outfits, in denen sie sich einfach nur gut fühlte.

Sie drückte ihn fest an sich, bevor sie sich wieder auf seinen Beifahrersitz fallen ließ. "Du bist der Beste! Danke, Babe."

Er lächelte selbstbewusst. "Jetzt zum Onkel Doc?"

"Ja bitte." Auch wenn sie eigentlich keine Lust hatte, Dave schon wieder zu sehen.

MATTHEW

Es war bereits kurz vor Feierabend. Sandra hatte er nach Hause geschickt, im Bemühen, sie gnädig zu stimmen und Zoeys Worte ernst zu nehmen.

Der Signalton seiner Eingangstür ließ ihn aufhorchen.

Dann ertönte Zoeys Stimme, die ihm sofort ein Lächeln aufs Gesicht zauberte.

"Mat?"

"Im Büro, sperrst du ab?"

Wenn sie hier war, hatte er definitiv keine Lust auf weitere Kundschaft.

Kurz darauf betrat sie das Büro. Viele Tüten hingen an ihren Händen und sie hatte keine Krücken.

Besorgt runzelte er die Stirn, ging zu ihr und nahm ihr die Tüten ab. Dann küsste er sie auf ihre Lippen, die er den ganzen Tag über so schmerzlich vermisst hatte.

"Wo sind die Krücken?"

"Dave sagt, auf ebenen Untergründen kann ich ohne gehen, wenn ich vorsichtig bin."

"Mit gefühlt einhundert Tüten beladen nennst du vorsichtig?"

"Taylor hat mich gleich nach dem Termin bei Dave hier abgesetzt."

Der Gedanke, dass sie den ganzen Tag zusammen mit Taylor verbracht hatte, gefiel ihm ganz und gar nicht.

Er stellte die Tüten neben seinen Schreibtisch, und als er sich wieder umwandte, stand Zoey dicht vor ihm.

Ihre Hände fuhren mit gespreizten Fingern über seine Brust und sie brachte ihren verführerischen Mund nah an sein Ohr.

"Und dann dachte ich … ich könnte dir den Feierabend ein wenig versüßen", schnurrte sie.

Irgendwas in ihrer Stimme passte nicht, aber solange sich ihre Hände auf diese Art auf seinem Körper bewegten, konnte er keinen klaren Gedanken fassen.

Sie trat noch näher an ihn heran, ihre vollen Brüste pressten sich gegen seinen Brustkorb und ihre Hand rieb aufreizend über seinen Schwanz.

Er stöhnte leise auf, als ihre Lippen seinen Hals liebkosten und sie ihn immer wieder ihre kleine Zähne spüren ließ. Unwillkürlich begannen seine Hände, ihren Körper zu liebkosen, genossen jeden Zentimeter.

Als sie sich ein wenig von ihm löste, umfasste er ihre vollen Brüste und zwickte sie sacht in die aufgerichteten Nippel.

Ehe er sich eingehender mit ihnen befassen konnte, sank sie vor ihm auf die Knie. Sie schob ihm die Hose bis auf die Knöchel und nahm ihn sofort tief in den Mund.

"Fuck!", stöhnte er und ließ den Kopf in den Nacken fallen, während seine Hände sich automatisch in ihren Haaren vergruben.

Es fühlte sich so verdammt gut an, sie nahm ihn weiter in sich auf, als er es jemals erlebt hatte, und schien sich überhaupt nicht unwohl dabei zu fühlen.

Er liebte es und wünschte sich nichts sehnlicher, als noch tiefer in sie zu stoßen. Wieder begann sie mit seinem Hoden zu spielen und machte ihn in Rekordzeit total verrückt.

Als sie ihn das nächste Mal tief in sich aufnahm, versuchte er noch ein bisschen tiefer in sie zu stoßen.

Sie legte ihre Hände auf seine Oberschenkel und entspannte ihren Mund. Völlig automatisch übernahm er die Kontrolle, stieß von Mal zu Mal tiefer in sie, bis sie ihn ganz in sich aufnahm.

Stöhnend zog er ihren Kopf zurück und neigte ihn nach hinten. Ihre Augen waren trüb vor Lust und ihr nasser Mund stand offen, aber da war noch etwas anderes, etwas, das sein vor Begierde vernebeltes Hirn kaum fassen konnte.

Er packte sie an den Oberarmen und zog sie zu sich nach oben.

"Was …?", protestierte sie, hielt aber inne, als er sie blitzschnell auf seinen Schreibtisch setzte und ihr die Hose auszog.

Forschend schob er zwei Finger in sie und genoss es, dass sie so nass und bereit für ihn war. Es hatte sie angemacht, dass sie ihn so befriedigen konnte.

Sie wand sich stöhnend unter seinen Berührungen. "Komm … nimm dir was du brauchst …", schnurrte sie.

Ihre Worte drangen kaum zu ihm durch. Sie hielt seinen Schwanz in der Hand und führte ihn an ihre nasse, heiße Öffnung.

Irgendetwas stimmte nicht, aber verdammt, sie fühlte sich so absolut genial an. Zoey schlang ihre Beine um seine Mitte und presste ihn schnell und hart in sich.

Sie schrie unter der schnellen Dehnung auf, ließ ihm aber keine Zeit. Sie griff nach seinen Händen, legte sie an ihre Hüften und drückte sich ihm dann auffordernd entgegen.

"Ich will dich. Tief und hart", raunte sie und raubte ihm damit das letzte Fünkchen Selbstbeherrschung.

Er fickte sie mit voller Kraft und Zoey schien es mehr als nur zu genießen. Sie legte sich nach hinten, wand sich auf seinem Schreibtisch, stöhnte und massierte dabei ihre Brüste durch das Shirt.

Sie wurde immer feuchter und das Zucken in ihr setzte das Ziehen in seinen Hoden frei.

Sie senkte eine Hand zwischen ihre Beine. Sein Blick folgte ihr und er beobachtete stöhnend, wie ihre Finger mit ihrer Perle spielten, während sein Schwanz ein ums andere Mal tief in sie stieß.

Sie kamen beinahe gleichzeitig zu einem harten Orgasmus, der seine Knie weich werden ließ und jedes bisschen Kraft aus ihm saugte.

Er sackte auf ihr zusammen und atmete hektisch und keuchend an ihrem Hals. Ihr Herz raste ebenso wie seins und die letzten Zuckungen in ihr entlockten ihm ein heiseres Stöhnen.

"Jesus, Baby", flüsterte er rau.

Wortlos streichelte sie seinen Nacken und es dauerte eine ganze Weile, bis er sich ein Stück von ihr lösen konnte, um ihr in die Augen zu sehen.

"Was war das?", fragte er, nachdem sein Kopf ganz langsam wieder zu arbeiten begann.

"Ziemlich hervorragender Sex."

Es steckte mehr dahinter.

Sie wusste es, er wusste es. Aber im Gegensatz zu ihm, wusste sie genau, um was es hierbei ging.

Er presste sich noch einmal tief in sie.

Wimmernd schloss sie die Augen.

"Womit habe ich diesen Besuch verdient?", raunte er und knabberte an ihrem Hals, während er sich noch einmal tief in sie schob.

Vielleicht war es nicht fair, sie so abzulenken, aber er wollte die Antwort.

"Entschädigung", stöhnte sie und klammerte sich an seine Schultern.

"Wofür?" Er ließ sein Becken kreisen.

"Taylor."

Sofort erstarrte er. Es dauerte einen Moment, bis sie die Veränderung bemerkte, dann öffnete sie die Augen.

"Das ist nicht dein Ernst!"

Sie sah ihn unsicher an und diese Unsicherheit versetzte ihm einen Stich ins Herz.

Sanft streichelte er über ihr Gesicht. "Ich habe verdammt gern Sex mit dir, Zoey, aber mach das nicht, um mir zu gefallen."

Sie wandte den Blick ab und er ließ ihr diesen Moment. Er streichelte über die weichen, langen Beine und küsste ihren Hals, bis sie sich wieder gefangen hatte.

Dann zog er sich zurück, richtete seine Kleidung und half ihr dabei, sich anzuziehen.

Er nahm ihr Gesicht in beide Hände, sah ihr tief in die Augen und vergewisserte sich, dass es ihr gut ging.

"Nach Hause?"

Sie küsste ihn sanft. "Nach Hause."

9 MONATSTREFFEN

ZOEY

Sie liebte und hasste es, mit Mat zusammen zu sein. Er gab ihr gleichzeitig das Gefühl, etwas Besonderes zu sein, und ihm niemals genügen zu können.

Er konnte nichts dafür. Er war einfach zu perfekt und immer dann, wenn sie versuchte, genauso perfekt wie er zu sein, machte sie es besonders falsch und er wurde wütend. Noch schlimmer war es, wenn er diesen weichen Blick bekam, der ihr sagte, dass er genau wusste, dass sie für ihn nur perfekt sein wollte, es aber nicht war.

In Momenten wie diesem, in denen er träge und satt wie eine Raubkatze in der Sonne da lag, und sie dabei beobachtete, wie sie sich anzog, konnte sie sich gut vorstellen, dass das mit ihnen funktionieren konnte.

Im Bett harmonierten sie perfekt. Sie mochten es beide wild und animalisch, ohne Grenzen und voller Leidenschaft.

Aber was darüber hinaus ging? Sie wusste es nicht. Sie konnte sich einfach nicht vorstellen, genug für ihn sein zu können. Egal wie oft er sagte, dass er die echte Zoey kennenlernen wollte.

Die echte war noch nie gut genug gewesen, warum sollte es bei ihm anders sein?

"Das ist meine Vorstellung von perfekt, weißt du?", sagte er träge lächelnd und rieb sich über die Brust.

"Was meinst du?", fragte sie, während sie sich die von ihrer kurzen Dusche nassen Haare kämmte.

"Von der Arbeit kommen, unglaublichen Sex mit einer Wahnsinnsfrau haben und dann einen gemütlichen Abend mit meinen Freunden verbringen."

Sie lächelte ihm im Spiegel zu. Er sah so unglaublich sexy aus, wie er da nackt im Bett lag.

"Wenn du den Abend mit deinen Freunden wirklich noch dranhängen willst, solltest du langsam unter die Dusche gehen." Sie legte die Bürste beiseite und schlüpfte in das knielange, rote Cocktailkleid. Dazu würde sie die passenden Ballerinas tragen und die Haare offen lassen. Das war, zumindest laut Taylor, absolut ausreichend für das Monatstreffen und auch Mat schien keine Einwände zu haben.

"Okay, ich korrigiere mich. Perfekt wäre der Abend, wenn ich für alles ein oder zwei Stunden mehr Zeit hätte." Seufzend richtete er sich auf.

MATTHEW

"Hast du sie eigentlich davon abgehalten, diesen Helikopterflugschein zu machen?", fragte Julien, als sie sich auf dem Monatstreffen von Fire&Ice begegneten.

"Ja, verdammt. Wie zum Teufel ist sie nur wieder auf diese schwachsinnige Idee gekommen? Und woher weißt du überhaupt davon?", knurrte Mat, während er Zoeys Hüfte streichelte.

Julien grinste spöttisch. "Ash ist ausgeflippt, Brian hat es mitbekommen und es Sky erzählt, die wiederrum Cat und Cat an Joey. Er dann De und Destiny mir."

"Jep. Der Buschfunk funktioniert hier einwandfrei", kommentierte Zoey trocken und Destiny lachte.

"Diese Männer sind die größten Klatschweiber, die ich kenne!"

Mat freute sich, dass sie sich ein wenig entspannte. Sie war den ganzen Abend schon unnatürlich ruhig und zurückhaltend.

"Erzählt der Buschfunk auch, wie sie auf diese Idee gekommen ist? Sie geht seitdem nicht mehr ans Telefon, wenn ich sie anrufe."

Julien wechselte einen seltsamen Blick mit Zoey, antwortete ihm dann aber sofort.

"Sie hat Shades of Grey gelesen und fand die Vorstellung, wie sie mit Ash zusammen in den Sonnenuntergang fliegt, genial."

Mat stöhnte. Seine kleine Schwester würde ihm nochmal den letzten Nerv kosten.

"Gebt diesem Mädchen nichts zu lesen! Oder besser noch überhaupt nichts, was ihr Inspiration für solche Sachen bietet!"

"Alles woran ich denke, wenn ich Shades of Grey höre, sind volle Blasen und Megaorgasmen", sagte Tia, die zusammen mit Luce und seinen Jungs zu ihnen getreten war.

"Ich glaube, die vier kennst du noch nicht, oder Zoey?", fragte Mat und deutete auf Luces Schützlinge. Er mochte diese Jungs wirklich, auch wenn sie ihm viel Arbeit einbrachten, er bekam mehr als einhundert Prozent zurück. Es reichte nur eine Andeutung, dass er bei irgendetwas Hilfe benötigen könnte, und sie waren da.

Beim letzten Monatstreffen hatte er erwähnt, dass sein Wagen einen Ölwechsel benötigt, am nächsten Tag hatten sie das schon erledigt.

So war es immer.

Zoey schüttelte auf seine Frage hin den Kopf und lächelte den Jungs höflich zu.

"Das sind Sandro, Juan, Alessio und Tyson. Alessio ist der Grund, warum ich dich letzte Woche versetzt habe."

Zoey musterte ihn neugierig.

Er vergrub die Hände in den Hosentaschen und murmelte eine Entschuldigung.

"Schön, dich wiederzusehen, Zoey", sagte Sandro breit grinsend.

"Wir sind uns schon begegnet?", fragte sie aufrichtig verwirrt.

"Ja. Bei der Hochzeit. Draußen, als dieser Typ ..." Er verstummte, als er bemerkte, dass er gerade ein absolut falsches Thema anschnitt.

Dann versuchte er zu retten, was noch zu retten war ... scheiterte aber kläglich, indem er sagte: "Und jetzt bist du also mit meinem Lieblingsanwalt zusammen. Bessere Wahl!"

Mat hätte ihm dafür wirklich gern eine verpasst, aber Luce nahm ihm das ab und schlug Sandro mit der flachen Hand auf den Hinterkopf.

"Ich erinnere mich. Sehr nett, vielen Dank", sagte Zoey, inklusive höflicher Maske.

"Wenn du mal wieder was brauchst, sag einfach Bescheid."

Sie nickte und wandte sich dann an Mat: "Entschuldigst du mich kurz?"

Allein für diese Frage hätte er sie gern geschüttelt. Dass sie jetzt auch noch geduldig lächelnd darauf wartete, dass er zustimmte, trieb ihn fast in den Wahnsinn.

Ihre Augen wurden dunkler, während sie sich ein stummes Blickduell lieferten, dann räusperte sich jemand und Mat wandte seinen Blick ab.

Zoey verabschiedete sich mit einem fröhlichen: "Bis gleich."

"Das war unheimlich", sagte Julien, dessen Blick Zoey folgte.

"Ich hätte die Beine in die Hand genommen und wäre um mein Leben gerannt, wenn du mich so angestarrt hättest", fügte Tyson leise hinzu.

"Zoey nicht." Sie rannte niemals davon, sie zog sich eine zweite Haut über und harrte der Dinge, die da kamen.

"Sie ist stark genug für dich, Kumpel", feixte Luce.

Ehe dieses furchtbare Gespräch noch vertieft werden konnte, rief Cat sie zu Tisch.

Zoey gesellte sich wenig später zu ihnen. Es gab nicht viel zu besprechen. Das Bostoner Musikfestival hatten sie auf gemeinsamen Beschluss hin in diesem Jahr ausfallen lassen.

Talin war noch zu weit weg und es gab auch sonst keine wichtigen Themen, die anstanden. So wurde das Ganze eher zu einem lockeren Essen unter Freunden.

Beinahe locker. Je länger der Abend ging, desto mehr brodelte es in ihm. Zoey schlüpfte gekonnt von einer Rolle in die nächste, doch das Schlimmste war, dass sie ihn nahezu ignorierte und jedes Mal, wenn das Thema auf ihre Beziehung fiel, das Gespräch geschickt in eine andere Richtung lenkte.

Nach dem Essen standen sie mit Dave und einer schmollenden Theresa zusammen und unterhielten sich über Zoeys Bein, da entschuldigte sie sich erneut.

Er sah ihr nach. Als er den Blick wieder hob, sah er, dass Dave in eine andere Richtung schaute. Mat wandte sich in dieselbe Richtung und sah, wie Taylor Zoey nach draußen folgte.

"Ich schau mal nach ihr", sagte Mat und Dave nickte.

Er folgte Taylor und sah ihn zum Hinterausgang hinausschlüpfen. Als er näher kam, hörte er ihre Stimmen.

"Alles in Ordnung, Süße?"

"Klar."

Taylor lachte auf. "Du rauchst, also lüg besser!"

Es wurmte Mat, dass Taylor sie so gut kannte. Er hatte ihm viel zu viele Jahre voraus. An dreien davon war Mat selber schuld.

"Ich hasse ihn", fauchte Zoey, so scharf, wie er sie selten gehört hatte.

"Mat?"

Zoey lachte. "Natürlich nicht, Dummkopf. Dave."

"Warum das denn?" Taylor klang genauso verwundert, wie Mat sich fühlte. Er hatte nie das Gefühl gehabt, dass zwischen den beiden etwas nicht stimmte.

"Weil er alles, was ich tue und sage, notiert und es dann an Mat petzt, als wäre ich ein verwöhntes Kind, dessen Dad man zeigen muss, wie verzogen das Balg ist!"

Mat runzelte die Stirn. Sie hatte nicht einmal angedeutet, dass irgendwas sie störte.

"Du sprichst in Rätseln, Süße."

"Mat ist sauer auf dich … und vielleicht auch auf mich, weil du Süße zu mir sagst. Und das weiß er nur, weil Dave uns belauscht hat und dann petzen gegangen ist."

Wut kochte in ihm auf. Warum zum Teufel erzählte sie das alles Taylor und nicht ihm? Und warum stand er hier und belauschte sie, anstatt direkt mit ihr zu sprechen.

Er öffnete die angelehnte Tür, ging nach draußen und lehnte sich mit vor der Brust verschränkten Armen an die Wand daneben. Genau dorthin, wo er schon gestanden war, als er John und sie beobachtet hatte.

"Das ist wohl mein Zeichen …", murmelte Taylor und Mat war ihm sogar ein klein wenig dankbar.

Als Taylor verschwunden war, starrte Mat Zoey herausfordernd an.

"Was?" Sie versuchte gar nicht erst so zu tun, als wäre nichts gewesen.

"Willst du mir das hier erklären?"

Sie legte den Kopf schief und zog eine Augenbraue nach oben. "Willst du mir erklären, warum du hier bist?"

Er presste die Kiefer zusammen, sah dann aber ein, dass er ihr ein wenig entgegenkommen musste. "Dave hat gesehen, dass Taylor …"

Sie schnaubte. Okay … vielleicht nicht der beste Anfang, nachdem was er eben gehört hatte.

"Hat Dave auch ein eigenes Leben?"

"Hör auf, Zoey. Ich habe ihn damals angerufen, um zu fragen, wie es deinem Bein geht, weil ich dich nicht erreicht habe."

"Und er hat dabei gleich weit ausgeholt", schnaubte sie wenig besänftigt.

"Er hat sich eben Sorgen gemacht. Er ist mein Freund verdammt, das kannst du ihm schlecht vorhalten."

"Was ich ihm vorhalte, ist, dass er es nur getan hat, weil ich für ihn wie für dich nur das Flittchen bin, das mit Shane im Bett war!", fauchte sie so wütend, wie er sie noch nie gesehen hatte.

In wenigen Schritten war er bei ihr und packte sie fest an den Oberarmen. "Ich habe vor drei Jahren einen Fehler begangen. Kannst du es bitte gut sein lassen? Du weißt, dass ich nicht mehr so über dich denke!"

Sie hob herausfordernd das Kinn. "Ach ja? Und warum bist du dann hier und siehst nach, was ich mit Taylor mache?"

"Ich bin hier, um zu sehen, was zum Teufel heute Abend mit dir los ist! Egal was Dave gesagt hat, ich wollte so oder so zu dir gehen."

Er packte ihr Gesicht und küsste sie. Sie erwiderte seinen Kuss augenblicklich. Verzweifelt und leidenschaftlich, mit mehr Emotionen, als er den ganzen Abend über von ihr gesehen hatte.

Dann hörte er, wie hinter ihm die Tür geöffnet wurde. Zoey löste sich sofort von ihm und wich einen Schritt zurück, als sollte niemand sehen, dass sie sich küssten.

Sie lächelte Luces Jungs, die ebenfalls zum Rauchen gegangen waren, höflich zu.

Mat packte ihr Kinn und zwang ihren Blick in seinen. "Was soll das? Schämst du dich etwa für mich?", fragte er wütend.

Ihre Augen weiteten sich. "Natürlich nicht!"

Er glaubte ihr, aber er verstand sie nicht.

"Du führst dich, seit wir hier sind, auf, als seien wir zwei Fremde", knurrte er und zog sie an sich.

Sie wehrte sich nicht, schmiegte sich sofort an ihn und legte ihre Hände auf seine Schultern. Sofort entspannte er sich ein wenig.

Als ihre Blick sich wiederfanden, sah er die bekannte Unsicherheit in ihrem Blick.

"Zoey …"

Sie seufzte. "Ich dachte nur … John wollte nie … er sagte, es sei unpassend und unangebracht in der Öffentlichkeit …"

Mat nahm ihr Gesicht zwischen seine Hände und sah ihr direkt in die Augen. "Ich bin nicht John! Vergiss ihn endlich! Ich bin nicht wie er!"

Dieser Volltrottel, fügte er in Gedanken hinzu.

Sie nickte und biss sich auf die Unterlippe. Er zog sie mit seinem Daumen hervor und küsste sie zärtlich, bis sie ganz weich in seinen Armen wurde.

"Sei einfach nur du, dann bin ich glücklich."

ZOEY

Der Abend fiel ihr ein wenig leichter, jetzt wo sie sich an Mat festhalten konnte. Sie fühlte sich einfach wohler mit ihm, was nicht an dem weichen Stoff seines allgegenwärtigen weißen Hemdes lag.

Sie wusste, dass ein Großteil der Anwesenden ihre Freunde waren, aber da waren eben auch Mats Freunde, die alle ihre vorgefertigte Meinung über sie hatten.

Wenig später stand sie mit Alexa, Maya, Sky, Tia und Julie zusammen und konnte sich recht entspannt mit ihnen unterhalten.

"Wir sollten auf jeden Fall noch einen richtigen Mädelsabend machen, solange Zoey noch hier ist!", sagte Alexa begeistert.

Außer das *solange Zoey noch hier ist* gefiel ihr der Vorschlag sehr gut. Sie wollte nicht darüber nachdenken, wie es mit ihrer und Mats Beziehung weitergehen sollte, wenn ihr Bein wieder völlig geheilt war.

Zwar machte Mat immer wieder Andeutungen, dass es ihm ernst mit ihr war, aber sicher war sie sich noch lange nicht.

Sky rettete sie aus ihren trüben Gedanken. "Ich würde ja gern, aber ich befürchte, da spielt der Arsch nicht mit."

"Jetzt schon wieder Arsch?", fragte Alexa.

"Was soll ich sagen … auf diesen Namen hört er am besten."

Alle lachten, weil sie genau wussten, dass Sky es nicht ernst meinte.

"Ich dachte, ihr hättet diese D*u bleibst zuhause solange du schwanger bist* – Nummer geklärt", sagte Maya.

"Und, hast du diese Nummer mit dem Arsch geklärt?", fragte Ryan, der hinter Sky getreten war und ihr eine Hand auf die Hüfte legte.

Sie lächelte lieblich zu ihm hoch. "Kommt drauf an, was der Arsch zu einem Mädelsabend sagt."

Das Grinsen, das er ihr zurückgab, war ein klein wenig gruselig.

"Klar sagt er ja." Dann lächelte er mit demselben Grinsen in die Runde. "Ihr seid herzlich zu uns eingeladen."

Sky ließ sich als einzige nicht einschüchtern.

"Dann frag doch schon mal deine Freunde, bei wem ihr einen Daddysabend macht. Die Zwerge gehen natürlich mit euch."

"Alle?", fragte Luce eindeutig beunruhigt, als er ebenfalls zu ihnen trat.

"Alle."

Luce sah hoffnungsvoll zu Ryan. "Können wir Ty ausladen? Er macht mich verrückt, wenn er nur eines seiner Mädels dabei hat." Alle lachten und machten sich dann an die Planung des Abends.

Zoey freute sich sehr auf den Abend. In den letzten Jahren hatte sie ihre Freundinnen mehr als vermisst. Wegen Johns Terminplanung hatte sie sogar Talin verpasst, was sie ihm noch immer übel nahm. Er kannte die Termine, und wenn es sogar ihr möglich war, sich dieses eine Wochenende freizuhalten, hätte er es auch locker hinbekommen.

Wenn er denn gewollt hätte.

Manchmal hatte sie sogar das Gefühl gehabt, dass er sie absichtlich von den anderen fernhielt, weil er nicht mochte, wie sie sich unter ihnen benahm.

Zoey schüttelte den Gedanken ab.

Es war ihr völlig gleichgültig, was John wann und warum gemacht hatte.

Ihre Beziehung war beendet und die Vergangenheit spielte keinen Rolle.

Sie hatte jetzt Mat. Mat, der sie wollte, wie sie war, und sie nicht verändern oder verbiegen wollte.

Also lächelte sie ihre Freundinnen an und machte sich zusammen mit ihnen an die Planung des Abends. Wer was mitbrachte, welchen Film sie sich zusammen ansehen wollten und was sie essen wollten.

Ein durch und durch perfekter Abend.

10 JASONS GEBURTSTAG

ZOEY

Gut eine Woche war seit dem ziemlich verkorksten Monatstreffen vergangen. Es war eine ruhige Woche gewesen. Sie hatten die meiste Zeit zu zweit verbracht, hatten sich näher kennengelernt und Zoey konnte sich immer besser bei ihm entspannen.

Mat war Mat, verbog sich nicht und sagte gerade heraus, wenn ihm etwas nicht passte. Das machte es ihr leicht. Es fühlte sich immer weniger wie ein Tanz auf rohen Eiern an, sondern mehr nach einem ebenen Weg, den sie nur an seiner Seite entlang gehen musste.

Mat arbeitete extrem viel und oft wurde er auch am späten Abend oder am Wochenende von seinen Freunden zur Hilfe gerufen.

Auch wenn er sich deshalb Sorgen machte, es störte sie nicht. Egal was die anderen über sie dachten, sie war keine verwöhnte kleine Ziege, die ständig bespaßt werden musste.

Sie konnte sich durchaus allein beschäftigen, ohne einen Mann, der ihr seine gesamte Zeit schenkte und darüber hinaus alles andere vernachlässigte.

Wenn Mat beschäftigt war, las sie oder machte Sport. Sie traf sich mit Freunden oder ging zum Einkaufen. Zoey hatte ihr halbes Leben allein auf Hotelzimmern verbracht. Deshalb brauchte sie bestimmt niemanden, der ihr erklärte, was sie mit ihrer Zeit anfangen sollte.

Und Mat schien darüber wirklich erleichtert zu sein. Anfangs hatte er sie immer angesehen, als würde er jeden Moment ein Donnerwetter erwarten, wenn er später als vereinbart kam oder während eines gemütlichen Abends auf einmal wegmusste.

Es gab nur eines, bei dem für sie der Spaß wirklich aufhörte. Und das fand genau in diesem Moment statt.

Schwungvoll ließ sie ihre Hand auf seine Brust krachen.

"Autsch! Verdammt, Zoey!" Seine Stimme war rau vom Schlaf. Er rieb sich über die Brust und blinzelte sie verschlafen an. Sonst rührte er sich keinen Millimeter.

"Matthew Fox!", sagte sie finster.

Er blinzelte noch heftiger ob des ungewohnt scharfen Tonfalls.

"Was ist los, Baby?", raunte er und wollte sie wieder in seine Arme ziehen, aber Zoey weigerte sich.

"Ich habe großen Respekt vor Menschen, die viel arbeiten, aber alles hat seine Grenzen!"

Er sah noch immer verwirrt aus. "Dein Handy vibriert! Es ist Samstagmorgen um sieben Uhr. Geh hin, bevor ich es aus dem Fenster schmeiße!"

Er rollte sich zur Seite und angelte danach. "Nur eine E-Mail, Princess. Nichts, das nicht warten kann." Er rollte sich zurück und wollte sie wieder an sich ziehen, aber Zoey stemmte die Hände an seine Brust.

"Komm schon, du hast es schon gesagt, wir haben erst sieben, ich will noch schlafen."

Sie funkelte ihn finster an. "Ich wollte die ganze Nacht schlafen, aber das Ding vibriert im Zehn-Minuten-Takt! Es ist kein Wunder, dass Frauen mit Mann kürzer leben, wenn sie niemals schlafen können!"

Er presste sie einfach an sich.

"Wenn du jetzt einfach ein bisschen in meinen Armen schläfst, schwöre ich dir, dass das Schlafzimmer ab sofort handyfreie Zone ist!"

Sie konnte nicht anders, als zu lächeln, so sanft war das Schnurren in seiner Stimme.

"Sehr gut", kommentierte er das automatische Weicherwerden ihres Körpers. Er legte ein Bein über ihre und umschlang sie mit seinem großen Körper.

"Und jetzt schlaf, Princess, damit du für den Gutenmorgensex später fit bist."

MATTHEW

Nach einer phänomenalen Runde Morgensex und einem sehr entspannten Tag mit seinem Mädchen, zog er sich für den Geburtstag seines Freundes an.

Wirklich viel gab sein begehbarer Kleiderschrank nicht her. Reih um Reih die gleichen schwarzen Anzüge, die er täglich trug, und eine Unmenge an weißen Hemden … die er ebenfalls täglich trug.

Ganz am Ende des Schranks fand er eines der wenigen schwarzen und entschied sich dafür.

Währenddessen überlegte er, wie so oft in letzter Zeit, wie zum Teufel er Zoey dazu bewegen konnte, bei ihm zu bleiben.

Hätte er die Möglichkeit, würde er ihr folgen. Egal wohin. Aber in Boston hatte er sich seine Kanzlei aufgebaut. Hier waren seine Geschwister und seine Freunde, die ihn brauchten.

Er konnte nicht einfach weggehen und alles hinter sich lassen.

Aber konnte er das von ihr erwarten? Konnte er erwarten, dass sie ihren Job aufgab und mit ihm in Boston, weit weg von ihrer Familie, sesshaft wurde?

Sie hatte kein besonders gutes Verhältnis zu ihren Eltern, aber das hieß noch lange nicht, dass sie deswegen auf einem anderen Kontinent leben wollte.

Entnervt schüttelte er den Kopf. Solange er nicht mit ihr sprach, würden sie keine Lösung finden.

Er schloss die letzten Knöpfe seines Hemdes, schob das Ende in die Hose und schloss sie. Dann rollte er die Ärmel nach oben.

In der letzten Woche hatte sich ihre Beziehung gefestigt. Sie war glücklich mit ihm, also sollte er sich nicht allzu viele Sorgen machen.

Jetzt war es erstmal an der Zeit, Jasons Geburtstag zu feiern. Also ging er in Juliens altes Zimmer, um sein Mädchen für den Abend abzuholen.

ZOEY

Sie fühlte sich etwas unwohl, als sie vor dem Spiegel stand und ihr Outfit musterte.

Schwarze Leggins mit dem süßen Faltenrock, den sie sich in der vergangenen Woche zusammen mit Taylor gekauft hatte. Dazu ein pinkes Bandeau Top und die schwarzen British Knights, die Mat ihr gekauft hatte.

Sie hätte lieber Highheels getragen, aber so stabil war ihr Sprunggelenk nach knapp sechs Wochen noch nicht.

Obwohl sie fast zwei Kilo zugenommen hatte, seit Mat sie mästete, gefiel sie sich überraschend gut. Sie war immer noch sehr schlank, aber wirkte nicht mehr ganz so knochig … ihr Coach würde sie umbringen.

Die Tür hinter ihr öffnete sich und sie wappnete sich automatisch gegen die Kritik, die jetzt kommen würde.

"Fertig, Princess?" Mat sah extrem gut aus in dem schwarzen Hemd, dessen Ärmel hochgekrempelt waren und der schwarzen Anzughose, die seine schmalen Hüften immer so betonten.

Sie spürte Mats Blick, der über ihre Rückseite glitt, bis sich ihre Augen im Spiegel trafen.

Er legte den Kopf schief und musterte sie mit diesem Ausdruck, der ihr immer noch unheimlich war, während er weiter auf sie zu kam, bis er direkt hinter ihr stand.

Sie wusste nicht, was er erwartete, also lachelte sie.

"Hör auf", brummte er unwillig.

Er legte seine Hände auf ihre Hüften und fuhr dann nach vorn, bis er sie auf ihrem Bauch verschränkte.

Dann küsste er sie auf den Nacken. "Du siehst bezaubernd aus, nur dein Blick gefällt mir nicht."

Sein Kompliment ließ die Schmetterlinge in ihrem Bauch wild durcheinander fliegen.

"Mein Blick?", fragte sie und legte den Kopf zur Seite, damit er besser an ihren Hals herankam.

"Hm ... wie soll ich ihn beschreiben ..." Seine dunklen Augen nahmen ihre blauen im Spiegel gefangen. "Er sagt mir, dass du dich gegen alles wappnest, was ich dir sagen könnte, obwohl es an dir nichts auszusetzen gibt."

Sie lächelte traurig. Sie hatte es ihm versprochen. Die Wahrheit, die echte Zoey. "Na ja ... meistens bekomme ich zu hören, dass ich mich nicht wie eine Schlampe anziehen soll."

Mats Gesichtsausdruck verfinsterte sich. "Er ist ein Trottel!"

Zoey nickte und drehte sich dann zu ihm um, damit er nicht sah, dass es nicht nur um John ging, sondern dass auch ihre Familie und ihr Agent sie immer wieder erniedrigten.

"Dann mal los", sagte sie fröhlich und ignorierte sein geknurrtes "Du tust es schon wieder".

Im Gegensatz zu den meisten Setarips war sie noch nie in Chris Club gewesen. Und was sollte sie sagen? Sie war begeistert.

Von all den Clubs rund um den Globus, in denen sie regelmäßig verkehrte, war das der mit dem mit Abstand besten Konzept. Es gab insgesamt drei Floors mit unterschiedlichen Musikrichtungen.

In dem Bereich, in dem sie Jasons Geburtstag feiern würden, war die Musik einsame Spitze. HipHop, R'n'B, Black Soul. Genau Zoeys Geschmack.

Der VIP-Bereich, in dem die Feier stattfinden würde, lag etwas erhöht. Von dort aus hatte man den perfekten Überblick über die komplette Area.

Im hinteren Bereich standen viele schwarze Ledersofas und kleine Tische für die Getränke, die von knapp bekleideten Bedienungen serviert wurden.

Im vorderen Bereich gab es eine separate Bar und eine kleine Tanzfläche, auf der schon einige ihrer Freunde tanzten.

Für sie kam Tanzen zwar wegen ihres Bänderrisses noch nicht infrage, aber sie war sich sicher, dass es ein wirklich guter Abend werden würde.

Sie gratulierten Jason zum Geburtstag. Shane und Mat zogen ihn damit auf, jetzt auch endlich im Club der dreißiger angekommen zu sein. Aber Jason schien es ihnen nicht übel zu nehmen.

Zoey sah Tia etwas entfernt an der Bar stehen und entschuldigte sich bei Mat, um sich mit ihr zu unterhalten. Sie mochte Tias unverblümte Art und hatte das Gefühl, dass sie wirklich Freundinnen werden könnten. Als sie näher kam, entdeckte sie auch Tina, Jacks Freundin, und eine ihr unbekannte Frau mit braunen Haaren.

MATTHEW

"Sie ist verdammt heiß!", sagte Sandro, der neben ihn getreten war.

Bislang hatte er den kleinen Scheißer gemocht, doch die Art und Weise, wie dieser seine Freundin musterte, passte ihm überhaupt nicht.

"Wenn du willst, dass ich dich jemals wieder aus deinen Schwierigkeiten raushaue, solltest du nicht annähernd so über sie denken!", sagte er ernst und sah ihn mit einer erhobenen Augenbraue an.

Sandro hob die Hände zu einer kapitulierenden Geste. "Ich würde sie niemals anrühren. Du bist La Familia für mich, Mat. Was sie automatisch auch dazu macht. Nicht nur für mich, auch für Juan, Alessio und Tyson."

Er lächelte und klopfte ihm auf die Schulter. Es war schön zu wissen, dass die Jungs ein Auge auf sie hatten.

Luce trat auf seine andere Seite. "Bring ihn nicht um. Er ist ein guter Junge, leider redet sein Schwanz schneller als sein Kopf."

Mat lachte. "Wie oft hat er dich schon zu Weißglut getrieben?"

Luce grinste diabolisch. "Öfter als ich zählen kann, aber Tia hat ihn ganz gut im Griff."

Das konnte sich Mat gut vorstellen. Tia hatte schon immer eine ziemlich große Klappe gehabt.

"Und wer ist die kleine Brünette zwischen ihr und Tina?", fragte Sandro.

Mat kniff die Augen zusammen, um im schummrigen Licht des Clubs etwas zu erkennen.

"Amelie. Jasons Sekretärin, wenn mich nicht alles täuscht."

Bei ihr war er, im Gegensatz zu Tracy, noch nicht einmal auf die Idee gekommen, sie abzuwerben. Amelie erstarrte ja schon beinahe, wenn er sie ansah. Sie würde es keinen Tag mit ihm im Büro aushalten.

"Süß, aber ziemlich betrunken, oder?", sagte Sandro und wirkte dabei nachdenklich.

Luce und Mat nickten synchron. Dann legte sie auch schon eine Hand vor den Mund, als müsste sie sich jeden Moment übergeben.

Zoey stütze sie und Tia eilte sofort an ihre andere Seite. Tina ging ihnen voraus und sie begaben sich in Richtung der Toiletten.

"Du hast es heraufbeschworen, Sandro", sagte Luce, dessen Gesicht vor Ekel verzogen war.

"Sorry", war Sandros einzige Antwort.

Ryan und Shane gesellten sich zu ihnen und ihr Gespräch wandte sich wie so oft geschäftlichen Themen zu.

"Ich bin weg. Ihr sollt feiern, ihr Langweiler, nicht arbeiten!", sagte Sandro mit verzogenem Gesicht und wandte sich dann in Richtung Juan und Taylor, die am anderen Ende des VIP-Bereichs standen und mit ein paar Mädchen flirteten.

ZOEY

Zoey hielt Amelie, ohne mit der Wimper zu zucken, die Haare aus dem Gesicht, während diese sich die Seele aus dem Leib kotzte. Bei jedem Würgen zuckten Tia und Tina zusammen.

"Wie kannst du das nur?", fragte Tia mit angeekelt verzogenem Gesicht.

Zoey zuckte die Schultern. "In meinem Business ist es völlig normal, dass die Mädels regelmäßig zum Kotzen gehen." Dann lächelte sie diabolisch. "Es ist schon fast sowas wie Hintergrundmusik."

Die beiden Frauen schüttelten sich.

"Nein, danke. Da behalte ich doch lieber meine Speckpölsterchen!", sagte Tina und rümpfte die Nase.

Zoey musste zugeben, dass sie ihr auch sehr gut standen.

Tina war die Sorte Frau, die richtig dünn bestimmt furchtbar krank aussehen würde.

In diesem Moment erhob sich Amelie und wankte zum Waschbecken, während Zoey die Spülung drückte.

"Mein Leben ist furchtbar!", heulte sie erneut, wie eben schon auf der Tanzfläche.

"Spül dir den Mund aus, dann wird alles besser!", sagte Tia und tätschelte ihr unbeholfen den Rücken.

"Ihr könnt das nicht verstehen. Ich bin der einzige Mensch auf der Welt, der ein schlechteres Sexleben hat als Frankensteins Braut!"

Die drei Frauen sahen sich über ihren Kopf hinweg an und konnten sich ein Grinsen kaum verkneifen.

"Natürlich verstehen wir dich, Amelie", sagte Zoey so sanft wie möglich.

"Wie solltest du mich verstehen?"

Zoey schnaubte. "Ich schwöre, du bist erst dann in deiner eigenen sexuell frustrierten Hölle angekommen, wenn du bis auf einen offenen Bademantel nackt vor deinem Freund stehst und er ihn dir netterweise zuknotet, damit du nicht krank wirst."

In sanften Kreisen rieb sie über Amelies Rücken und versuchte, sie zu beruhigen.

Erst ganz langsam fiel ihr die beinahe unheimliche Ruhe im Raum auf.

"Was?", fragte sie verwirrt, als sie bemerkte, dass Tina und Tia sie mit offenen Mündern anstarrten.

"Das hat er nicht getan!"

Zoey zog die Augenbrauen zusammen. "Wer?"

"Mat!", rief Tia und deutete dann auf sie. "Das hat er nicht getan. Komm schon, sag mir, dass er nicht so ein Spießer ist!"

Zoey blinzelte. "Nein!" Dann lachte sie. "Sieh ihn dir an, bei so viel Männlichkeit ist das wohl kaum möglich."

Tia legte sich eine Hand aufs Herz. "Gott sei Dank. Sonst hätte Luce wirklich mal ein ernstes Wörtchen mit ihm reden sollen. Ich mein, schau dich mal an. Bei dem Body wird man ja sogar als Frau scharf auf dich."

Zoey lächelte breit. So viel Freundlichkeit unter Frauen war sie nicht gewöhnt. Bei ihren Kolleginnen hagelte es für gewöhnlich bissige Bemerkungen und keiner ließ an der anderen ein gutes Haar.

Sie knickste leicht. "Vielen Dank, kann ich nur zurückgeben."

Dann stöhnte Amelie und ihre Heiterkeit verflog. "Ich will nach Hause!"

"Dann lasst sie uns mal zu einem Taxi bringen", sagte Tina und hakte sich bei ihr unter.

Gerade als sie sich auf den Weg zur Tür machten, klingelte Zoeys Handy.

Sie zog es aus der Handtasche und sah auf das Display. John. Verdammt.

"Da muss ich rangehen. Schafft ihr das zu zweit?", fragte sie.

Tia winkte ab. "Kein Problem. Bis später!"

Als die Tür hinter ihnen ins Schloss fiel, hob sie ab.

"John?"

"Zoey. Mit der Zeitverschiebung ist es nicht gerade einfach, dich zu erreichen", beschwerte er sich sofort, ohne seinen Tonfall zu ändern.

Sie verzichtete darauf, ihm zu erklären, dass sie die Anrufe absichtlich ignoriert hatte, wenn Mat bei ihr war. Sie wollte absolut nicht, dass Mat dieses Gespräch mit anhören musste.

"Jetzt hast du es ja geschafft. Wie kann ich dir helfen?" Sie bemühte sich um einen höflichen Ton. Gar nicht so einfach, wenn sich ihr Magen allein wegen seiner Stimme verknotete.

"Ich denke, du wirst mittlerweile zur Besinnung gekommen sein. Ich wollte deine Rückkehr mit dir besprechen."

Sie atmete tief durch. "Ich werde nicht zu dir zurückkommen, John."

Er seufzte genervt. "Zoey, es hat immer funktioniert. Ja, es ist nicht alles optimal verlaufen, aber das mit uns passt einfach."

Sie spürte den Schmerz in ihrem Herzen, als sie daran dachte, wie alles angefangen hatte, als sie wirklich noch Gefühle füreinander gehabt hatten. "Das mit uns beiden ist schon lange vorbei, John. Klar könnten wir weitermachen wie bisher, aber schon jetzt ist doch kaum mehr als Hass und Verachtung zwischen uns."

"Das stimmt nicht. Du redest dir das nur ein, weil ich einmal die Beherrschung verloren habe. Herrgott nochmal, Zoey, was soll ich noch tun, als mich zu entschuldigen?"

Schon wieder klang Wut in seiner Stimme mit und Zoey fühlte sich klein und verletzlich. Jetzt wünschte sie sich doch Mat an ihrer Seite, wollte ihm aber gleichzeitig dieses Drama nicht zumuten.

"Es ist Zeit, ein für alle Mal einen Schlussstrich zu ziehen, John. Was wir in den letzten zwei Jahren versucht haben, war weit entfernt von einer gesunden Beziehung mit Liebe und Harmonie. Ja wir mögen uns und vielleicht gab es eine Zeit, in der ich mir eingeredet habe, dich zu brauchen, aber es stimmt nicht. Wir hatten nichts, haben nur nebeneinander her gelebt. Zu zweit und trotzdem allein."

"Du redest Unsinn, Zoey! Komm zurück und wir klären das vernünftig. Wir hatten Pläne, wir hatten eine Zukunft, die genau das richtige für uns ist!"

Ihre Augen brannten, weil sie das Gefühl hatte, gegen eine Übermacht zu kämpfen.

"Zwischen uns ist nichts, John. Keine Liebe, keine Wärme. Lass es einfach! Die Zeit, in der wir mehr füreinander waren, ist lange vorbei. Lass es einfach, ich will nicht mehr!"

John fluchte. Diese Reaktion hatte sie nicht erwartet, sie hätte nicht gedacht, dass sie ihm so viel bedeuten würde. Nicht nach all den Jahren.

"Ich liebe dich, Zoey. Wir sprechen nächste Woche, wenn du zum Geburtstag deiner Mutter hier bist."

Dann legte er einfach auf und ließ Zoey mit zitternden Händen zurück.

Sie hatte den Geburtstag total vergessen, oder besser gesagt, sie hatte es verdrängt, dass sie ihm und ihren Eltern sobald schon wieder unter die Augen treten musste. Aber den fünfzigsten Geburtstag ihrer Mutter konnte sie nicht verpassen.

Sie versuchte, gegen die Enge in ihrer Brust anzuatmen. Ihr Herz raste und sie hatte keine Ahnung, wie sie aus dieser Nummer rauskommen konnte.

Mehr als gestresst wühlte sie in ihrer Handtasche nach ihren Notfallzigaretten und fand sie zum Glück.

Sie brauchte nur einen Moment. Ein wenig frische Luft, eine Zigarette, dann würde sie alles wieder in den Griff bekommen.

Zoey straffte die Schultern, lächelte und suchte sich dann durch die Menge einen Weg zum Hinterausgang. Dort gab es einen separaten Raucherbereich.

Kaum angekommen zündete sie sich eine Zigarette an und ging ein paar Schritte von den anderen Gästen weg. Sie nahm einen langen Zug und genoss die kühle Nachtluft.

Ganz langsam entspannte sie sich wieder und schaffte es, ihre Nerven zu beruhigen.

Sie würde Mat bitten, sie nach Deutschland zu begleiten.

Es war sehr kurzfristig, aber vielleicht könnte er sich den Freitag freimachen, dann müssten sie nur übers Wochenende hinfliegen und könnten sofort wieder zurück nach Amerika kommen.

Mit ihm an ihrer Seite würde das Ganze vielleicht nicht zu sehr ausarten. Ihre Mutter würde sich in Gegenwart eines Fremden zurückhalten und John hoffentlich auch.

"Ist dir kalt, Süße?"

Sie wandte sich der unbekannten Stimme zu und lächelte verhalten. Sie kannte den Riesen nicht und wollte ihn auch nicht näher kennenlernen. Er hatte ein ziemlich schmieriges Grinsen und er war ihr ein klein wenig unheimlich.

"Alles bestens. Danke."

"Ich glaube nicht, du zitterst." Er streichelte über ihren Arm und Zoey zuckte zurück.

Dabei prallte sie mit ihrem Rücken gegen eine harte Männerbrust und erstarrte gänzlich. Ihre Kehle schnürte sich zusammen, als sie große Männerhände auf ihren Oberarmen spürte.

"Verzieh dich!", knurrte der Mann hinter ihr und sie sackte erleichtert zusammen, als sie Sandros Stimme erkannte.

Aber der Mann ihr gegenüber lachte nur.

"Meinst du im Ernst, du könntest mir irgendetwas befehlen? Ich ficke erst sie und dann dich, wenn ich mit ihr fertig bin."

"Jemanden, der zu uns gehört, solltest du noch nicht einmal ansehen." Juan war hinter den Typen getreten und sah wirklich beängstigend aus.

Tyson, der einzige Weiße von Luces Jungs, trat neben sie und reichte ihr galant einen Arm. "Wir gehen lieber in Deckung, wenn die drei die Latino-Gang raushängen lassen", sagte er und zwinkerte ihr freundlich zu, als wäre das alles ganz normal.

Sandro schob sie zu ihm und baute sich dann vor dem Kerl auf.

Zoey sah sich um und entdeckte unweit entfernt Alessio an einer Mauer lehnen, der den Rest beobachtete, während er an seiner Zigarette zog. Aber sie hatte das Gefühl, dass er jeden Moment losspringen würde.

"Sollten wir vielleicht den Sicherheitsdienst rufen?", fragte sie verunsichert, als die Situation zu eskalieren drohte. Der Mann machte keine Anstalten zurückzuweichen, sondern pöbelte immer weiter.

"Nicht nötig. Es wird gleich …" In diesem Moment versetzte Juan dem Typen einen Kinnhaken, der ihn zu Boden schickte. "…vorbei sein", beendete Tyson seinen Satz ungerührt.

Dann kamen die anderen drei zu ihnen. Juan steckte die Hände in die Hosentasche und schlenderte vor ihnen her, als wäre nichts passiert. Sandro legte ihr einen Arm um die Schulter und drückte sie leicht. "Alles okay?"

Sie nickte unsicher. Das alles kam ihr irgendwie unwirklich vor. Wo sie herkam, regelte man Auseinandersetzungen mit dem Sicherheitsdienst, wenn das überhaupt nötig war.

"Das ist gut. Unser großer Retter wäre ziemlich sauer, wenn dir etwas passiert wäre", sagte er zwinkernd und führte sie nach drinnen. Alessio ging hinter ihnen her, bis sie zurück im VIP Bereich waren.

Mat musterte sie mit zusammengezogenen Augenbrauen. Der Schock musste ihr noch ins Gesicht geschrieben stehen.

Sie versuchte ein Lächeln, woraufhin er nur ärgerlich den Kopf schüttelte.

Mehr als ein Augenrollen hatte sie dafür nicht übrig.

Er zog sie sofort in seine Arme. "Was ist passiert?"

"Alles okay. Ich hatte ja meine Bodyguards dabei", sagte sie zwinkernd in Sandros Richtung, der ihr schelmisch zugrinste.

"Wo warst du überhaupt? Tia und Tina sind schon seit einer ganzen Weile zurück."

"Ich war noch eine rauchen …"

"Allein?" Er klang nicht sonderlich zufrieden.

"Nein. Luces Jungs waren dabei."

Das stimmte zwar, war aber nicht geplant, aber das musste Mat nicht wissen.

Aber er wusste es. Sein Blick sagte alles. "Warum?" Immerhin hackte er nicht weiter auf dem Was herum.

"Das ist Jasons Geburtstag, wir sollten mit ihm feiern und uns jetzt nicht die Laune verderben lassen."

Mat sah sie so finster an, als hätte sie etwas wirklich Schreckliches gesagt.

"Es geht dir aber nicht darum, dass du davon schlechte Laune bekommst, sondern darum, ob ich oder einer der anderen schlechte Laune bekommt. Hör auf, immer alles allein schaffen zu wollen, und rück endlich raus mit der Sprache!"

Sie spürte die Blicke der anderen, vor allem den von Taylor und Sandro, also entschloss sie sich, lieber nachzugeben, bevor das hier ausartete.

Sie lächelte ihn an und sagte: "John hat angerufen. Wir haben das geklärt."

Mat schnaubte und schien alles andere als überzeugt. Im Gegenteil, aus seinem verärgerten Gesichtsausdruck wurde wieder dieser gruselig forschende.

Mat schob sie vor sich her zu einem der kleinen Ledersofas.

Er setzte sich und zog sie dann neben sich. Er legte einen Arm um ihre Schultern und musterte sie genau. Sie hasste diesen Blick, sie fühlte sich nackt unter ihm, als würde er jeden Zentimeter ihrer Seele freilegen.

"Jetzt nochmal langsam. Ihr seid mit Amelie zu den Toiletten gegangen. Tia meinte, du wärst zum Telefonieren zurückgeblieben. Da hast du mit John telefoniert. Was wollte er?"

Zoey wandte den Blick ab und suchte nach Taylor. Wenn ihr jemand zur Hilfe kommen würde, dann er.

Mat griff nach ihrem Kinn und zwang sie ihn anzusehen. "Zoey … wenn du wegen eines Telefonats mit ihm zum Rauchen gehst, will ich verdammt nochmal wissen, was war."

Sie hasste sich dafür, dass ihre Augen zu brennen begannen, aber im Moment fühlte sie sich einfach überfordert.

"Was hat er getan?" Mats Stimme war jetzt weicher und er küsste sie hauchzart auf die Lippen. Er wollte für sie da sein, mehr nicht. Warum konnte sie nicht einfach einen Schritt auf ihn zugehen?

"Er hat nichts getan. Er war nur der Meinung, dass wir es einfach nochmal versuchen sollten."

Mats Blick bohrte sich in ihren. "Er ist noch immer der Meinung", korrigierte er düster.

Wann zum Teufel hatte ihre perfekte Teflonrüstung einen Kratzer bekommen? Sie hatte sich für ihre undurchschaubaren Masken immer selbst gelobt. Niemand hatte je etwas in ihr gelesen, wenn sie es nicht zugelassen hatte.

Niemand außer Mat.

Sie nickte vage und Mat fluchte.

"Da denkst du nicht drüber nach!" Er befahl es, aber sie sah die Unsicherheit in seinem Blick.

Das entspannte sie ein wenig. "Nein. Es ist nur … ich muss nächste Woche für zwei Tage zurück nach Deutschland und er wird da sein …"

Mat spannte sich deutlich neben ihr an. "Wann?"

"Samstag ist der fünfzigste Geburtstag meiner Mutter … John wird auch da sein."

Wenn es möglich war, verspannte er sich noch mehr. Er kramte sein Blackberry hervor und tippte darauf herum. "Hätte ich eine Sekretärin wie Tracy, würde ich sie jetzt anrufen und sagen, dass sie alle Termine für Freitag verlegen muss. So muss ich es allein machen", brummte er.

Zoey ließ ihre Stirn erleichtert an seine Schulter fallen. Mit Mat an ihrer Seite würde sie das problemlos schaffen. Jetzt musste sie nur noch das Telefonat mit ihrer Mutter überleben.

Nach einigen Minuten sagte er schließlich: "So, alle Mails sind raus, unser Flug ist gebucht."

Sie lächelte ihn ehrlich an.

"Danke, Baby."

Er verzog das Gesicht. "Nenn mich nicht so, das lässt mich schwach aussehen."

Sie wusste, dass er nur scherzte, um ihr bessere Laune zu bescheren und es half. Er schaffte das immer.

Mit Mat war alles einfacher, offener, ehrlicher. Er machte sie unbesiegbar, obwohl er ihre größten Schwächen kannte.

"Ich liebe dich", platzte es aus ihr hervor, ehe sie es aufhalten konnte.

Sein Lächeln wurde so weich, dass sie es nicht bereute. Er beugte sich zu ihr und küsste sie so zärtlich und voller Liebe, dass sich ihr Herz zusammen zog.

Dann griff er in ihren Nacken, hielt sie eisern fest und brachte seinen Mund ganz nah an ihr Ohr.

"Und ich liebe dich, Princess, mehr als du dir vorstellen kannst."

Sie schlang ihre Arme um seinen Hals und presste ihn fest an sich.

Sie spürte die Tränen in ihren Augen, aber es waren Tränen der Freude und Erleichterung.

MATTHEW

Eine ganze Zeit später kam Tia und zog Zoey von ihm weg. Er selbst blieb sitzen und beobachtete, wie sich die beiden Frauen durch den Club bewegten.

Er war sich ziemlich sicher, dass die beiden als Freundinnen hervorragend zusammenpassten.

Taylor setzte sich neben ihn. Sonderlich gern mochte er ihn noch immer nicht, aber Zoey liebte ihn, also würde er wohl einen Weg finden müssen, mit ihm klar zu kommen.

"Hey Mat."

"Taylor."

Taylor rutschte ein wenig auf seinem Platz herum, als überlegte er, wie er das Gespräch beginnen sollte.

"Ich war mir nicht sicher, ob ich es gut finde, dass du Teil von Zoeys Leben bist."

Mat schnaubte. "Kann ich zurückgeben."

Den bissigen Kommentar ignorierend fuhr Taylor fort: "Aber sie ist irgendwie *echt* bei dir … daher … naja, wenn ich jetzt sage, dass du mein Okay hast, wird dich das nicht sonderlich interessieren. Ich will nur sagen, dass ich es zu schätzen weiß, dass du sie richtig zum Lächeln bringen kannst."

Zum ersten Mal sah er Taylor wirklich an. Dessen Blick war offen und da war nichts. Keine List, keine Tücke. Er fand nichts außer ehrlicher Freude darüber, dass Mat Zoey glücklich machen konnte.

"Du liebst sie", stellte Mat sachlich fest.

Taylor nickte. "Sie ist meine beste Freundin, meine Schwester, mein Ein und Alles."

Mat sah noch genauer hin, aber er sah absolut nichts sexuelles in Taylors Blick. Also nickte auch er.

Dann trat ein wenig Unsicherheit in Taylors Augen und er rieb sich über den Nacken.

"Es fühlt sich ein bisschen an wie Verrat, aber … ich glaube, es ist das Beste für sie, wenn ich dir ein paar Sachen sage, sofern du sie noch nicht weißt."

Mat nickte ernst. "Nur zu." Ein bisschen Hilfe konnte er gut gebrauchen, Zoey war das mit Abstand faszinierendste und vielschichtigste Wesen, das er kannte.

Taylor räusperte sich. "Sie wird sich noch oft von dir zurückziehen oder sich hinter etwas verstecken, von dem sie meint, dass es das richtige ist … lass ihr Zeit. Gib nicht auf! Wir sind seit so vielen Jahren beste Freunde und sie versucht es auch bei mir immer wieder."

Mat seufzte, weil er genau wusste, was Taylor meinte. "Manchmal ist es zum Verrücktwerden."

"Es ist nicht ihre Schuld … wenn du ihre Familie kennenlernst, wirst du es verstehen."

"Sie rinnt mir dann durch die Finger wie Wasser. Ich kann es nicht aufhalten. Im einen Moment ist sie noch da, im nächsten nur noch dieses Trugbild von ihr."

"Und das geht verdammt schnell." Taylor nickte ernst.

"Zu schnell. Ich wünschte mir, ich hätte mehr Zeit oder ich könnte sie einfach packen und mich mit ihr zusammen einsperren, bis sie wieder zur Vernunft kommt."

"Denk nicht zu viel nach, hab Geduld. Sie ist es wert." Taylor klopfte ihm auf die Schulter und ging.

Ja, wert war sie es auf jeden Fall!

ZOEY

Sie hatte den Rest des Abends viel Spaß zusammen mit Tia und ihren Freundinnen gehabt. Leider gingen viele von ihnen sehr früh, um ihre Kinder abzuholen, was der Laune aber keinen Abbruch tat.

Sie feierten weiter und Tia überredete sie dazu, einige Tequila Shots mit ihr zu trinken.

Da sie selten trank, reichte das, um alles um sie herum ein klein wenig schwanken zu lassen.

Plötzlich spürte sie Mats starken Arm um ihre Taille und seine Brust an ihrem Rücken.

"Na, vielleicht ein bisschen viel?", fragte er flüsternd.

Seine Stimme bescherte ihr eine Gänsehaut. "Mhm … ich glaube, mein großer, starker Freund muss mich jetzt nach Hause bringen."

Er biss ihr sanft ins Ohrläppchen. "Muss er das? Er könnte die Situation aber auch ausnutzen und dreckigen hemmungslosen Sex mit dir an einen unanständigen Ort haben."

Die Vorstellung von hemmungslosem Sex mit Mat reichte aus, um ihren Unterleib kribbeln zu lassen.

Sie schmiegte sich enger an ihn.

Mat knabberte an ihrem Hals und sie spürte seine beginnende Erregung an ihrem Po.

"Du musst mich nicht betrunken machen, um dreckigen, hemmungslosen Sex ganz egal wo mit mir zu haben", gab sie zurück und hob eine Hand, um sie in seinen Nacken zu legen.

Sein Griff um ihre Taille wurde fester. "Ich könnte dich in Chris' Büro mitnehmen und so lange vögeln, bis er den Club schließt. Vielleicht auf allen Vieren auf diesem breiten Sofa, das er da drin stehen hat …"

"Kinder, Kinder, ihr seid zu alt für Sex in einer Disko!" Julien erschien in ihrem Sichtfeld und bestellte sich ein Bier an der Bar. Er grinste über beide Ohren und schaute sie dabei ungeniert an.

"Spielverderber", sagte Mat lachend und schob Zoey dann vor sich her zum Ausgang.

"Ich bringe dich jetzt nach Hause und vögel dich da, bis wir beide keine Kraft mehr haben. Da stört uns zumindest niemand."

Zoey kicherte und ließ sich von ihm durch die Menge führen. Dagegen hatte sie bestimmt keine Einwände.

MATTHEW

Der Sex mit Zoey war atemberaubend wie immer gewesen. Sie auf allen Vieren vor sich zu haben, zu sehen, wie jeder seiner harten Stöße durch ihren Körper ruckte, hatte ihn fast verrückt gemacht.

Aber noch besser war es, sie am nächsten Morgen im Arm zu halten, zu wissen, dass sie ihm gehörte und dass sie ihn liebte.

Er würde alles dafür tun, das hier für den Rest seines Lebens zu haben.

Er fühlte sich vollkommen und ängstlich zugleich. Als könnte sie jeden Moment verschwinden. Dann würde sie sein Herz mitnehmen und er würde allein und leer zurückbleiben.

Je länger er darüber nachdachte, desto verwirrender wurde dieses Gefühlsdurcheinander.

"Guten Morgen", sagte sie mit rauer Stimme.

"Guten Morgen, Princess. Alles okay?"

Sie runzelte die Stirn. "Alles bestens. Fühlst du dich nicht gut? Du siehst ein wenig blass aus."

"Ich … fühle mich eigenartig", gestand er.

"Bist du krank?"

"Nein. Ich bin glücklich, weil ich dich habe und ich … ich will dich nicht verlieren."

Sie lächelte weich und drückte ihm einen Kuss auf die Brust. "Ich gehe nirgendwo hin."

Mat erwiderte ihr Lächeln. "Und wie fühlst du dich?"

Sie seufzte. "Verliebt, glücklich und ziemlich gut durchgevögelt."

Daraufhin lachte er laut auf und gab ihr einen Klaps auf den Po.

Er wollte sich gerade auf sie rollen, als ihr Handy klingelte. Sie angelte neben dem Bett nach ihrer Handtasche und zog das große Smartphone heraus. Der Ausdruck auf ihrem Gesicht änderte sich sofort von verwirrt zu argwöhnisch.

War es schon wieder John? Er würde diesem Wichser seine Meinung sagen.

Doch ehe er fragen konnte, setzte Zoey sich auf und wickelte die Decke um sich.

Dann meldete sie sich mit einem "Ja?"

Mat realisierte ihren angespannten Ton, verstand aber kaum etwas.

Sie redete eine Weile mit kühler Stimme, dann bedeckte sie den unteren Teil ihres Telefons und flüsterte "Wie lange bleiben wir bei meinen Eltern?"

"Wir müssen Sonntag zurück", sagte er mit gerunzelter Stirn.

Sie redete wieder einen Moment auf Deutsch, dann legte sie auf.

Leider kam sie nicht zu ihm ins Bett zurück, sondern stand auf.

"Was habt ihr gesprochen?", erkundigte er sich vorsichtig.

Zoey zog sich eines dieser winzigen rosanen Negligees über und seufzte. "Meine Mutter hat sich darüber beschwert, dass ich nicht mehr mit John zusammen bin, und hat gefragt, wie ich ihr das antun kann. Dann habe ich ihr gesagt, dass ich in Begleitung zu ihrem Geburtstag komme, und sie war nicht erfreut." Zoey verzog das Gesicht. "Im Voraus also schon mal meine Entschuldigung für alles, was meine Eltern tun werden."

Sie ging zur Tür.

"Wo willst du hin?"

Mit schief gelegtem Kopf sah sie ihn an. "Kaffee?"

"Ich liege hier völlig nackt und du ignorierst mich!", beschwerte er sich gespielt eingeschnappt.

Diesen zutiefst frustrierten und stumpfen Blick, den sie seit dem Telefonat hatte, wollte er unbedingt vertreiben.

Und es klappte. "Steh auf, dann können wir wilden Sex in der Küche haben. Die Arbeitsplatte ist noch nicht eingeweiht."

Mat verzog nachdenklich das Gesicht.

"Könnte interessant werden." Er schwang die Beine aus dem Bett und schlüpfte in seine Shorts, dann sah er sie auffordernd an.

"Wenn du vorher einen Kaffee willst, solltest du jetzt gehen!"

Sie lachte und verschwand aus dem Zimmer.

Mein Gott, ich bete diese Frau an!

11 FAMILIE

ZOEY

Ihr war schlecht. Speiübel, wenn man es genau nahm. Mat zog ihren gemeinsamen Koffer hinter sich her und hatte einen Arm um ihre Schulter gelegt.

Zusammen schlängelten sie sich durch die Menschenmengen der ankommenden und abreisenden Fluggäste am Düsseldorfer Flughafen.

Nervös zupfte sie an ihrer Lederjacke und versuchte, sich auf dieses Wochenende vorzubereiten. Gar nicht so einfach, wenn man genau wusste, was für ein Horror auf einen zukommen würde.

"Das wird schon, Princess", sagte er leise und küsste sie im Gehen auf den Scheitel.

Er hatte leicht reden. Er wusste nicht, in was für eine Horrorshow er gleich stolpern würde.

"Ich möchte mich jetzt schon mal für alles entschuldigen, was du in den kommenden zwei Tagen zu sehen und zu hören bekommst. Des Weiteren möchte ich um ein bisschen Toleranz in Sachen echter und falscher Zoey bitten. Es ist reiner Selbstschutz, Mat. Du musst verstehen, dass ..."

"Zoey!" Er blieb stehen und drehte ihr Gesicht zu seinem. "Könntest du dich bitte beruhigen? Ich bin bestimmt nicht aus Zucker. Ich bin Anwalt, schon vergessen? Bevor ich mich spezialisiert habe, habe ich sogar Mörder vertreten, die einen Anwalt vom Staat gestellt bekommen. Glaub mir, mit deinen Eltern komme ich zurecht!"

Zoey schluckte schwer. "Es tut mir leid, aber sie sind schlimmer. Sie sehen harmlos aus wie Teddybären, aber nachts werden sie zu menschenfleischfressenden Monstern. Das sind durch und durch giftige Geschäftsleute, Mat. Die verkaufen ihre Familie, wenn es genug einbringt!"

Mat lachte laut auf. "Die menschenfleischfressenden Monster zählen in die Kategorie Mörder. Die giftigen Geschäftsleute sind heute meine Stammkundschaft. Ich werde es überleben und ich werde auf dich aufpassen. Und jetzt mach nicht so ein Gesicht. Alles wird gut gehen, Princess."

Zoey zog eine Schnute, als er sie vorwärts schob. "Ich glaube, das ist der richtige Zeitpunkt, um dich darauf aufmerksam zu machen, dass du immer darauf bestehst, dass ich ich selbst bin. Jetzt tue ich es und du sagst mir, ich soll nicht so ein Gesicht machen."

Sein Lachen wurde nur noch lauter. "Du biegst dir die Wahrheit gerade, wie du sie gerne hättest." Er küsste sie noch einmal auf den Scheitel. "Jammern steht dir nicht, Süße."

Sie antwortete nicht, weil sie bereits Norbert, den Fahrer ihrer Eltern, erspähte. Der ältere Mann war schon seit Ewigkeiten bei ihren Eltern angestellt und genauso steif und kalt wie sie. Er hatte sich perfekt eingefügt.

"Willkommen im Gruselkabinett von Richthofen. Viel Vergnügen", murmelte Zoey.

Norbert nickte ihnen gewohnt kühl zu und nahm Mat den Koffer ab, ehe er sie zu der wartenden Limousine führte.

MATTHEW

Sie fuhren eine halbe Stunde vom Düsseldorfer Flughafen bis in den kleinen Vorort, an dessen Rand das Herrenhaus von Zoeys Eltern lag.

Er hatte gewusst, dass Zoey nicht gerade aus armen Verhältnissen stammte, aber das war dann doch eine Nummer größer als erwartet.

"Mann oh Mann ..."

"Sieht hübsch aus, nicht wahr?" Zoey lächelte diabolisch, was ihn ein klein wenig verunsicherte.

Er konnte dabei zusehen, wie die Mauern, die er mühsam von ihr abgetragen hatte, sich Meter für Meter mit denen sie sich dem Haus näherten, wieder hochgezogen wurden.

Er ließ sie in Ruhe. Sie wirkte viel zu ängstlich, als dass er ihr jetzt noch zusetzen wollte.

Der ungefähr sechzig Jahre alte Fahrer führte sie durch die schwere Holztür in einen großen Salon mit hohen Decken.

Alles in diesem Raum wirkte antik. Angefangen bei dem schweren Perser bis hin zu den kleinen Sofas auf den viel zu dünnen Beinchen.

Insgeheim überlegte er, ob alle in ihrer Familie so schlankheitsbesessen waren, weil die Möbel mehr Gewicht nicht tragen konnten.

Vorsichthalber setzte er sich langsam und abwartend auf das bunt gemusterte Sofa. Zoey setzte sich auch nur auf die Kante und ihre Schultern waren angespannt.

"Zoey, Darling." Eine ältere, streng wirkende Frau betrat den Raum. Sie war unbestreitbar schön, trotz des fortgeschrittenen Alters.

Ihre Worte hätten liebevoll sein können, wenn ihr Ton nicht hart wie Stahl gewesen wäre.

Sie küsste die Luft neben Zoeys Wangen und wandte den Blick ihrer blauen Augen dann auf ihn.

Jetzt war er sich ganz sicher, eindeutig Zoeys Mutter. Die Augen waren denen von Zoey zum Verwechseln ähnlich.

Sie sagte etwas auf Deutsch, das er nicht verstand. Zoey antwortete in Englisch.

"Mutter, das ist Matthew Fox. Mat, meine Mutter, Elenor von Richthofen."

Elenor reichte ihm die Hand "Sehr erfreut."

"Es freut mich, sie kennenzulernen, Mrs. von Richthofen."

Er tat sich schwer, den Namen auszusprechen, und hoffte sehr, dass sie ihm das nicht ankreiden würde.

Kurz darauf betrat ein schlanker, älterer Mann in einem grauen Dreiteiler das Empfangszimmer.

"Zoey." Er nickte ihr zu.

"Vater, Matthew Fox. Mat, Ulrich von Richthofen." Wenn es möglich war, wirkte Zoey jetzt noch steifer.

Er begrüßte auch Zoeys Vater per Handschlag, dann bedeutete dieser allen, Platz zu nehmen.

"Möchten Sie einen Whisky, Mr. Fox?", fragte Ulrich.

Mat nickte.

Ihm war sehr wohl aufgefallen, dass niemand Zoey etwas anbot, aber er hatte beschlossen, diese scheinbar sehr eigene Dynamik in ihrer Familie erst einmal zu beobachten.

Der Whisky, den Elenor ihm daraufhin reichte, war wirklich gut. Rauchig und golden. Genau so, wie er ihn bevorzugte.

"Und was machen Sie beruflich, Mr. Fox?" Ulrich hatte sich in dem eleganten Ohrensessel zurückgelehnt und schwenkte sein Whiskyglas langsam, während er ihn abschätzend musterte.

Zoeys Vater würde nicht viel finden, was es an ihm auszusetzen gab.

Mat wusste, dass sowohl Hemd als auch Anzug tadellos saßen. Maßgefertigt aus den besten Stoffen, denen nicht einmal ein so langer Flug viel ausmachen konnte.

Er hatte sich kurz vor der Ankunft noch einmal rasiert und seine Haare waren frisch geschnitten und in Form gebracht.

"Ich bin Anwalt. Hauptsächlich spezialisiert auf Unternehmensübernahmen." Das war ein wichtiger Aspekt unter Geschäftsleuten, den er nie hatte nachvollziehen können. In seinen Augen war ein Strafverteidiger wesentlich mehr wert.

"In der Kanzlei ihres Vaters?" Anscheinend hatte Ulrich sein Äußeres richtig gedeutet und ging nicht von einem unterbezahlten Angestellten aus.

Aber die Kanzlei seines Vaters? Innerlich lachte Mat laut auf. In der Kanzlei eines Alkoholikers mit Spielsucht und ohne Abschluss?

Äußerlich ließ er sich nichts anmerken. Er lehnte sich zurück und imitierte die Haltung des alten Herrn. Gern hätte er einen Arm um Zoeys Schultern gelegt, aber so angespannt, wie sie in diesem Moment war, würde sie wahrscheinlich an die Decke gehen.

"Ich habe meine eigene Kanzlei."

Das brachte ihm zumindest das Zucken einer Augenbraue und eine erneute Musterung ein.

Im Türrahmen erschien eine Bedienstete, die auf ein minimales Nicken von Elenor den Raum verließ.

"Wir können essen."

Elenor erhob sich und Ulrich tat es ihr gleich. Als Zoey ebenfalls aufstand und den anderen aus dem Raum folgte, schloss er sich ihr an.

Auf dem Weg nach nebenan drückte er leicht ihre Hand.

Bislang war es ja gar nicht so schlecht gelaufen.

Sie lächelte ihn schwach an, doch in ihren Augen lag eine Angst, die ihm im Herzen wehtat.

Die Tafel war festlich gedeckt. Mat rückte Zoey den Stuhl zurecht. Dann setzte er sich zu ihrer Linken und lächelte in die Runde.

Während sie auf das Essen warteten, wurde er mit

weiteren Fragen zu seinem Leben bombardiert, die er alle recht gut meistern konnte.

Nein, er hatte keine gescheiterten Ehen oder ehelose Kinder.

Ja, seine Kanzlei lief ausgezeichnet und große Firmen sind allesamt Stammkunden.

Nein, er hatte nicht vor zu expandieren.

Ja, sein Name war in der Society wohl bekannt.

Nein, er hatte sich nicht verschuldet.

Insgesamt waren die Fragen natürlich wesentlich höflicher und weniger eindeutig formuliert, aber das lief auf dasselbe hinaus.

Insgeheim wurmte es ihn, dass keiner von beiden Anstalten machte, sich nach Zoeys Befinden zu erkundigen, aber er konnte ihr eindeutiges Desinteresse nicht beeinflussen.

Der Wein wurde serviert, dann folgte eine Suppe, die weder Elenor noch Zoey anrührten, obwohl sie schon im Teller vor ihnen stand.

Mat sagte nichts.

Ulrich führte das Gespräch weiter, mit mehr oder weniger geschickter Konversation über amerikanische Politik und Fragen zu Boston im Speziellen.

Dann wurde die Suppe abgeräumt. Es folgte ein Salat. Das Dressing wurde extra serviert. Zoey rührte es nicht an.

Ungefähr bei der Hälfte des dressinglosen Salates angelangt legte Elenor ihre Gabel beiseite.

Zoey folgte ihrem Beispiel und Mat wurde mehr als nur wütend.

Er legte eine Hand auf ihren Rücken und sagte: "Iss noch ein bisschen. Du hast den ganzen Tag noch nichts gegessen."

Sie lächelte ihn beinahe flehend an. "Nein Danke, es genügt."

Er musste sich sehr beherrschen, sie nicht zu schütteln. "Iss, Zoey!", sagte er so leise wie möglich zwischen zusammengebissenen Zähnen.

"Ich denke, es genügt wirklich, Mr. Fox. Zoey muss auf ihre Linie achten und so wie es aussieht, hat sie sowieso schon ganz schön zugelegt."

Die lieblich klingenden Worte von Elenor täuschten über den tadelnden Blick nicht hinweg.

Er war kurz davor, ihr wirklich die Meinung zu sagen, als Zoey erneut zu ihm aufsah und mit tränennassen Augen den Kopf minimal schüttelte.

Er biss die Kiefer zusammen und legte seine Gabel beiseite. Der Appetit war ihm gründlich vergangen.

Das ganze restliche Essen über rührte Zoey nichts an, was ihr serviert wurde. Zwischen dem Fragenschwall von Ulrich an ihn, hagelte es Sticheleien und Kritik von Elenor an Zoey.

Er war bereits kurz vor dem Platzen, als das Dessert, von Zoey natürlich unberührt, abgeräumt wurde.

Bevor es zu einer weiteren Fragerunde von Ulrich kommen konnte, stand er auf.

Zoey sah ihn mit schreckgeweiteten Augen an, aber er hatte einfach genug.

"Sie entschuldigen uns sicher. Wir sind von unserer Reise sehr erschöpft und möchten uns jetzt zurückziehen", sagte er mit einem um Verständnis bittenden Lächeln.

Er zog Zoey an ihrem Ellenbogen nach oben und verabschiedete sich.

Zoeys Eltern wirkten sichtlich verstimmt, aber es war ihm egal. Fünf weitere Minuten mit diesen Tyrannen in einem Raum und er würde seine Meinung nicht mehr zurückhalten können.

Nicht einmal Zoey zuliebe.

Ulrich und Elenor standen ebenfalls auf und verabschiedeten sich.

"Wir haben Ihnen eines der Gästezimmer herrichten lassen, Mr. Fox", sagte Ulrich.

Mat verstand den Wink, nickte, hatte aber absolut nicht vor, ohne Zoey an seiner Seite zu schlafen.

"Vielen Dank. Gute Nacht."

Stumm führte Zoey ihn zu dem Zimmer und noch ehe sie protestieren konnte, zog er sie mit hinein.

"Mat … ich …"

"Sch … hör auf." Er zog sie in seine Arme. Erst war sie völlig steif, doch je länger er über ihren Rücken streichelte, desto weicher wurde sie in seinen Armen.

Sie begann zu zittern und schließlich spürte er die Tränen durch sein Hemd.

Langsam schob er sie rückwärts, bis sie mit den Beinen an das ausladende, hölzerne Doppelbett stieß.

Er zog sie ganz aus und ließ sie dabei so wenig wie möglich los. Dann beeilte er sich, seine eigenen Klamotten loszuwerden.

Er legte sich mit ihr zusammen hin, zog sie an seine Brust, deckte sie zu und hielt sie eine Zeit lang einfach nur fest.

Als sich das Zittern gelegt hatte und er keine neuen Tränen spürte, drückte er seine Lippen auf ihre Stirn.

"Es tut mir leid, Princess", flüsterte er und streichelte sanft über ihren Rücken.

Sie schüttelte kaum merklich den Kopf. "Es ist ja nicht deine Schuld … im Gegenteil, ohne dich wäre es schlimmer geworden."

Allein der Gedanke schnürte ihm die Kehle zu. Wie konnten sie ihr nur so zusetzen? Wie konnte man so etwas einem Menschen antun?

Vor allem einem, den man eigentlich lieben sollte?

Er presste sie enger an sich. "Sie haben kein Recht, das zu tun, dich so zu behandeln."

Sie malte mit einem Finger kleine Muster auf seine Brust. "Es ist nicht mehr so schlimm. Eigentlich prallt das meiste von mir ab. Ich fühle mich nur gedemütigt, weil du es erleben musstest."

"Erzähl es mir. Erzähl mir, was dich am meisten verletzt und wir werden eine Lösung finden."

Sie legte den Kopf in den Nacken und lächelte traurig zu ihm auf.

"Du kannst mich nicht vor ihnen beschützen, Mat."

"Ich kann es versuchen, wenn ich alles verstehe", murmelte er.

Sie seufzte leise und schwieg dann eine ganze Zeit.

"Es ist dieses Gefühl, nie genug zu sein. Es nie zu schaffen, niemals anzukommen oder einem der anderen auch nur annähernd das Wasser reichen zu können." Sie schluckte schwer. "Sie haben es mir eingeimpft von klein auf, verstehst du?"

Er verstand genau, was sie meinte, weil das genau das Problem war, an das sie in ihrer Beziehung immer wieder stießen. Zoey glaubte nicht daran, dass jemand sie lieben konnte, wie sie war.

"Du schuftest und schuftest, holst stets das Beste aus dir heraus und doch genügt es nie. Manchmal habe ich das Gefühl, dass es aufwärts geht, dass ich meinen Zielen näher komme. Für einen kurzen Moment sieht es so aus, als könnte alles gut werden und mein wackliges Kartenhaus könnte halten. Doch dann kommt jemand vorbei, rüttelt an meinem Tisch und alle Hoffnungen fallen in sich zusammen. Es ist wie ein Kampf gegen die Windmühlen, den ich niemals gewinnen kann."

Die Tränen begannen erneut zu fließen. Obwohl es so wichtig war, verfluchte er sich für den Schmerz, den er ihr damit zumutete.

"Du genügst mir, Zoey. Mehr als das. Ich liebe dich so, wie du bist. So lange ich da bin, bist du nicht allein, du musst nicht alleine kämpfen."

"Ich bin nicht allein? Ja, zwischendurch denke ich das auch. Menschen kommen in mein Leben, versprechen mir das Blaue vom Himmel und ich glaube ihnen. Weißt du warum? Weil ich an das Gute im Menschen glauben will! Früher oder später zeigen sie mir aber alle, dass ich es allein schaffen muss, weil ich mich auf niemanden verlassen kann."

"Doch auf mich! Ich werde nicht einfach so verschwinden", sagte er eindringlich und suchte nach einem Weg, es ihr zu beweisen. Es würde bestimmt nicht einfach werden, aber irgendwann würde sie an ihn glauben.

"Nein. Auf niemanden, verstehst du das nicht, Mat? Viele von ihnen meinen es noch nicht einmal böse und doch bin ich es, die am Ende immer verliert. Es kommt immer irgendwas, das wichtiger ist als ich. Immer irgendjemand, der Vorrang hat. Und am Ende des Tages stehe ich wieder alleine da. Dann werde ich den Rücken durchstrecken, lächeln, wie ich es gelernt habe, und den verdammten Karren wie immer alleine aus dem Dreck ziehen."

"Zoey, das stimmt nicht!"

Sie lächelte traurig zu ihm hoch. "Doch, Mat. Und es ist okay so. Es ist okay, dass du in deinem Leben Menschen hast, die schon länger in deinem Herzen sind. Sie haben es verdient. Sie haben *dich* verdient." Sie spreizte ihre Hand auf seine Brust.

Er drehte sie blitzschnell auf den Rücken und legte sich über sie. Die brennende Angst, dass sie ihn jeden Moment verlassen würde, floss durch seine Adern wie glühend heiße Lava.

Er sah ihr fest in ihre tränennassen, blauen Augen. "*Du* hast es verdient, Zoey. Ich werde dich nicht verlassen. Ich liebe dich!"

Er küsste sie, versuchte ihr mit seinen Berührungen alles zu zeigen, was er mit seinen Worten nicht ausdrücken konnte.

Sie zitterte wieder. Aus Angst oder Verzweiflung, er wusste es nicht. Er wusste nur, dass er diesen wunderbaren Menschen nicht verlieren durfte, dass er nie wieder ohne sie sein wollte.

Er legte sich ganz auf sie und presste seine Wange an ihre nasse Haut.

"Verlass mich nicht!", flüsterte er.

Der Schluchzer, der sie erschütterte, brach ihm das Herz. Eine Weile blieb er einfach so liegen, dann drehte er sich mit ihr zusammen auf die Seite.

Er hielt sie so fest er konnte, bis sie schließlich langsam ruhiger wurde und völlig erschöpft einschlief.

Er blieb noch lange wach. Dieser Abend und der Schmerz, den sie seit Jahren ertrug, raubten ihm den Verstand.

Er würde keinen weiteren Abend wie diesen dulden. Er würde nie wieder zulassen, dass jemand sie so sehr verletzte. Vor allem aber würde er alles dafür tun, sie glücklich zu machen.

Er liebte sie und der Gedanke daran, wie schlecht es ihr ging, raubte ihm den Verstand. In Zukunft würde er sie beschützen, auch vor ihrer eigenen Familie, wenn es sein musste.

12 SCHRECKEN OHNE ENDE

MATTHEW

Zoey lag halb auf ihm, als er erwachte. Die Sonne stand bereits hoch am Himmel, was hieß, dass sie den halben Tag verschlafen hatten.

So wie sein Kopf dennoch brummte, hatte der Jetlag ordentlich zugeschlagen.

Er bewegte sich nicht, wollte sie nicht wecken. Zum einen brauchte sie den Schlaf, zum anderen wollte er, dass sie so wenig Zeit wie möglich mit ihrer grauenvollen Familie verbrachte.

Diese Menschen waren furchtbarer, als er es sich jemals hätte vorstellen können. Nicht einmal Taylors Warnung hätte ihn darauf vorbereiten können.

Ihr gleichmäßiger Atem an seiner Brust beruhigte ihn ungemein. Er hätte sich niemals erträumen können, dass eine einzige Frau ihm so viel bedeuten könnte.

Hätte er gewusst, wie viele unberechenbare Gefühle die Liebe zu einer Frau mit sich bringt, hätte er es wahrscheinlich niemals zugelassen.

Wobei zulassen nicht das richtige Wort war. Er hatte sich so lange gegen Zoey gewehrt und es hatte ihm rein gar nichts geholfen. Sie hatte sich schnurstracks erst in seinem Kopf, dann in seinem Herzen eingenistet.

Automatisch spannten sich seine Arme fester um sie, aus Angst, sie könnte jeden Moment verschwinden und ihn mit einem gebrochenen Herzen zurücklassen.

Gleich darauf verfluchte er sich selbst dafür, denn Zoey begann sich zu bewegen.

"Schsch …", murmelte er in ihr Haar, in der Hoffnung, sie würde wieder einschlafen.

"Mat?"

"Schlaf, Baby."

Sanft streichelte er ihren Nacken … aber es half nichts. Sie hob den Kopf und sah ihn verwirrt an.

"Alles okay?"

Er lächelte. Sie machte sich um ihn Sorgen? "Ich wollte dich nicht wecken, schlaf einfach", flüsterte er.

"Warum?"

Sein Lächeln wurde noch breiter. "Damit ich dich noch eine Weile so entspannt auf mir habe."

Sie legte ihre Wange zurück auf seine Brust, begann aber träge über seinen Arm zu streicheln.

"Wir können uns nicht ewig hier verstecken …", murmelte sie einige Zeit später.

"Nein? Ich finde den Plan ziemlich gut."

Er spürte ihr Lächeln auf seiner Brust. "Sie werden schon jetzt unheimlich pikiert darüber sein, dass wir uns bis in den Nachmittag nicht blicken lassen."

Mat schnaubte. "Warum? Essen darfst du ja sowieso nichts."

Das brachte ihn auf einen Gedanken. Er schob sie sanft von sich und ignorierte ihre Proteste.

Dann ging er zu seinem Koffer und holte aus dem kleinen Seitenfach sein Notfall-Snickers, das normalerweise dazu gedacht war, dass er etwas zu essen hatte, falls er es unterwegs zwischen zwei Terminen nicht schaffte, sich etwas zu besorgen.

Aber das hier war garantiert ein größerer Notfall!

Er schlüpfte zu ihr ins Bett und zog sie an sich. "Hier, iss das."

"Mat …"

"Nein. Du kannst nicht von sechs Blättern Salat leben. Das ist krank. Ich will nicht, dass du nur Haut und Knochen bist! Und ich verspreche dir hoch und heilig, dich hier wegzubringen, bevor deine Mum dieses Snickers auf deinen Hüften entdecken kann."

Zoey lachte und öffnete es. Wie auf Kommando begann ihr Magen zu knurren.

"Siehst du!", sagte er anklagend und piekte sie mit einem Finger in den Bauch.

"Ich habe eine Schwäche für Snickers, das ist alles!" Sie sagte es, als würde sie hinausposaunen, sie hätte eine Schwäche für Menschenfleisch.

Verdammte Scheiße! Wenn sie wollte, würde er ihr ein ganzes Lagerhaus voller Snickers kaufen!

ZOEY

Sie hatte es geschafft. Zoey hatte noch nicht einmal 24 Stunden in dem Haus ihrer Eltern verbracht und ihre Mutter hatte es geschafft, dass sie sich furchtbar hässlich fühlte.

Sie zupfte an dem mitternachtsblauen, bodenlangen Abendkleid und sah jede, noch so kleine, nicht vorhandene Rundung.

Ihre blonden, offenen Locken hoben sich stark von dem dunklen Stoff ab und ihr Makeup saß perfekt.

Die Highheels, die ihre Mutter ihr trotz des noch instabilen Sprunggelenks hingestellt hatte, hatte Mat kurzerhand zurück in den Schrank geschmissen.

"Kommt nicht infrage!", hatte er geknurrt.

Er hatte keine Ahnung, was er da tat, aber insgeheim tat ihr diese kleine Rebellion gut.

Die schwarzen Ballerinas, die sie unter dem Kleid jetzt trug, würde niemand sehen, aber sie wusste, dass sie da waren und ihre Mutter würde es ebenfalls wissen, weil ihr das Kleid so viel zu lang war.

Sie musste nur noch diesen einen Abend überstehen. Einen einzigen Abend, ehe sie sich wieder in Mats sicheres Haus in Boston flüchten konnte.

Sie straffte die Schultern und lächelte zu Mat hinüber, der sie die ganze Zeit über beobachtet hatte.

"Bereit für den schrecklichsten Abend deines Lebens?", fragte sie gequält lächelnd.

"Wir werden sie in Grund und Boden stampfen, Baby", gab Mat ernst zurück.

Dann kam er zu ihr und legte ihr einen Arm um die Taille.

Eigentlich müsste sie sich an seinem Arm einhaken, aber sein fester Griff gab ihr eine innere Sicherheit, auf die sie im Moment einfach nicht verzichten wollte.

Er führte sie aus dem Zimmer und die Treppe hinunter in die Eingangshalle, in der ihre Mutter und ihr Vater gerade die ersten Gäste begrüßten.

Anklagend wurde dem Ausdruck auf dem Gesicht ihrer Mutter nicht einmal annähernd gerecht. Zoey holte eine ihrer gut erprobten Masken hervor und lächelte sie unschuldig an.

"So ist es genau richtig, Princess", flüsterte Mat ihr verschwörerisch ins Ohr und Zoey grinste ihn an.

MATTHEW

Den Empfang brachten sie spielerisch hinter sich. Mat lernte viele interessante Geschäftsmänner kennen.

Zoey gab sich von ihrer besten Seite, zwar mit ihrer Maske, aber immerhin ließ Zoey sie sofort fallen, sobald sie wieder unter sich waren.

Damit konnte er durchaus leben.

Er sah ihre Eltern und John zwar immer einmal wieder in der Gästemenge, schaffte es aber, ihnen gekonnt auszuweichen.

Die einzigen, denen er nicht ausweichen konnte, waren Zoeys Agent und ihr Coach.

Er hasste sich dafür.

Zuerst trafen sie Antonio, ihren Agenten, der sie mit Luftküsschen links und rechts ihrer Wange begrüßte.

"Da bist du ja endlich wieder. Ich wollte dich schon als vermisst melden!", beschwerte er sich auf Englisch und Mat bemerkte sofort, wie sie sich unter dem unterschwelligen Tadel versteifte.

"Ich habe keine Ahnung, ab wann ich dich wieder verplanen kann. Was meinst du? Die nächsten zwei Aufträge habe ich gecancelt, weil ich nicht wusste, wann du wieder fit bist!"

"Entschuldige."

"Nichts da, Schätzchen. Ich brauche eine Antwort. Wann kannst du wieder laufen und bist die überflüssigen Kilos los?"

Er zwickte sie in die Hüfte und Mats Sicherungen brannten durch. Er schlug Antonios Hand beiseite und knurrte: "Niemals!"

Zoey fing seine Hand beschwichtigend in der Luft ab und lächelte Antonio entschuldigend an.

"Ich melde mich bei dir, sobald ich alles geregelt habe", sagte sie sanft.

"Beeil dich. Die Konkurrenz schläft nicht, Mäuschen, und wir müssen deine letzten Jahre nutzen!" Ihr Agent nickte nicht wirklich zufrieden und verzog sich nach einem letzten abschätzigen Blick in Mats Richtung.

Zoey redete mit Engelszungen auf Mat ein, aber er konnte sich kaum beherrschen. Die Unverschämtheit dieses Kerls war an nichts zu toppen.

Dachte er. Bis er ihren Coach kennenlernte.

"Zoey, Liebling, wie siehst du denn aus?", sagte ein großer Mann mit schmalem Gesicht und eindeutig zu vielen Besuchen im Solarium. Auch er sprach englisch.

"Mat, Phillipe, mein Coach, Phillipe, das ist Mat", stellte Zoey sie einander vor.

Sie schüttelten sich kurz die Hand, dann wandte sich Philippe wieder an Zoey.

"Ich werde dir gleich morgen einen Trainingsplan vorbeibringen. Meine Güte, Zoey, wann hast du dir das denn alles angefuttert?"

Zoey schob sich vor ihn, bevor Mat sich den Typen krallen konnte.

"Nichts, was du nicht wieder hinbekommst", sagte sie, während sie Mats Hand beruhigend drückte.

"Ich hoffe es. In deinem Alter ist all dieser Speck nicht mehr so leicht loszuwerden!"

Zoey drückte seine Hand noch fester, aber Mat hatte die Schnauze endgültig voll.

Er packte sie an der Hüfte, hob sie an und stellte sie neben sich. Dann trat er ganz dicht vor Philippe. "Noch ein Wort und ich reiß dir deine verdammte Zunge raus!", knurrte er. "Jeder einzelne Zentimeter von ihr ist perfekt, also halt deine Klappe! Sie braucht dich nicht!", fügte er bedrohlich hinzu.

Das einzige, was seinen dürren Arsch rettete, war die Aufforderung zum Essen, der er schneller nachkam, als Mat es für möglich gehalten hätte.

Das Dinner selbst war eine Farce. Viel unmöglicher, als Zoey zwischen ihrem aktuellen und ihrem Ex-Freund zu platzieren, ging es kaum mehr.

Mat hatte kurz, aber heftig, mit ihr darüber diskutiert, dass sie die Plätze tauschen mussten. Schließlich hatte Zoey ihn aber flehentlich angesehen und ihn gebeten, ihr das nicht anzutun.

Er hatte nachgegeben und bereute es die ganze Zeit.

Erst hatte John ihr Honig ums Maul geschmiert, so süß, dass Mat am liebsten kotzen wollte.

Zoey hatte ihm beschwichtigend eine Hand auf den Oberschenkel gelegt und John beharrlich ignoriert.

Sie winkte die Vorspeise ab, was Mats Wut nur noch weiter schürte.

Bei Johns Kommentar dazu, konnte er sich bei Gott, nicht einmal Zoey zu liebe mehr zurückhalten.

"Das war eine gute Entscheidung, Zoey. Du hast etwas zugelegt, seitdem du in Boston bist."

Mat knallte seine Gabel auf den Tisch. "Hast du den Verstand verloren?", knurrte er. Er ignorierte Zoeys flehenden Blick und die geschockten Gesichter ihrer Tischnachbarn.

"Ich kann dir nicht ganz folgen."

Er hätte Johns gestochene Worte gern zurück in sein vorlautes Maul geschlagen, aber dessen wissendes Lächeln brachte ihn zur Räson.

Mat wandte seinen Blick zu Zoey. "Du wirst jetzt mit mir den Platz tauschen und du wirst verdammt nochmal alles essen, was auf der Speisekarte steht, oder ich schleife dich jetzt sofort hier raus!", knurrte er und er meinte jedes einzelne Wort bitterernst.

Zoey sah ihn mit weit aufgerissenen Augen an, nickte dann aber.

"Das lässt du nicht wirklich mit dir machen, Zoey!", sagte John, doch er wurde eines besseren belehrt.

Im Gegensatz zu John wusste Zoey ganz genau, dass es Mat ausschließlich um sie ging.

Den Rest des Dinners war es so ruhig an ihrem Tisch, dass man eine Stecknadel hätte fallen hören können. Ihre Tischnachbarn beobachteten ihn, als wäre er ein wildes Tier und als dürften sie nur keine zu hektischen Bewegungen machen. Mat war es recht. Er fühlte sich, als müsste er jeden Moment explodieren.

Nach dem Dinner raunte er Zoey zu: "Hast du deine Zigaretten dabei?"

Sie nickte unsicher.

"Ich glaube, jetzt wäre ein guter Zeitpunkt für mich, damit anzufangen."

Sie lachte und lehnte ihre Wange an seine Schulter. Mehr brauchte er nicht. Er fühlte sich augenblicklich besser.

ZOEY

Als Mat später mit einem der Geschäftspartner ihres Vaters in eine Diskussion über die Unterschiede im Rechtssystem von Deutschland und Boston verwickelt war, entschuldigte sie sich, um zur Toilette zu gehen.

Sie war gerade in den Flur eingebogen, als eine Hand sie am Ellenbogen fasste.

Schnell wirbelte sie herum und entdeckte John. Er sah sie durchdringend an.

"Wir müssen reden, Zoey."

"Es gibt nichts mehr zu bereden, John."

Sie versuchte, ruhig zu bleiben, aber der Ausdruck auf Johns Gesicht war irgendwie unheimlich.

"Du kannst mich nach all den Jahren nicht einfach mit einem Telefongespräch abfertigen!", knurrte er.

Er hatte recht. Es war nicht fair. Und so gern sie dieser Auseinandersetzung aus dem Weg gegangen wäre, sie musste das hier ordentlich beenden.

"Na gut, lass uns in die Bibliothek gehen", seufzte sie und deutete auf die übernächste Tür.

Sie versuchte, sich aus seinem Griff loszumachen, aber John zog sie unbeirrt in das Zimmer. Dann schloss er die Tür hinter ihnen.

"Ich kann nicht glauben, dass du einfach so zum nächstbesten rennst und so tust, als wäre das zwischen uns niemals gewesen!", legte er sofort los.

"So ist es nicht … aber das zwischen uns … John, es gibt schon lange kein *uns* mehr. Nicht einmal, als wir noch zusammen waren."

John kam zu ihr und packte sie beinahe schmerzhaft an den Oberarmen. "Du lügst! Wir hatten alles! Es war perfekt!"

Den eisernen Ausdruck in seinen Augen konnte man am ehesten mit wahnhaft bezeichnen, was Zoey wirklich Angst machte.

"Hör auf, dich in das hier hineinzusteigern, John. Es stimmt nicht. Unser Ende hatte schon angefangen, als wir uns das erste Mal getrennt haben. Wir hätten es dabei belassen sollen, anstatt so zu tun, als gäbe es die Probleme zwischen uns nicht."

Er schüttelte sie. "Ich liebe dich, Zoey! Stell dich doch nicht so an, wir können das hinbekommen!"

Von Liebe war in seinen Worten keine Spur. Es war die Besessenheit nach etwas, das er für gegeben gehalten hatte. Sie versuchte, ruhig und vernünftig mit ihm zu reden, obwohl er ihr wehtat.

"Wir können das nicht hinbekommen, John. Die Zeit heilt nicht alle Wunden. Wir haben uns über die Jahre viel zu viele davon zugefügt, weil wir zu ignorant waren, um einzusehen, dass das mit uns niemals funktionieren könnte", sagte sie leise aber eindringlich.

"Ich habe dir ein einziges Mal weh getan und ich bereue es. Kannst du es nicht einfach gut sein lassen?", knurrte er leise und drückte sie fest mit dem Rücken an die Wand hinter ihr.

Ihre Hände begannen zu schwitzen und es lief ihr kalt den Rücken hinunter.

"John, bitte. Was wir miteinander hatten, war doch nicht mehr als ein Deal … eine Vereinbarung …"

"Und sie war perfekt!" Er schüttelte sie so, dass ihr Kopf schmerzhaft gegen die Wand prallte.

Sie versuchte, sich aus seinem Griff zu lösen, aber er drängte sie einfach mit seinem Körper gegen die Wand.

"Es war perfekt, Zoey. Das mit uns wird wieder perfekt sein!"

"Nein. Was uns fehlt, ist Liebe, John. Lass mich los! Du machst mir Angst!" Sie konnte ihre Gefühle nicht länger verbergen. Tränen traten in ihre Augen und ihre Brust schnürte sich so fest zusammen, dass sie beinahe keine Luft mehr bekam.

"Aber ich liebe dich. Hörst du denn nicht?" Seine Lippen fuhren trügerisch sanft über ihre Wange.

"Es wird kein Happy End für uns geben, John. Wir beide passen einfach nicht zueinander."

"Lüg mich nicht an!", brüllte er und packte sie am Hals.

Die Angst jagte das Adrenalin durch ihren Körper, ihr Herz raste und ihre Atemzüge kamen in hektischen Stößen. Zoey wusste, dass sie nicht mehr zu ihm durchdringen konnte.

Sie wehrte sich gegen seinen Griff, versuchte, nach ihm zu treten und ihn zu schlagen, war aber hilflos.

"Lass mich los! Das mit uns beiden ist vorbei. Es gibt kein Zurück und wenn du mich nicht sofort loslässt, werde ich dir das niemals verzeihen können!"

John presste seine Lippen auf ihre, zwang ihr einen Kuss auf, den sie nicht wollte.

Er schmeckte schon lange nicht mehr, aber er hatte sie niemals so angeekelt wie in diesem Moment. Seine Umarmung kam ihr wie eine Fessel vor, die ihr die Luft zum Atmen nahm und sie erstickte.

Während ihr vor Ekel, Wut und Verzweiflung die Tränen über die Wange liefen, spürte sie Johns Erregung ganz deutlich an ihrem Bauch.

In diesem Moment wollte sie sich nur noch übergeben. Sie wollte heiß duschen und dann in Mats Armen liegen und vergessen. Sie wollte, dass John aufhörte und sie endlich in Ruhe ließ.

Schwungvoll öffnete sich die Tür. Aus dem Augenwinkel sah sie Mat hereinkommen, der bei ihrem Anblick wie angewurzelt stehenblieb.

"Zoey?", keuchte er, und die Fassungslosigkeit in seiner Stimme ließ sie nur noch heftiger weinen.

Dann ließ John endlich von ihr ab, wandte sich an Mat und sagte: "Wir sind beschäftigt. Verschwinde!"

Zoey versuchte keuchend, Luft zu bekommen, um Mat sagen zu können, dass das nicht stimmte, dass sie ihn nie betrügen würde und dass sie Hilfe brauchte.

Statt Worten kam nur ein Schluchzer über ihre geschwollenen Lippen.

Mats Blick wanderte von John zu ihr. Was auch immer er in ihrem Gesicht fand, hell lodernde Wut blitzte in seinen Augen auf.

Er rannte auf sie zu, rammte John von ihr weg und fiel mit ihm zu Boden. Mat schlug ihm mehrmals die Faust ins Gesicht.

Vom hektischen Luftholen wurde Zoey schwindlig, aber sie konnte ihre Atmung nicht beruhigen. Immer wieder zog sie heftig die Luft in ihre Lungen.

Erst verschwammen die Ränder ihres Sichtfelds, dann wurde alles schwarz.

MATTHEW

Der dumpfe Schlag hinter ihm riss ihn aus seiner blinden Raserei.

Für einen Moment hatte er wirklich geglaubt, Zoey würde sich von John küssen lassen. Der Schmerz, der bei diesem Gedanken in ihm aufgekommen war … absolut unbeschreiblich. Eine grauenhafte Qual, die er nie wieder erleben wollte.

Als er ihr tränenüberströmtes Gesicht und die roten Abdrücke auf Armen und Hals gesehen hatte, konnte er an nichts anderes mehr denken, als diesen Bastard umzubringen.

Er wandte den Kopf und sah, dass Zoey in sich zusammengesunken am Boden lag.

Sofort ließ er von John ab und eilte zu ihr.

"Zoey! Zoey!" Besorgt hob er ihren Kopf in seinen Schoß. Sie atmete und er fühlte deutlich ihren Puls, als er seine Finger an ihren Hals legte.

Er küsste sie zart auf die Lippen und streichelte ihre Wange, bis ihre Lider zu flattern begannen.

"Gott sei Dank", murmelte er, zog sie hoch und presste sie fest an seine Brust.

"Ich habe nicht …", flüsterte sie rau, doch Mat unterbrach sie sofort.

"Schsch … ich weiß doch, ich weiß doch. Gott, Zoey, ich hatte solche Angst um dich."

Sie begann wieder zu weinen, schmiegte sich fest an ihn und zitterte am ganzen Körper.

Er hob sie hoch und trug sie in den ersten Stock zum Gästezimmer, ohne einen weiteren Blick auf John zu werfen.

Er legte sie auf dem Bett ab, doch Zoey richtete sich sofort wieder auf.

"Bleib liegen!"

"Nein, ich will duschen." Dabei wischte sie sich energisch über ihre Wangen und ihren Mund.

"Okay … oder vielleicht baden?"

Das schien ihm die bessere Idee, nachdem ihr Kreislauf gerade erst schlapp gemacht hatte.

Sie nickte und stand langsam auf. Mat fasste sie um die Taille und führte sie ins angrenzende Badezimmer. Zoey setzte sich auf den Toilettendeckel und barg das Gesicht in ihren Händen.

Er ließ das Wasser ein, prüfte die Temperatur und fügte ein Bademittel hinzu.

Dann wandte er sich wieder Zoey zu. Er griff nach ihren Handgelenken, um sie ihr vom Gesicht zu ziehen, doch sie entriss sie ihm sofort.

"Baby … ", begann er sanft, doch das wütende Funkeln in ihren Augen ließ ihn innehalten.

"Geh weg!", sagte sie und kniff die Lippen zusammen. Er hatte keine Ahnung, was in sie gefahren war, warum sie auf einmal wütend war.

Aber wenn er eines nicht tun würde, dann war es, jetzt zu gehen.

"Ich will dir nur helfen, Princess."

"Ich will, dass du gehst. Geh weg!" Energisch schob sie seine Hände von sich.

"Ich werde nirgendwo hingehen, Baby. Du brauchst mich." Er versuchte erneut, nach ihr zu greifen, um sie an sich zu ziehen.

Wenn es überhaupt möglich war, wurde ihr Blick noch zorniger. "Ich brauche dich nicht. Ich brauche niemanden. Geh endlich!"

Er griff nach ihrem Gesicht und zwang ihren Blick in seinen. "Ich gehe, wenn du mir sagst warum."

"Weil sich nichts geändert hat!", zischte sie. "Weil du immer noch glaubst, ich sei eine Schlampe. Geh weg, ich kann es nicht mehr ertragen."

Ihre Worte bildeten einen kleinen Knoten in seinem Magen. Sie hatte es in seinen Augen gesehen, er wusste es. Aber es stimmte nicht. Es war nur ein winziger Moment des Zweifels, mehr nicht.

"Baby … das stimmt doch nicht. Ich weiß, dass es nicht so ist!" Er versuchte, sie zu beruhigen, doch die Wut und die Kränkung verschwanden nicht aus ihren schönen blauen Augen.

"Du lügst! Ich habe es in deinen Augen gesehen, du hast gedacht, ich hintergehe dich!"

Er schloss für einen Moment die Augen. Sie hatte recht und er bereute es.

"Lass mich los. Geh weg!" Ihre Stimme klang jetzt nicht mehr so wütend, eher erschöpft.

"Zoey, ich liebe dich. Ich gehe nicht weg. Ich glaube nicht, dass du eine Schlampe bist und ich glaube nicht, dass du mir das antun würdest. Ich war einfach nur einen Moment geschockt."

"Einen Moment zu viel", sagte sie leise und kraftlos. Er hörte den Schmerz, den er ihr damit zugefügt hatte, problemlos heraus.

"Zoey, bitte, interpretier da nicht mehr rein, als es wirklich ist. Ich glaube nicht, dass du so etwas tun würdest. Niemals!"

Sie griff nach seinen Handgelenken und zog seine Hände von ihrem mittlerweile wieder tränennassen Gesicht. "Du glaubst es nicht, sagst du. Aber du sagst nicht, dass du es weißt." Sie stand auf und als er sie in seine Arme ziehen wollte, schlug sie seine Hände beiseite.

"Bitte geh jetzt", flüsterte sie und machte einen Schritt rückwärts, als würde sie seine Nähe nicht ertragen.

Mats Magen verkrampfte sich. Sie meinte es ernst. Sie meinte es wirklich ernst. Er hatte sie schon wieder so sehr verletzt, dass sie ihn nicht mehr bei sich haben wollte. Mehr noch, sie flehte ihn an zu gehen.

Seine Brust wurde eng und das Atmen fiel ihm schwer, als er ihre verzweifelten Züge musterte.

"Zoey …"

"Bitte."

Er presste sich eine Hand auf die Stelle, unter der sein Herz so unendlich schmerzte.

"Tu das nicht", flüsterte er, aber sie schüttelte nur den Kopf und deutete auf die Tür des Badezimmers.

Rückwärts ging er hinaus, sah ihr dabei die ganze Zeit in die tränennassen Augen. Er fand nichts, nur Schmerz über den Verrat, den er an ihr begangen hatte.

Er schloss die Tür und ließ sich dann ganz langsam dagegen sinken. Das Atmen fiel ihm schwer und die Panik, die in ihm rumorte, war ihm völlig fremd.

Er hatte Angst. Er hatte Angst, sie wirklich zu verlieren, dass dies das Ende sein konnte. Dass er sie nun endgültig von sich fort getrieben hatte. Seine Hände zitterten und das Blut rauschte so laut in seinen Adern, dass er nichts anderes mehr hörte.

Sein Atem ging viel zu schnell und doch schien keine Luft in seine Lungen zu kommen.

Immer wieder tauchte das Bild von ihr auf, der Schmerz in ihrem Blick, ihre perfekten Lippen, die ihn baten zu gehen.

Er stellte sich vor, wie er am nächsten Tag allein zurück zum Flughafen fahren musste, weil Zoey nicht mehr an seiner Seite war, weil er es kaputt gemacht hatte.

Beinahe panisch sprang er auf und wanderte im Raum auf und ab.

Er durfte sie nicht verlieren, er liebte sie so sehr, er konnte nicht mehr ohne sie sein.

Er zog sich Jackett und Krawatte aus. Es war zu eng und er bekam sowieso schon kaum Luft. Luft, die er so dringend in seiner Lunge brauchte, wie er Zoey in seinem Leben brauchte.

Er konnte sie nicht gehen lassen.

Völlig ausgeschlossen. Er würde ihr beweisen, dass er es nicht nur glaubte, sondern wusste, dass er sie liebte und brauchte.

Ohne weiter nachzudenken, stürmte er zurück ins Bad. Zoey lag mit geschlossenen Augen in der Badewanne. Als sie ihn hörte, schaute sie ihn an.

Ihre Augen waren noch immer voller Tränen, ob nun seinetwegen oder wegen John war egal. Sie sollte nie wieder einen Grund zum Weinen haben.

Er ließ sich neben der Wanne auf die Knie fallen und legte eine Hand an ihre Wange.

"Ich liebe dich, Zoey. Ich brauche dich und ich werde dich nicht gehen lassen! Ich werde dir beweisen, dass ich es nicht nur glaube, sondern *weiß*, dass du mich niemals betrügen würdest. Ich tue alles für dich, Zoey, aber ICH LASSE DICH NICHT GEHEN!" Die letzten Worte sagte er mit so viel Nachdruck, dass sie schon fast einem verzweifelten Schreien glichen.

Sie schluchzte auf und Mat riss sie in seine Arme. "Ich lasse dich nicht gehen", flüsterte er noch einmal an ihrem Hals."

Ihr Nicken war kaum merklich, aber sie klammerte sich genauso verzweifelt an ihn wie er an sie.

"Ich will nur bei dir sein", flüsterte er und küsste ihre weiche Haut.

Sie hielt ihn und schwieg, während die Erleichterung, dass er es nicht ganz verdorben hatte, ihn voll und ganz übermannte.

"Komm zu mir!" Nicht mehr als ein Hauchen, aber er hätte es kilometerweit gehört, so befreiend waren ihre Worte. Sie zog sich von ihm zurück und öffnete die Knöpfe seines Hemdes.

Er hatte nicht das Bad gemeint, in dem er bei ihr sein wollte, sondern ihr Leben, aber er würde sich keinen Moment entgehen lassen, in dem er sie in den Armen halten konnte.

Er löste sich von ihr und schlüpfe schnell aus seinen Klamotten. "Rutsch ein Stück nach vorn", bat er und stieg über den Wannenrand.

Er setzte sich hinter sie und zog ihren Rücken an seine Brust.

Unendliche Erleichterung durchflutete ihn, als er ihre Haut an seiner spürte. Er schlang seine Arme um ihre schmale Taille und hielt sie einfach nur fest, vergewisserte sich, dass sie noch immer bei ihm war, dass sie ihn nicht verlassen würde.

Nach einer ganzen Weile wurde das Wasser kühler. Er ließ ein wenig davon ab und gab heißes, frisches Wasser dazu.

"Woher wusstest du, wo ich bin?", fragte sie, als er sich wieder zurücklehnte und sie mit sich zog.

"Du bist nicht zurückgekommen. Ich habe mir Sorgen gemacht und dich gesucht. Eine ältere Dame hat mir gesagt, wo du mit John hingegangen bist."

Wieder schwieg sie lange, dann flüsterte sie: "Ich hatte solche Angst. Er war verrückt, wie besessen von der Vorstellung, dass wir wieder zusammen sein würden."

Automatisch verstärkte sich sein Griff. "Er wird nie wieder in deine Nähe kommen, Zoey."

Sie antwortete nicht. Irgendwann drehte sie sich in seinen Armen und legte ihren Kopf auf seine Schulter. "Ich verstehe es nicht … ich weiß nicht, was passiert ist. Ich wollte nicht, dass es so endet."

"Es ist nicht dein Fehler, Zoey. Was er getan hat, ist unverzeihlich."

Mit dem Zeigefinger schob er ihren Kopf in den Nacken und küsste sie federleicht auf ihre Lippen.

Allein der Gedanke, dass er das beinahe verloren hätte, schnürte ihm die Kehle zu.

"Schlaf mit mir", bat sie leise, als müsste sie ihn jemals darum bitten.

Sie schob ihre Hand zwischen ihre Körper und streichelte sanft seinen schnell härter werdenden Schwanz, während sie sich zärtlich küssten.

Es hatte wenig mit dem Sex zu tun, den sie beide für gewöhnlich bevorzugten. Das hier war sanft und voller Liebe, eine Bestätigung, die sie beide brauchten. Die ihre Herzen brauchten.

Mat hob sie ein wenig an, bis sie die Beine über ihm spreizen konnte. Sie ließ sich auf ihn sinken und nahm seinen Schwanz langsam in sich auf.

Ihre Zunge strich federleicht über seine Lippen während sie sich langsam, beinahe andächtig auf ihm bewegte. Er kam ihr mir jedem Mal entgegen, stieß in sie und genoss ihre Hitze um seinen Schwanz.

Sie schloss stöhnend die Augen und ließ ihren Kopf an seinen Hals fallen.

Mat umfing ihren Oberkörper mit seinen Armen, übernahm die Führung und stieß schneller in sie.

Er spürte ihr Beben, dann kamen sie gleichzeitig zum Höhepunkt, der warm und weich über ihn hinwegspülte.

"Ich liebe dich", flüsterte er einige Zeit später, während er träge über ihren Rücken strich.

"Ich liebe dich auch", gab sie ebenso leise zurück und küsste federleicht seinen Hals.

Mehr brauchte er nicht. Nur Zoey in seinen Armen. Für immer.

ZOEY

"Bereit?", fragte Mat am nächsten Morgen, nachdem sie ihre Sachen gepackt hatten.

Sie atmete einmal tief durch.

Nein, eigentlich war sie bei weitem nicht bereit, ihren Eltern unter die Augen zu treten, aber es würde nicht besser werden, wenn sie es noch länger hinauszögerte.

Sie sah ihn an und biss sich auf die Unterlippe.

"Nein."

Mat grinste breit. "Wir verpassen unseren Flug, Princess. Dann müssen wir noch einen Tag länger hierbleiben. Findest du das besser?"

Sie schüttelte sich. "Nein. Bloß weg hier."

Er hob den Koffer hoch. Sie hatte ihn randvoll mit Kleidung und persönlichen Gegenständen gemacht, die sie in der nächsten Zeit in Boston brauchen würde. Mat schulterte auch die Tasche, die sie zusätzlich gepackt hatte, und legte ihr dann einen Arm um die Schulter.

Gemeinsam gingen sie die Stufen ins Erdgeschoss hinunter und ins Speisezimmer, wo sich ihre Eltern für gewöhnlich um diese Uhrzeit aufhielten.

Genau so war es, alles wie immer. Sie saßen sich schweigend gegenüber, die Atmosphäre war sehr unterkühlt.

Ihr Vater aß … ihre Mutter nicht. Auch wie immer. Theoretisch fehlte nur noch sie, die sich ihrer Mutter genau anpasste.

Sie trat in den Raum und räusperte sich. "Mutter, Vater, wir müssen uns leider schon verabschieden. Unser Flieger geht bald."

Sie versuchte, ihre Stimme ruhig und sachlich klingen zu lassen, hatte aber das Gefühl, dass das nicht so recht funktionierte.

"Du gehst? Ich dachte, dass du hierbleibst, zurück in deine alte Form findest und dann wieder an die Arbeit gehst", sagte ihre Mutter deutlich verstimmt.

Sie spürte, wie Mat sich neben ihr anspannte und lehnte sich ein klein wenig gegen ihn.

"Nein. Ich nehme mir erstmal ein paar Wochen Auszeit, dann werde ich weitersehen."

Ihr Vater runzelte die Stirn. "In deinem Alter kannst du dir keine Auszeit mehr erlauben. Du musst nehmen, was du noch kriegen kannst!" Er klang, als wäre sie eine siebzigjährige, schwer zu vermittelnde Arbeitslose.

Ehe sie antworten konnte, sagte Mat in einem scharfen Ton, den sie ihren Eltern gegenüber niemals angeschlagen hätte: "Zoey wird mit mir kommen und sich darüber klar werden, was sie tun möchte. Sie ist durchaus alt genug, um diese Entscheidung allein zu treffen!"

"Was gibt es da zu entscheiden? Sie arbeitet noch ein oder zwei Jahre, dann wird sie John heiraten und die Frau an seiner Seite sein!"

Mat bebte vor Zorn. "Das reicht! Können wir gehen?"

Sie hätte auch ja gesagt, wenn sie es nicht so gemeint hätte. Sein Blick war so stechend, dass es sie wunderte, dass sie überhaupt noch Luft holen konnte.

Vorsichtig nickte sie. Als sie ihren Blick wieder ihren Eltern zuwandte, sah sie den puren Schock in deren Gesichtern.

"Mutter, Vater. Es war schön, euch wiedergesehen zu haben."

Beide schwiegen, auch als Mat sich mit einem Nicken verabschiedete und sie dann zur Haustür drängte.

Norbert stand wie immer bereit und öffnete ihnen sofort die Tür zum Fond des Wagens.

Mat übergab ihm den Koffer und die Tasche, unter deren Gewicht er ein klein wenig in Schräglage geriet. Er brachte sie aber kommentarlos in den Kofferraum.

Sie stiegen ein und Mat ließ augenblicklich die Trennwand nach oben und schaltete die Musik ein, damit Norbert nichts von ihrer Unterhaltung mitbekommen würde.

Dann packte er ihr Kinn und sah ihr durchdringend in die Augen.

"Ich liebe dich, aber deine Eltern sind furchtbar. Sag mir, dass ich sie nicht an jedem Feiertag ertragen muss!", sagte er eindringlich, beinahe flehend.

Sie lächelte, weil seine Aussage danach klang, als würde er sie wirklich noch lange behalten wollen.

"Nein, absolut nicht." Sie war froh um jeden Moment, den sie nicht mit den beiden verbringen musste.

Oft hatte sie ihre Geschäftsreisen verlängert oder mehr Termine gebucht, als es üblich war, nur um nicht bei ihnen sein zu müssen.

Sie hatte sogar die meiste Zeit in Johns Wohnung verbracht, nur um ihnen aus dem Weg zu gehen.

Aber auch wenn es nicht so gewesen wäre, für Mat hätte sie es getan.

Er presste seine Lippen auf ihre und flüsterte dann: "Dafür liebe ich dich noch viel mehr!"

13 FREUNDE UND FAMILIE

ZOEY

In der Zeit nach dem Besuch bei ihren Eltern hätte Zoeys Leben nicht besser sein können. Mat zeigte ihr Tag für Tag, wie wichtig sie für ihn war, dass er sie liebte und sie bei sich haben wollte.

Es tat unglaublich gut zu wissen, dass er es ernst gemeint hatte und zeigte, wie viel ihm daran lag.

Als sie zwei Wochen später wieder in Chris Club gingen, konnte sie endlich Schuhe mit Absätzen tragen. Sie waren nicht ganz so hoch wie üblich und sicherheitshalber hatte sie sich für Overkneestiefel entschieden, aber immerhin.

In Kombination mit den schwarzen Leggins und dem hautengen, schwarzen Kleid fühlte sie sich wirklich sexy.

Vor allem nachdem sie Mats Blick hatte auflodern sehen, als er sie in ihrem Outfit gesehen hatte.

Mat unterhielt sich gerade angeregt mit Chris. Sie deutete ihm an, auf die Toilette zu gehen und er nickte als Zeichen, dass er sie verstanden hatte.

Als sie die Damentoilette betrat, war das Erste, was sie hörte, ein schrilles Stöhnen und eindeutige Sexgeräusche.

Sie war wirklich in Versuchung, einfach wieder umzudrehen, aber sie musste dringend auf die Toilette und allein durch den ganzen Club zu wandern, auf der Suche nach einer anderen Toilette, kam nach ihrer jüngsten Erfahrung beim Rauchen nicht infrage.

Also drückte sie ihre Schultern durch und ging zur zweiten Kabine.

"Ja! Theresa, Baby!" Dann folgte ein lautes Stöhnen, gefolgt von hellem Gekicher. Wahrscheinlich hatten die beiden sie bemerkt.

Sie wollte die darauf folgende leise Unterhaltung ausblenden, aber die Stimme kam ihr einfach zu bekannt vor.

Als sie die Kabinentür hinter sich schloss, wurde die andere geöffnet. Sie konnte nicht anders, als durch den schmalen Spalt zwischen Tür und Rahmen zu spitzeln … und erstarrte.

Sie kannte die Stimme … und den Namen. Theresa. Aber es war nicht Dave, der bei ihr war, sondern ein ihr fremder, dunkelhaariger Mann.

Sie kicherten noch immer, dann verschwand er, während sie sich vor dem Spiegel richtete.

Zoey zog sich zurück und drückte die Spülung, in der Hoffnung sie so zur Eile anzutreiben. Es funktionierte. Sekunden später hörte sie die Tür ins Schloss fallen.

Kurz vor dem VIP-Bereich war Zoey noch immer verstört von den Geschehnissen. Warum tat Theresa so etwas? Klar, Dave war nicht gerade Zoeys bester Freund, aber das hatte er nicht verdient.

Sie erspähte Luces Jungs, die gerade die Stufen nach unten kamen.

Sie lächelte sie an. "Geht ihr rauchen?"

"Ja, Geleitschutz, Mylady?", fragte Sandro und bot ihr seinen Arm an.

Sofort hakte sie sich unter und ließ sich von ihm durch die Menge führen.

"Du siehst blass aus", sagte Tyson, der auf ihrer anderen Seite ging.

Sie schenkte ihm ein beruhigendes Lächeln. "Alles in Ordnung, ich brauche nur etwas frische Luft."

Alessio bot ihr schweigend eine Zigarette an, die sie sehr gern annahm. Ohne ein Wort zu verlieren, starrte sie ins Leere und dachte über Theresa nach.

Was sollte sie tun? Sie musste es Mat sagen, so viel war sicher. Aber wie?

Sie spürte ihn hinter sich, ehe sie seine raue Stimme hörte. "Was ist los?"

Sie versuchte, nicht zu lächeln, Mat kannte sie zu gut. Sie nickte nur zum anderen Ende des abgesperrten Bereichs und setzte sich in Bewegung.

Mat folgte ihr, sichtlich beunruhigt.

Sie presste die Lippen fest aufeinander, zog noch einmal an ihrer Zigarette und begegnete dann seinem unruhigen Blick.

"Ich habe Theresa gesehen."

Seine Augenbrauen wanderten nach oben. Eindeutig nicht das, was er erwartet hatte.

"Auf der Toilette … sie war nicht allein", sagte sie und kaute auf ihrer Unterlippe.

Wenn überhaupt möglich wurde sein Blick noch verständnisloser.

Sie biss sich auf die Unterlippe. Es hatte keinen Sinn, die Worte würden nicht schöner werden, egal wie lange sie sie drehte und wendete.

"Mit einem anderen Mann, Mat. Sie hatte da drin Sex."

Seine Gesichtszüge entglitten ihm, dann folgte ein Schwall derber Flüche, den sie so noch nie von ihm gehört hatte.

"Bist du dir sicher?"

"Leider ja."

Aufgebracht fuhr er sich mit den Händen durchs Haar. "Scheiße. Verdammte Scheiße!" Dann griff er in seine Hosentasche und zog sein Handy hervor.

"Dave? … Ja, alles in Ordnung. Kommst du heute noch ins Chase? … Es wäre wichtig … okay … ich hol dich am Hinterausgang ab … erkläre ich dir dann. Bye."

Mats Blick war unstet und eindeutig besorgt.

"Das wird hässlich, Zoey. Vielleicht bleibst du besser bei den Jungs."

Sie schüttelte den Kopf.

"Das ist nichts, was man aus zweiter Hand hören möchte …", widersprach sie. Dave würde es bestimmt von ihr hören wollen.

Er nickte widerwillig, packte sie dann und zog sie fest in seine Arme. Sie schmiegte sich an ihn, versuchte, ihn zu beruhigen.

"Woher wusstest du überhaupt, wo ich bin?", fragte sie leise an seiner Brust.

"Nicky hat dich mit den Jungs gehen sehen und ich hab mir Sorgen gemacht, weil du ja anscheinend zum Stressrauchen wolltest", antwortete Mat abwesend.

Sie lächelte. Es tat gut, jemanden zu haben, der einen so gut kannte und immer für einen da war.

"Lass uns gehen", sagte sie leise.

Mat küsste sie auf den Scheitel und schob sie dann durch die Menge zu der Tür, die zum hinteren privaten Parkplatz führte.

MATTHEW

"Was ist los?", fragte Dave, noch bevor er die Tür zu seinem Wagen zugeschlagen hatte.

"Es geht um Theresa."

"Was ist mit ihr?"

Mat überlegte, wo er am besten anfangen sollte. Er wollte seinem Freund das nicht antun, aber er musste es einfach erfahren.

"Sie ist hier."

Dave runzelte die Stirn. "Sie wollten einen Mädelsabend machen …"

"Sie war in männlicher Begleitung … sie war … sie hat … verdammte Scheiße! Sie hat einen anderen gevögelt, Dave!"

Daves Gesicht verlor alle Farbe, dann wurde er zornig. "Wollt ihr sie so dringend loswerden?"

Zoey trat vor Mat. "Ich habe sie gesehen, Dave. Auf der Toilette. Es tut mir so leid, ich wünschte, ich hätte es nicht gesehen. Und ich habe bei Gott keinen Grund, sie loswerden zu wollen."

Dave taumelte einen Schritt zurück, als hätte sie ihn geschlagen. Dann lehnte er sich gegen seinen Porsche, einen Sportwagen, den er nur wegen Theresa gekauft hatte. Das wusste Mat aus einem der vielen Gespräche mit seinem Freund.

Mat ging um Zoey herum und lehnte sich neben ihn. "Es tut mir so leid, Mann. Sie hat dich nicht verdient. Sie ist ein Geier, eine Partyschlampe. Sie hat einen Mann wie dich nicht verdient." Er drückte seine Schulter und tauschte dann einen Blick mit Zoey.

Sie verstand sofort und ging wieder nach drinnen, um Dave die nötige Privatsphäre zu geben.

Als Dave zu ihm aufsah, war da kein Schmerz in seinem Blick. Mat erinnerte sich, wie er sich gefühlt hatte, als er dachte, Zoey würde John küssen.

Es hatte sich angefühlt, als würde ihm jemand das Herz aus der Brust reißen, aber er sah nichts davon in Daves Blick. In seinem Blick waren nur Verrat und Zorn.

"Wie kann sie das nur tun?", knurrte Dave.

Er biss die Kiefer fest aufeinander. "Ich habe ihr all den Scheiß gegeben, den sie wollte. Ich hab mir ein beschissenes Auto gekauft, weil sie es wollte!", fluchte er, drehte sich blitzschnell um und schlug mit der geballten Faust aufs Wagendach.

"Ich hab sie vor euch verteidigt! Ich hab weggesehen, wenn sie sich wie eine billige Schlampe durch den Club getanzt hat. Ich habe ihr all ihren Scheiß, all ihr Gezicke und die Partys vergeben!"

Er drehte sich zu Mat.

"Ihr hattet recht. Sie ist ein Geier, wie all die anderen scheiß Weiber auch! Warum habe ich mir überhaupt die Mühe gemacht? Warum zum Teufel habe ich mir die Mühe gemacht, war nett zu ihr, hab sie ausgehalten? Billigen Sex mit einer billigen Schlampe kann ich auch ohne das ganze Theater haben!"

In diesem Moment ging die Hintertür auf und Theresa stolperte kichernd mit zwei Mat unbekannten Frauen heraus.

"Du!", schrie Dave anklagend und Theresa verstummte sofort.

"Dave … was … was tust du hier?", stotterte sie.

"Was ich hier tue? Du fickst mit einem anderen und fragst mich, was ich hier tue?"

"Aber Dave …"

Ihre entsetzte Art war bühnenreif. Aber sowohl Mat als auch Dave durchschauten sie sofort.

Daves Gesicht wurde noch finsterer. "Ich wollte es versuchen, ich wollte etwas Festes, etwas Gutes, aber du? Meine Fresse, wie konnte ich auf eine Schlampe wie dich hereinfallen?"

"Dave!"

Sie begann zu weinen, aber Mat hatte kein Mitleid. Was zum Teufel dachte sie sich? Dave hatte ihr alles gegeben, hatte ihr manchmal sogar den Vorzug vor seinen besten Freunden gewährt. Und dann hinterging sie ihn so? Was hatte sie erwartet?

"Hör auf mit dem Geheule! Das wars! Ich habe dir verdammt viel durchgehen lassen, aber du bekommst den Rachen einfach nicht voll! Du bist die gleiche Schlampe wie all die anderen!"

Schluchzend kam sie zu ihm. "Dave, bitte, lass es mich erklären. Ich habe einen Fehler gemacht."

Dave lachte laut auf. "Sag mal, schämst du dich nicht? Du kommst lachend aus dem Club und sagst mir dann, du hättest einen Fehler gemacht? Du bist die größte

Schlampe, die ich je kennengelernt habe. Geh und such dir einen anderen, den du für Geschenke ficken kannst!"

Er stieß sie grob von sich und ging dann auf die Hintertür des Clubs zu.

"Du kannst morgen um drei vorbeikommen und deinen scheiß Krempel abholen!", rief er, ging hinein und schmiss die Tür hinter sich zu.

Die beiden Mädchen umringten sie sofort. "Ich muss zu ihm, er muss mir verzeihen!"

Mat ging, die Hände in die Hosentaschen vergraben, an ihr vorbei.

"Er wird dir niemals verzeihen. Kratz dein letztes bisschen Würde zusammen und geh. Ab sofort hast du Hausverbot in diesem Club. Das gilt auch für euch beide."

Dann folgte er seinem Freund nach drinnen.

ZOEY

Als Dave den Club betrat, sah er aus, als würde er jeden Moment alles kurz und klein schlagen. Da weder Mat noch Taylor da waren, verzog sie sich lieber in die Ecke, in der Sandro, Alessio und Juan sich aufhielten.

"Wow, was ist denn mit dem Doc los?", fragte Sandro und schielte neugierig in Daves Richtung, der gerade einen Drink exte.

"Weiber", antwortete Juan und nippte an seinem Bier.

"Hey!", protestierte Zoey sofort.

Im Moment wollte sie absolut nicht mit Theresa auf eine Stufe gestellt werden.

Juan zuckte nur die Schultern. "Sie sind doch alle gleich. Du bist eine der wenigen Ausnahmen."

"Du kannst das so nicht verallgemeinern!" Wie konnte ein junger Mann so verbittert sein?

"Doch. Sie machen nur Ärger. Ohne sie ist man besser dran. Frauen sind Dinge, die die Welt nicht braucht."

Zoey schnaubte.

Sandro starrte in die Menge.

"Dinge, die die Welt nicht braucht … aber die da …" Sandro deutete auf eine brünette Frau in der tanzenden Menge. "… gehört in die Kategorie Wundervoll!"

Juan und sogar Alessio, von dem sie bislang nie etwas gehört hatte, lachten.

Zoey lehnte sich zwischen Sandro und Juan an die Absperrung.

Sie deutete auf Sandro. "Du bist ein Weiberheld! Und du … " Sie stupste mit dem Finger gegen Juans Schulter. "Ein furchtbarer Pessimist!"

Mat trat dicht hinter sie und schmiegte sich an ihren Rücken. "Wiedermal umgeben von Männern", raunte er in ihr Ohr.

Er meinte es nicht so, aber ihr Herz schmerzte dennoch. Sah er immer noch das Flittchen in ihr, wie damals?

Als er sie mit John gesehen hatte, war er auch erst einmal vom Schlimmsten ausgegangen. Sie konnte sich noch immer an den Ausdruck in seinen Augen erinnern.

Sie antwortete nicht.

Er würde die Lüge sofort erkennen. Also versuchte sie nur, so weich wie möglich in seinen Armen zu sein.

Mit leerem Blick starrte sie geradeaus in die Menge und versuchte, Mats Nähe zu genießen, egal wie sehr der Schmerz in ihr Herz biss.

Sie versuchte, es zu verdrängen, sich selbst weiszumachen, dass er es bestimmt nicht so gemeint hatte und sie niemals absichtlich verletzen würde.

Schwerer als gedacht.

MATTHEW

Als er bemerkte, wie sie minimal zusammenzuckte, hätte er sich für seine Worte gern selbst geohrfeigt.

Er wusste, wie leicht sie zu verunsichern war, und er wusste, wie sehr sie seine Worte von damals noch immer schmerzten.

Seine Andeutung war absolut fehl am Platz und er wusste, gerade nach ihrer Reaktion auf Theresa, dass sie ihn niemals betrügen würde.

Zoey war vielleicht kein Kind von Traurigkeit, aber sie war ein ehrlicher und sehr loyaler Mensch.

Sanft küsste er sie unter dem Ohr. "Es war nicht so gemeint, Princess. Es war ein Spaß und ich freue mich, dass du dich mit meinen Freunden verstehst."

Sie nickte, aber es war noch nicht ganz bei ihr angekommen.

"Wie sollte ich so von dir denken, Zoey, nach allem, was heute Abend passiert ist? Nach deiner Reaktion auf Theresa? Du bist nicht so. Du bist ein wunderbarer Mensch und würdest nie jemanden so verletzen, der dir am Herzen liegt. Und ich hoffe, das tue ich noch …"

Sofort drehte sie sich in seinen Armen um und starrte zu ihm auf. "Natürlich!"

Sie legte ihm eine Hand auf die Brust, direkt über seinem Herzen. "Ich liebe dich, Mat."

"Siehst du, und deshalb mache ich mir absolut keine Gedanken darüber, dass du mich jemals betrügen könntest. Du bist viel zu gut dafür."

Sie schmiegte sich an seine Brust und Mat schlang seine Arme um sie. Er senkte den Kopf, bis er direkt neben ihrem Ohr war.

"Hör auf so viel nachzudenken und so viel zu interpretieren. Ich liebe dich, Zoey. Mir ist durchaus klar, was ich für einen Scheiß gemacht habe, und ich bin mir bewusst, was für ein Glück ich habe, dass du mich trotzdem lieben kannst. Gib mir eine Chance, dir zu beweisen, wie perfekt du in meinen Augen bist."

Als sie sich an seine Brust schmiegte, war er sich sicher, in die richtige Richtung zu gehen. Nichts hatte sich jemals besser angefühlt.

Zoey war das, was er für den Rest seines Lebens brauchte. Sie war perfekt für ihn, sie musste es nur noch erkennen.

ZOEY

"Willst du essen gehen?", rief sie Mat von der geräumigen Küche aus zu.

Es war Sonntagabend und der Kühlschrank sah nicht so aus, als würde er sonderlich viel hergeben, stellte sie fest, als sie ein Wasser holen wollte.

"Nein", rief Mat, der noch immer vor dem Fernseher im Wohnzimmer saß, wo sie sich zum wiederholten Mal Herr der Ringe anschauten.

"Nein?", fragte sie verwundert, als sie sich neben ihm aufs Sofa fallen ließ. "Der Kühlschrank sieht ziemlich traurig aus."

"Ich habe vergessen einzukaufen. Esperanza hat Urlaub", antwortete er, ohne vom Bildschirm aufzusehen.

Was ihn an dem Film so fesselte, konnte sie nicht verstehen. Ja, soweit war er ganz nett, aber einem Haufen zu klein geratener Männer mit Haaren auf den Füßen zuzusehen, die wie Verrückte einem Ring nachrannten, war nicht ihre liebste Art von Abendbeschäftigung.

"Hättest du etwas gesagt, hätte ich mich darum gekümmert."

Es fühlte sich immer noch komisch an, so alltägliche Dinge mit ihm zu besprechen.

"Kein Problem. Ich habe bei Cat ein Catering für heute Abend bestellt."

"Ein Catering? Findest du das nicht ein wenig aufwändig?"

"Ich finde es gemütlicher zuhause, wenn wir länger zusammensitzen. Julien bringt es mit", sagte er ungerührt, als wäre das keine wichtige Information.

"Julien?" Jetzt konnte sie ihm endgültig nicht mehr folgen und seine Halbsätze verwirrten sie nur.

"Ja. Er kommt mit Destiny, Ash und Chloe zum Abendessen."

Zoey erstarrte.

Ein Familiendinner? Ernsthaft? Und er erwähnte es mit keinem Ton?

Er schien doch endlich bemerkt zu haben, dass etwas nicht stimmte, denn er sah verwirrt zu ihr auf. Dann griff er nach der Fernbedienung und drückt die Pausetaste.

"Stimmt was nicht?"

Stimmt was nicht? Ernsthaft?

"Sie kommen alle hierher?", fragte sie ruhig und ließ dann ihren Blick nach unten wandern.

Sie trug eines der Negligees, die Mat so gern an ihr sah, wenn sie zuhause waren. Kurz nachdem sie aus Deutschland zurückgekommen waren, hatte er gesagt: "Wenn du schon etwas anziehen musst, dann das. Ich liebe es, dich darin zu sehen."

Als sie wieder aufsah, traf sie auf Mats forschenden Blick. "Sie kommen hierher. Ein kleines Abendessen mit der Familie. Was ist los, Princess?"

"Wann kommen sie?"

Er sah auf die Uhr. "Oh, sie müssten so in zwanzig Minuten da sein."

"Mat!", rief sie anklagend und sprang sofort auf.

"Was denn? Das reicht doch locker, um dich anzuziehen!"

An der Wohnzimmertür angekommen drehte sie sich noch einmal um und ertappte ihn dabei, wie er anzüglich lächelte. "Hör sofort auf, so zu lächeln! Zwanzig Minuten reichen nicht, um mich auf das erste offizielle Treffen mit deiner Familie vorzubereiten, und Sex ist ganz bestimmt nicht im Zeitplan inbegriffen!"

Sein Lächeln fiel schlagartig in sich zusammen. "Ich kann noch absagen …"

"Matthew Fox, dafür stehst du sowas von in meiner Schuld und ich werde es gnadenlos ausnutzen, du … du … arg!" Ihr fehlten die Worte, aber vor allem fehlte ihr Zeit.

In Windeseile rannte sie die Treppen hinauf und begann, fieberhaft nach einem passenden Outfit zu suchen.

Eines, das oberflächlich gesehen die nette Freundin des Bruders ausdrückte, ihn gleichzeitig den ganzen Abend quälte und diese kleine freche Göre Chloe in ihre Schranken verwies.

Und das in zwanzig Minuten, obwohl sie nicht einmal ihre ganze Garderobe zur Verfügung hatte.

Sie musste dringend nach Deutschland und ihre Klamotten aus Johns Wohnung holen.

MATTHEW

Er hatte ein klein wenig ein schlechtes Gewissen.

Gegen Mittag hatte er noch daran gedacht, sie vorzuwarnen, wollte es aber erst zwei Stunden vor dem Eintreffen der Bande machen, um ihr nicht zu viel Zeit zu geben, sich selbst verrückt zu machen.

Dann hatte er es über seinen Lieblingsfilm einfach total vergessen.

Zoey kam genau in dem Moment zur Treppe herunter, als es an der Tür klingelte. Sie sah atemberaubend aus. Das schwarze, langärmlige Minikleid lag hauteng an ihrem atemberaubenden Körper.

Zwar trug sie ebenfalls schwarze Leggins, aber er konnte nicht anders, als ständig daran zu denken, wie knapp dieses Kleid unter ihrem Hintern endete und wie unglaublich sexy es erst ohne diese Leggins aussehen würde.

Als er es endlich schaffte, seinen Blick zurück zu ihrem Gesicht zu bewegen, sah er ihr diabolisches Grinsen.

"Ich hoffe, du musst den ganzen Abend darüber nachdenken, wie du mich später nur in diesem Kleid über den Esstisch gebeugt fickst."

Er stöhnte und rieb sich über das Gesicht, weil sich das Bild schon jetzt in seine Netzhaut eingebrannt hatte.

Breit grinsend ging sie zur Tür und öffnete sie. "Hi, kommt rein. Du musst Ash sein, ich bin Zoey."

Für einen kurzen Moment wunderte er sich, woher

Zoey Chloe bereits kannte, aber dann rief Julien ihn für die Catering Sachen zur Hilfe.

De folgte ihnen in die Küche, während Ash, Chloe und Zoey ins Wohnzimmer gingen.

Mat fragte die beiden über die Uni aus. Obwohl Julien sich, seit er mit De zusammen war, deutlich gebessert hatte, konnte er nicht anders, als ein Auge darauf zu haben, ob er auch wirklich dran blieb und etwas aus seinem Leben machte.

Chloes schrilles "Ich hasse sie" ließ ihn schlagartig erstarren.

Es war Jahre her, dass er sie so hysterisch hatte schreien hören.

In wenigen Schritten war er im Wohnzimmer. Zoey stand mit steifen Schultern an der Bar, während Ash beruhigend auf Chloe einredete.

"Was ist los?", donnerte er.

Chloe funkelte ihn wütend an. "Ist das dein Ernst? Sie bleibt hier? In diesem Haus?"

"Bist du verrückt geworden?" Mat konnte nicht verstehen, was in seiner eigentlich immer fröhlichen Schwester vor sich ging.

"Sie ist gesund. Was macht sie noch hier?" Anklagend deutete sie auf Zoey, die mittlerweile mit einem Glas Wein in der Hand bei ihrer Handtasche stand.

"Sie ist meine Freundin. Was ist dein Problem, Chloe?"

Zoey mied bewusst seinen Blick und wühlte in der Tasche, vermutlich nach ihren Zigaretten.

Ash hatte einen Arm um Chloes Taille gelegt, als müsste er sie jeden Moment festhalten. Auch er war angespannt und mied seinen Blick.

De und Julien, die mittlerweile auch im Wohnzimmer waren, sahen überall hin, nur nicht zu ihm.

Irgendwas Gravierendes hatte er verpasst und das gefiel ihm überhaupt nicht.

"Mein Problem ist, dass sie nicht gut genug für dich ist. Du kannst doch nicht einfach jemanden in unser Leben holen, nur weil sie heiß ist und die Beine für dich breit macht!"

"Chloe!", brüllte er und fixierte sie scharf. "Noch ein gehässiges Wort und ich schwöre, ich setze dich vor die Tür!"

Er würde nicht dulden, dass Chloe so über Zoey sprach.

"Sie ist eine hysterische, intrigante Schlampe, warum siehst du das nicht!"

"Ich meine es Ernst, Chloe. Du kennst sie nicht. Du hast kein Recht zu urteilen!"

Zoey schlich in Richtung der Terrassentür, Julien und Destiny schienen ihr folgen zu wollen.

"Ich kenne sie sehr wohl. Ich hatte ja bereits das Vergnügen. Das und die Schlagzeilen im Internet sind mehr als genug!"

Er sah, wie die drei bei Chloes gezischten Worten zusammenzuckten.

Es war also die Wahrheit. Zoey und Chloe waren sich schon begegnet und sowohl Julien als auch De wussten darüber Bescheid. Scheinbar jeder außer ihm.

Er versuchte, sich zu beruhigen, und sah Chloe dann durchdringend an. In ihren Augen erschien ein klein wenig Unsicherheit.

"Wann genau hattest du das Vergnügen?"

Sie antwortete nicht, sondern lehnte sich haltsuchend an Ash. Er hasste es, seine kleine Schwester unsicher zu sehen. Er wollte sie fröhlich und ausgelassen.

"Zoey?", fragte Mat.

Sie wandte sich zu ihm um und lächelte dieses eine Lächeln, in dem er nicht lesen konnte.

Also wandte er sich an Julien und nagelte ihn mit seinem Blick fest. Juliens Blick schoss zu Zoey, dann zu Chloe und blieb schließlich wieder bei ihm hängen.

Mats Gedanken rasten, suchten einen Moment, in dem die beiden sich begegnet sein konnten. Aber er fand nichts. Sie hätte noch nicht einmal wissen können, wie Zoey aussah, also musste sie sie hier angetroffen haben.

Aber warum sollte Chloe zu ihm kommen, wenn sie wusste, dass er beim Arbeiten war.

Die Stille im Raum wurde drückend und Juliens Blick immer unruhiger.

Julien und Chloe. Der Morgen, an dem er verschlafen hatte und sie beide wussten, dass er mit Zoey zusammen war.

"Warum gehst du zu ihr, wenn ich nicht da bin? Was denkst du dir dabei?"

Chloes Blick wurde trotzig. "Es ist auch mein Zuhause, Mat!"

"Schön, dass dir das gerade dann einfällt, wenn meine neue Freundin hier ist."

"Sie ist furchtbar, Mat! Hast du dich denn überhaupt nicht über sie informiert? Hast du nicht gelesen, was da alles über sie geschrieben steht?"

"Ich warne dich, Chloe, hör auf damit!"

Natürlich wusste er, was im Internet geschrieben stand. Er hatte sich die letzten drei Jahre nicht davon abhalten können, immer mal wieder im Internet nach ihr zu suchen. Neunzig Prozent davon waren so an den Haaren herbei gezogen, dass er nicht verstehen konnte, dass Chloe ein Wort davon glaubte. Wenn man Zoey auch nur ein bisschen kannte, wusste man, dass die Gerüchte über Sexpartys und Affären nicht stimmen konnten.

Sie hätte John nicht betrogen. Niemals.

"Mat, es ist in Ordnung. Es war halb so wild. Chloe und ich hatten einen nicht optimalen Start, das ist alles", sagte Zoey beschwichtigend.

Mat deutete mit dem Finger auf sie. "Du hättest mir davon erzählen müssen, dass sie hier gewesen ist. Dann hätte ich das ganze viel früher aufklären können."

Für eine Millisekunde schoss ihr Blick zu Julien. Natürlich.

"Hätte ich mir ja denken können, dass das deine Schnapsidee war. Warum fällt dir immer im falschen

Moment ein, dass sie deine kleine Schwester ist und du sie beschützen willst?"

Chloe schnaubte. "Mich beschützen? Sie lügt dich an, nistetet sich hier ein und läuft hier rum wie eine Hure und du bist auf mich sauer?"

"Chloe es reicht! Mach es nicht noch schlimmer!", zischte Ash und schüttelte sie leicht.

Zoey seufzte. "Können wir diese Sache nicht einfach vergessen? Es war ein etwas ungünstiger Morgen. Ein falscher Moment und Chloe hatte von vornherein ein falsches Bild von mir. Jetzt verstehe ich auch, warum sie so wenig angetan von meiner Anwesenheit war. Aber sie kann ja nicht wissen, was von diesen Berichten der Wahrheit entspricht und was nicht."

Chloe sah sie argwöhnisch an.

"Man redet mit einem Menschen und urteilt nicht über ihn, weil man Dinge über ihn gehört hat!", knurrte Mat. Warum zum Teufel nahm Zoey sie in Schutz? Chloes Verhalten war absolut inakzeptabel.

"Ich gehe davon aus, dass sie genau das vorgehabt hatte und mich dann … naja, in einem zu den Gerüchten passenden Outfit gesehen hat."

"Outfit?", fragte er verwirrt.

Zoey zog eine Augenbraue nach oben. "Meine Schlafsachen … "

Mats Augen wurden groß und sein Blick schoss zu Chloe.

Deren Mundwinkel zuckten leicht amüsiert. Dann schoss sein Blick zu Julien, der knallrot im Gesicht war und von De ziemlich finster angestarrt wurde.

Zoey stöhnte. "Das Erste, was Julien getan hat, war, mir einen Morgenmantel zu bringen. Er hat sich vorbildlich verhalten, De." Sie zwinkerte ihr zu und De schien sich zu beruhigen.

"Wie wäre es damit, wir beruhigen uns jetzt alle wieder und tun einfach so, als hätte es diese Begegnung niemals gegeben."

Zoey wandte sich an Chloe und in ihrem Blick erschien eine Härte, die Mat nicht an ihr kannte. "Im Internet wird sehr viel über mich geredet, Chloe. Ich bevorzuge es, wenn man mit mir spricht. Denk immer daran. Es gibt so viele Menschen, die vor Neid beinahe platzen, und sie würden alles dafür tun, einen schlecht zu machen. Ich kann dir zu jedem einzelnen Foto sagen, wie es dazu gekommen ist und woher die Gerüchte stammen. Rede *mit* mir, nicht *über* mich."

Dann wandte sie sich ab und ging nach draußen. Mat folgte ihr nicht. Sie brauchte einen Moment für sich.

"Woher wusstest du überhaupt ihren Namen?", wandte Mat sich an Chloe.

Schnell ging er im Kopf ihre Freundinnen durch, aber nur eine einzige kannte auch Zoey. "Amy", beantwortete er seine Frage selbst.

"Vielleicht habe ich ein bisschen überreagiert", murmelte Chloe.

"Vielleicht?" Mat hob eine Augenbraue.

"Es tut mir leid, Mat."

"Das solltest du Zoey sagen." Chloe schien nicht überzeugt, kam aber zu ihm und schmiegte sich an seine Brust.

"Ich hab mir nur Sorgen gemacht, dass sie dich verarscht."

Mat lachte leise. "Mich, Chloe? Ist das dein Ernst?" Ihm machte niemand so schnell etwas vor.

Er küsste sie auf den Scheitel. "Ich liebe dich, Kleines, aber mach das nie wieder."

Chloe nickte und löste sich von ihm. "Das gilt auch für dich, Julien!"

Dieser hob abwehrend die Hände. "Ich bin sofort zu ihr, um zu sehen, ob mit ihr alles in Ordnung ist, aber sie hat es echt cool weggesteckt."

"Das nächste Mal kommst du zu mir, verstanden?", sagte Mat. Julien nickte und ließ erleichtert die Schultern fallen, als Mat lächelte.

"Jetzt alle in die Küche. Ich hole Zoey und dann essen wir und lernen uns wie vernünftige Menschen kennen!", beendete er das Thema.

Die vier im Raum Anwesenden nickten und beeilten sich, aus dem Wohnzimmer zu verschwinden.

Mat atmete tief durch. Mehr Chaos konnte es an einem einzigen Abend kaum geben.

Er blickte auf, als Zoey hereinkam.

"Alles okay bei dir?", fragte er besorgt, weil er wusste, dass dieses kühle Auftreten nur Fassade war.

Das Lächeln, das sie ihm schenkte, war echt. "Ich bin unter Hyänen aufgewachsen, schon vergessen? Dein Löwenbaby kann mir nichts anhaben."

Mat lächelte. "Sie brüllt schon besser, als ich geahnt habe."

Zoey schmiegte sich in seinen Arm, als er ihn ihr über die Schulter legte. "Aber sie brüllt aus den richtigen Gründen. Sie liebt dich. Sie lieben dich beide."

Er nickte. Das wusste er und er wusste es vor allem sehr zu schätzen.

"Dann lass uns dieses Essen hinter uns bringen. Ich hab da noch ein Versprechen einzulösen", sagte er und kniff in ihren Po.

Zoey kicherte. "Nicht vor den Kindern!"

Laut lachend folgte er ihr in die Küche.

ZOEY

"Okay, das hat sogar das Essen bei deinen Eltern getoppt. Es tut mir leid, Zoey", sagte er, als die Vier das Haus verlassen hatten.

"Sie liebt dich. Es ist schön, dass sie dich beschützen will." Zoey schmiegte sich an ihn, während sie Arm in Arm zurück in die Küche gingen.

"Was hast du gesagt, dass sie so ausgeflippt ist?", bohrte er nach.

Zoey zögerte und sagte schließlich seufzend: "Sie hat

gefragt, warum ich immer noch da bin, da hab ich ihr gesagt, sie soll sich an unser letztes Gespräch erinnern."

Er zog eine Augenbraue nach oben.

"Und was hast du in eurem letzten Gespräch gesagt?", fragte er neugierig.

"Dass ich nicht vorhabe so bald zu verschwinden und … vielleicht habe ich gesagt: Du darfst mich Mama nennen, Kleines."

Mat lachte so laut schallend los, dass alle Sorge von ihr abfiel. Dann küsste er sie auf die Stirn. "Ich will auch nicht, dass du gehst."

Vorsichtig lächelte sie zu ihm auf. "Hast du gute Argumente auf Lager, warum ich bleiben soll?", fragte sie neckend, um den ernsten Ton aus seiner Stimme zu vertreiben.

"Oh, ich habe sogar sehr gute Argumente dafür. Das ein oder andere werde ich dir hier und jetzt zeigen."

Seine Augen funkelten. "Außerdem bist du mir noch etwas schuldig. Weg mit der Hose! Ich will deinen herrlichen Arsch unter diesem Kleid hervorblitzen sehen!" Mat trat einige Schritte von ihr zurück, um sie besser ansehen zu können.

Zoey grinste, zog die Leggins samt String aus, stellte sich mit leicht gespreizten Beinen vor den Tisch und beugte sich dann weit darüber. Über ihre Schulter hinweg sah sie ihn an. "So in etwa?"

Sein Blick war dunkel und voller Begierde. "Genau so werde ich dich jetzt ficken!", knurrte er und in ihrem Unterleib setzte sofort das vertraute Ziehen ein.

MATTHEW

Ihr Blick flammte auf, als er hinter sie trat. Er legte seine Hände auf ihren Arsch und massierte ihn. Mit einem Daumen strich er federleicht über ihre feucht glänzenden Schamlippen und schloss die Augen, als sie lustvoll aufstöhnte.

Sie streckte ihre Arme aus und krallte sich an die gegenüber liegende Tischkante.

Sie sah unglaublich sexy aus. Verdammt verführerisch und verrucht.

Langsam drang er mit zwei Fingern in sie ein, fickte sie träge mit ihnen, während er seine Hose öffnete. Sie stöhnte und bettelte um mehr. Sie würde mehr bekommen. Er würde sie auf jedem verdammten Möbelstück in diesem Haus ficken.

Er schob seine Hose nach unten, entzog ihr seine Finger und stieß ohne ein Wort seinen Schwanz tief in sie.

Sie schrie auf, ihr Rücken wölbte sich nach oben in dem Versuch, dem starken Druck auszuweichen.

Er packte sie an der Taille, drückte sie zurück auf den Tisch und stieß abermals in sie. Stöhnend nahm sie ihn ganz in sich auf.

"Verdammt Baby", keuchte er, während er sich in ihr bewegte. Ihre Wange ruhte auf dem Holz des Tisches. Die Augen waren geschlossen und ihr keuchender Atem kam durch die leicht geöffneten Lippen.

Immer wieder stieß er hart in sie, genoss es, wie ihr Körper sich vor ihm bewegte und die Schreie, die er ihr entlockte. Seine kräftigen, schnellen Stöße trieben ihn viel zu schnell auf seinen Orgasmus zu, aber er konnte und wollte das Tempo nicht drosseln.

Zoeys Beine zitterten und der Griff um die Tischplatte wurde so fest, dass ihre Knöchel weiß hervor traten.

"Hör nicht auf", flehte sie und schob sich noch weiter auf die Zehenspitzen, wodurch ihr Rücken sich noch mehr ins Hohlkreuz bog.

Stöhnend beugte er sich nach vorn, legte seine Hände über ihre und seinen Mund an ihren Hals. Mit jedem Stoß wölbte sich sein Rücken und seine Bauchmuskeln zogen sich kräftig zusammen.

"Du willst, dass ich dich richtig hart ficke?", flüsterte er in ihr Ohr.

Sie erschauerte unter ihm und wisperte: "Bitte, Mat."

Mehr brauchte es nicht. Er ließ sich gehen, hielt sich an der Tischplatte fest und stieß erbarmungslos in sie.

Ihre Lustschreie, das Klatschen von Haut auf Haut und das Scharren des Tisches, wenn er ihn mit jedem Stoß ein Stückchen weiter schob, das alles machte ihn völlig verrückt. Er konnte an nichts anderes mehr denken, als sich härter und tiefer in sie zu schieben.

Seine Muskeln zitterten vor Anspannung und er wusste, dass es nicht mehr lange dauern würde.

Zoeys Körper bebte unter ihm und ihre Muskeln zogen sich kraftvoll um ihn zusammen. Damit riss sie ihn mit über die Schwelle.

Er ließ los und genoss die Schübe, die ihn durchfuhren, das Ziehen und das Rasen seines Herzens.

Ganz langsam nur entspannte sich sein Körper. Träge küsste er ihren Nacken und streichelte über ihre erschlafften Hände.

"Jesus, Baby … wenn wir so weitermachen, macht das mein Herz nicht mehr lange mit."

Zoey lachte träge unter ihm und er genoss das Gefühl an seiner Brust.

"Mhm, alter Mann. Ich werde auf dich aufpassen", sagte sie kichernd.

Er biss ihr spielerisch in den Nacken. "Pass auf, was du sagst."

Ihr Lachen wurde lauter.

Mühsam richtete er sich auf und glitt aus ihr heraus. Dann zog er sich Shorts und Hose wieder nach oben und schloss sie.

Zoey bewegte sich keinen Millimeter, blieb einfach auf dem Tisch liegen und bot sich ihm völlig offen dar. Feucht, gerötet und geschwollen. Er liebte diesen Anblick.

"Du siehst unfassbar sexy aus, Princess", raunte er und streichelte über ihren Hintern.

Dann beugte er sich nach vorn und küsste die rechte Arschbacke.

"Komm … wir gehen duschen und dann ins Bett",

murmelte er, schob eine Hand unter ihre Brust und half ihr, sich aufzurichten.

Sie lehnte sich an seine Brust und drehte den Kopf so, dass sie ihn küssen konnte.

"Dusche, Bett, klingt gut."

Er liebte es, wenn sie so anschmiegsam und zärtlich war, fast noch mehr als die heiße und wilde Art von ihr.

Genaugenommen liebte er alles an ihr. Sie war einfach durch und durch perfekt.

Sie löste sich von ihm. Träge und mit schwingenden Hüften verließ sie die Küche. Mat folgte ihr, ohne zu zögern, bewunderte dabei jeden ihrer Schritte.

Dann stieg sie die Stufen der Treppe vor ihm empor, ihren Arsch genau in Sichthöhe.

"Heiß wie die Hölle", brummte er und legte seine Hände auf ihren halb entblößten Hintern. Er würde niemals genug von ihr bekommen.

14 TAGE ZU ZWEIT

MATTHEW

Er hatte in seinem ganzen Leben noch nie so oft verschlafen wie mit dieser Frau.

Gut, die meiste Zeit hatte es eher weniger mit Verschlafen zu tun als damit, dass er die Finger einfach nicht von ihr lassen konnte.

Es war schon schwer genug aufzustehen, wenn sie nackt in seinem Bett lag und so anbetungswürdig träge und schläfrig aussah.

Fast noch schlimmer war es aber, wenn sie mit ihm aufstand und sich dann dieses rosane, halbdurchsichtige Miniaturnachthemd anzog, das sie in einhundert Varianten zu haben schien.

An diesem Morgen hatte sie es wieder getan.

Er hatte es immerhin geschafft, sich anzuziehen und zu duschen, doch als er ins Wohnzimmer kam und sie in dem bisschen Stoff auf dem Sofa lag … er konnte nicht anders. Wie sollte Mann da auch widerstehen können? Er musste sie haben … nur für einen winzigen Quickie!

Allerdings war es danach nicht unbedingt besser.

Sie war dann nicht mehr nur anbetungswürdig träge und schläfrig, sondern hatte dazu noch diesen befriedigten Gesichtsausdruck.

Er wollte nichts lieber, als sie sofort zurück in ihr Schlafzimmer zu schleppen und noch einmal über sie herzufallen.

Der Morgenquickie war schön, reichte aber einfach nicht annähernd.

Leider war er bereits jetzt schon viel zu spät dran. Er war bereits wieder angezogen und auf der Suche nach seinem Handy. Aussichtslos. Es war verschollen.

"Ich finde mein Handy nicht, kannst du mich anrufen, Zoey?"

Sie nickte, stand auf und holte ihr eigenes aus ihrer Handtasche. Dann wählte sie seine Nummer und sie gingen beide auf die Suche nach dem Klingeln.

Oder Zoey tat es, denn er konnte nicht anders, als ihren perfekten Arsch anzustarren, der nackt hinter dem Sofa hervorblitzte.

Kurz darauf tauchte sie neben dem Sofa auf und hielt ihm sein Handy entgegen.

"Traumfrau?", fragte sie lächelnd.

Mat rieb sich über den Nacken. Vielleicht war es ein wenig kitschig, aber ja, er hatte sie so gespeichert.

Sie kam zu ihm und küsste ihn sanft auf die Lippen. "Das ist verdammt süß, Matthew Fox!"

Er schlang seine Arme um ihre Mitte. "Du bist verdammt süß, Zoey. Und es ist nun mal die Wahrheit, du bist meine Traumfrau."

Sie schmiegte sich an ihn. "Hör auf mit dem Süßholzraspeln, sonst bekomme ich noch einen Höhenflug."

Das würde sie niemals. Nicht Zoey.

"Hör lieber auf, dich so an mich zu kuscheln, sonst komme ich nie zur Arbeit."

Sie lachte, stellte sich auf die Zehenspitzen und küsste ihn.

"Bis später, Big Boss. Quäl deine Sekretärin nicht so."

Er lächelte und wandte sich zum Gehen, in der schönen Gewissheit, dass sie am Abend auf ihn warten würde.

Zoey machte sein Leben besser. Nicht nur vollständig, sondern besser.

Es war egal, wie stressig sein Tag gewesen war oder wie lange er hatte arbeiten müssen.

Wenn er nach Hause kam, war Zoey da, lächelte ihn an und sein Tag war gerettet.

Sie machte kein Drama, wenn er zu spät kam oder in Gedanken noch bei der Arbeit. Sie erwartete nicht von ihm, dass er ihr jeden Tag ein volles Programm bot.

Ihr reichte es völlig aus, am Abend mit ihm auf dem Sofa zu liegen und einen Film anzuschauen.

Er hätte sich das niemals vorstellen können, aber Zoey war verdammt leicht zufrieden zu stellen.

Dabei war er noch bis vor ein paar Wochen fest davon überzeugt gewesen, dass sie ein absolutes Luxusbabe war, das man nur mit teuren Geschenken bei Laune halten konnte.

Kopfschüttelnd stieg er in seinen Wagen.

Er musste zur Arbeit und zwar schnellstens, bevor er zurück ins Haus lief und vor dem Abend nicht mehr aus dem Bett stieg.

ZOEY

Sie hatten einen eingespielten Rhythmus entwickelt. Sie liebte es. Sie wusste genau, was er tun würde, wann er es tun würde, was er liebte und was er nicht leiden konnte.

Das Leben mit Mat war herrlich leicht. Sie musste sich keine Sorgen machen, ihm zu genügen, weil er sie immer einfach so nahm, wie sie war.

Manchmal dachte sie, sie sei im falschen Film. Es war einfach so unwirklich, wie einfach alles war, wenn Mat an ihrer Seite war.

Das Beste war, dass er seine Laune niemals an ihr ausließ. Lächelnd dachte sie an den Morgen vor zwei Tagen, als er sowieso schon zu spät dran gewesen war und verzweifelt sein Handy gesucht hatte.

Sie freute sich noch immer über den Nickname, den er ihr in seiner Anrufliste gegeben hatte. Es war aber auch verdammt süß.

Sie sah auf ihre Uhr und seufzte. Er kam zu spät. Eigentlich hatten sie ins Kino gehen wollen, aber der Film hatte gerade begonnen.

Sie ging nach oben, legte ihren Schmuck ab und tauschte das Kleid gegen eine Jogginghose und T-Shirt.

"Hey Princess!", hörte sie Mat von unten rufen und ging die Stufen der Treppe hinunter.

Als sie in sein Sichtfeld kam, warf er einen Blick auf ihr Outfit und lächelte dann entschuldigend.

"Es tut mir leid, ich bin zu spät."

Sie wollte gerade sagen, dass es ihr nichts ausmachte, als er fortfuhr zu reden.

"Aber ich hab ein Versöhnungsgeschenk für dich." Er griff nach ihrer Hand und zog sie ins Wohnzimmer.

Das letzte, was sie wollte, war ein Geschenk, weil er sich verspätet hatte. Allein der Gedanke, dass er ihr vorsorglich etwas kaufte, weil er dachte, sie würde ein Drama machen, störte sie ungemein.

Er lächelte noch immer, als er sie aufs Sofa drückte, doch als ihre Blicke sich trafen, verflog sein Lächeln sofort.

"Was ist los?"

"Nichts."

Er sah sie forschend an. Dann rieb er sich über das Gesicht und seufzte.

"Ich weiß nicht genau, was du denkst, aber ich weiß, dass du mir ganz bestimmt nicht böse bist, weil wir diesen Film verpasst haben. Und du kannst mir auch nicht für ein Geschenk böse sein, das du noch nicht einmal gesehen hast."

Sie war sich sicher, dass es genau das Richtige für sie sein würde, weil er sie einfach haargenau kannte.

Als sie schwieg, nahm er ihr Kinn zwischen Daumen und Zeigefinger. "Zoey!"

Er zog die Augenbrauen zusammen. "Ich habe keine Ahnung, um was es geht, und ich will mich nicht mit dir über etwas streiten, von dem ich noch nicht einmal weiß, was es ist. Du weißt, dass ich für dieses Herumgeeiere keine Nerven habe."

Zoey schnaubte. "Du hast deshalb keine Nerven dafür, weil du es nicht gewöhnt bist, nicht zu wissen, was die anderen denken!"

Er lächelte und streichelte mit seinem Daumen über ihre Unterlippe.

"Das stimmt. Es treibt mich in den Wahnsinn. Ich kann nichts lenken, nichts abwenden, genau wie diese auch immer geartete Kleinigkeit, aus der sich gerade ein Streit entwickelt, du stures Ding!"

Unwillkürlich musste sie wegen seines neckenden Tonfalls zurücklächeln.

"Ah … schon viel besser. Und jetzt raus mit der Sprache, was habe ich verbrochen?"

Sie seufzte. "Du hast nichts verbrochen. Ich ärgere mich nur darüber, dass du denkst, du müsstest mir etwas zur Besänftigung schenken, obwohl ich niemals sauer bin, wenn du zu spät kommst. Was denkst du nur von mir?"

Er packte sie, zog sie an sich und bettete ihren Kopf unter seinem Kinn.

"Du denkst zu viel. Und wenn ich das sage, dann ist das wirklich gruselig. Natürlich denke ich das nicht von dir. Ich habe etwas gesehen, von dem ich dachte, es könnte dir gefallen. Ich hab es heute bekommen und hab das nur als Scherz gemeint."

Sie streichelte über seine Brust. Vielleicht dachte sie wirklich einfach zu viel nach. "Ich will gar keine Geschenke", murmelte sie.

"Tja … dann darfst du es eben mir schenken."

Neugierig sah sie zu ihm auf.

"Ich habe so viel um die Ohren, keine Zeit für dich. Ich muss hier mal raus … am besten mit dir."

"Urlaub?"

Er lächelte schief. "Naja … für einen richtigen Urlaub reicht es im Moment leider nicht, aber ein verlängertes Wochenende in Deutschland wäre drin. Wir könnten noch ein paar von deinen Klamotten holen, dann musst du nicht so oft zum Einkaufen …"

Sie zog eine Augenbraue nach oben. "Du hast den Zusatz *mit Taylor* vergessen!"

Er verzog entschuldigend das Gesicht. "Ich muss ihn nicht mögen, oder?"

Zoey schüttelte den Kopf. "Nein, nur dulden."

"Gut. Was hältst du davon?"

Sie küsste ihn zärtlich auf die Lippen. "Es ist wunderbar. Ich danke dir."

"Dieses Lächeln ist dank genug."

Sie schmiegte ihren Kopf in seine Halsbeuge und fasste ihren Mut zusammen. "Ich danke dir für mehr als das. Ich danke dir dafür, dass ich sein kann wie ich bin, dafür, dass du mich verstehst und so verdammt gut kennst. Ich liebe dich."

Er drehte seinen Kopf und küsste sie auf den Scheitel. "Ich liebe dich und ich bin unglaublich froh, dass du in mein Leben getreten bist. Ich würde alles dafür tun, damit du glücklich bist. Mit dir ist alles so viel einfacher, so viel schöner."

Eine Weile saßen sie eng aneinander geschmiegt da und genossen einfach die Nähe des anderen.

"Ich habe das Wochenende in zwei Wochen gebucht. Ich hoffe, das ist okay für dich."

Zoey nickte und überlegte sich ihre nächsten Worte genau. "Ich bin sehr froh, dass du mich begleitest, Mat. Wahrscheinlich hätte ich dich nie darum gebeten, weil es mir zu peinlich gewesen wäre zu sagen, dass John mir Angst macht."

Sein Griff verstärkte sich. "Ist doch klar, Princess, nach eurem letzten Aufeinandertreffen. Und ich bereue nichts. Sollte er dich noch einmal anfassen, bekommt er von mir wesentlich mehr als nur ein paar Kinnhaken!"

Sie war froh, dass er sie verstand und sie war sich sicher, dass er nie jemandem ein Wort über das sagen würde, was sie ihm anvertraute oder von sich zeigte.

Mit Mat an ihrer Seite, würde sie ein mögliches Zusammentreffen mit John auf jeden Fall überstehen. Dennoch hoffte sie, dass er an diesem Wochenende nicht in Deutschland sein würde.

"Du kannst mir nichts vormachen, Princess. Ich weiß, dass du dir schon wieder über irgendwas Sorgen machst", raunte er ihr zu.

"Wie machst du das? Das ist unheimlich!", beschwerte sie sich.

"Ich sag es dir, wenn du mir sagst, an was du gedacht hast", feixte er.

Sie küsste seinen Hals und sagte: "Ich habe nur gehofft, dass John an dem Wochenende nicht da sein wird."

Er nickte zufrieden. "Deine Körperspannung verändert sich, wenn du dir Sorgen machst."

"Das ist gruselig."

Mat zuckte die Schultern und schaltete dann den Fernseher ein. Er machte es nur, um sie auf andere Gedanken zu bringen, und dafür liebte sie ihn noch mehr.

15 DER ABEND (W/M)

MATTHEW

Auch wenn mittlerweile ein ganzer Berg Kleinkinder und Babys im Raum war, es war schön, seine Freunde mal wieder ohne ihre Frauen zu haben.

Sie waren einfach anders ... irgendwie entspannter. Wenn sie sich alle zusammen auf einem der Monatstreffen sahen, waren seine Freunde immer mit halbem Ohr bei ihren Frauen. Jetzt lag die ganze Aufmerksamkeit auf der Gruppe, während sie sich gemeinsam ein Footballspiel ansahen.

Daves Handy klingelte.

"Mach das Scheißding aus!", rief Shane von der anderen Sofaseite.

Noa saß neben ihm und hatte das gleiche Footballtrikot an wie sein Vater.

"Maya reißt dir den Arsch auf, wenn du immer Scheiße vor den Kindern sagst", sagte Ryan, der Marietta, oder Marry, wie sie sie mittlerweile nannten, fütterte.

"Maya reißt ihn dir ebenfalls auf, wenn du Arsch sagst", gab Gregor zurück.

"Ihr habt alle einen Wortschatz, der unter aller Sau ist, das wird es absolut nicht rausreißen, eure Kinder sind verdammt", sagte Jack und hob seine Bierflasche an.

"Ich habe Notdienst!", knurrte Dave, zog sein Handy heraus und drückte, nach einem Blick auf das Display, den Anruf weg.

"Theresa?", fragte Mat.

"Jep." Dave schien nicht geneigt, weiter auf das Thema einzugehen, so stoisch wie er auf Chris' riesigen TV-Bildschirm starrte.

Mat konnte ihn durchaus verstehen.

Jason, der auf seiner anderen Seite saß, hatte da deutlich weniger Mitgefühl.

"Hat die Schlampe es immer noch nicht aufgegeben?"

"Nein", antwortete Dave knapp.

"Befehle ihr, dass sie dich verdammt nochmal in Ruhe lassen soll!", rief Logan, der der Meinung war, dass man alles mit Befehlen regeln konnte.

"Verdammt zählt auch zu den nicht erlaubten Wörtern", warf Jack ein.

Dave lachte hart auf, ignorierte Jacks Einwurf und antwortete Logan: "Das habe ich! Sie hat überhaupt keinen Stolz."

"Was stimmt nicht mit ihr? Nach so einer Aktion muss ihr doch klar sein, dass kein Betteln ihr helfen wird!", knurrte Brandon, der fast noch wütender schien als Dave.

"Sie ruft jeden Tag bei mir an, heult mir die Mailbox voll. Ich habe es ihr eintausend mal gesagt, ich werde diese Schlampe nie im Leben zurücknehmen", blaffte Dave, sichtlich genervt von dem Thema.

"Schlampe ist übrigens auch so ein Wort …"

"Ich hoffe, diese Schlampe hat nie wieder Glück!", knurrte Ryan und hob dann seine Flasche. "Auf Männerfreundschaften, auf die echten Frauen und auf dass die Geier irgendwann untergehen!"

Die Männer lachten und stießen mit ihren Flaschen zusammen. Ein Abend ganz nach Mats Geschmack. Seine Freunde, völlig entspannt, die kein Blatt vor den Mund nahmen und die sich auch vor ihren Kindern nicht verstellten.

ZOEY

"Du hast einen ganz schönen Stein im Brett bei Luces Jungs", sagte Tia, die sich neben Zoey aufs Sofa setzte.

Sie lächelte schief. "Wie habe ich das verdient?"

Tia lachte. "Zum einen hat es bestimmt damit zu tun, dass sie dich heiß finden."

"Was für ein Kompliment", schnaubte Zoey.

"Du wirst es nicht glauben, aber es ist so. Sie haben Respekt vor dir, weil du heiß bist und trotzdem kein Püppchen. Ich habe sie reden hören." Tia zwinkerte ihr zu.

"Und zum anderen?" Ein anderer Grund würde ihr wesentlich besser gefallen. Das Kompliment schmeichelte ihr, aber sie wollte nicht mehr nur auf ihr Äußeres reduziert werden.

"Zum anderen bist du Mats Freundin."

Stirnrunzelnd sah sie Tia an. "Was ist das denn für eine Begründung?"

"Es ist eine Art Dominoeffekt. Mat liebt dich, die Jungs lieben Mat, ergo: die Jungs lieben dich."

"Das ergibt keinen Sinn."

Erneut lachte Tia auf. "Das ist ein Gang-Männer-Ding. Ich verstehe es nicht, aber ich akzeptiere es."

"Was hat es eigentlich mit Luce und den Jungs auf sich?", hakte Zoey neugierig nach.

"Er nimmt sie bei sich auf, bietet ihnen eine Alternative zur Straße und der Gang."

Das war das Was. Aber was Zoey viel mehr interessierte, war das Warum. "Warum? Wie ist es dazu gekommen? Ich meine, man wacht doch nicht eines Morgens auf und beschließt, die Welt zu ändern."

Sie wünschte, es wäre so, dann hätte sie ein Ziel, einen Punkt, auf den sie hinarbeiten konnte.

Sie war an einem Punkt in ihrem Leben angekommen, an dem sie mehr wollte, etwas mit ihrem Leben anfangen wollte.

"Ich kann dir keine hundertprozentige Antwort geben, ich kann dir nur sagen, was ich denke."

Zoey nickte.

"Luce war schon immer anders. Er hat sich schon immer um alle gesorgt, wollte auf jeden aufpassen. Menschen vergessen so etwas nicht, Zoey. Wenn jemand eine junge Frau beschützt, wird sie es an ihre Kinder weitergeben."

"Ist er das? Der Ritter in strahlender Rüstung?" Das passte nicht in ihr Bild von Luce.

Tia lachte auf. "Nein, absolut nicht. Luce ist der, der selber tief in der Scheiße steckte und trotzdem versucht, so viele wie möglich zu retten. Irgendwie ist er dadurch zu einem Vorbild geworden. Die Jungs auf der Straße sehen zu ihm auf, sehen den Mann, der sich aus diesem Dreck gezogen hat und etwas erreicht hat. Ganz allein." Sie lächelte sanft.

Zoey sah sie fragend an.

"Versteh mich nicht falsch, ich liebe meinen Bruder und ich bin unendlich stolz auf ihn. Aber der Weg, den er gegangen ist, scheint für die meisten einfach unerreichbar. Eine Werkstatt zu führen, so wie Luce, ist für sie einfach wesentlich greifbarer", fuhr Tia fort.

Zoey nickte. Es war bodenständiger. Etwas, das man mit Fleiß erreichen konnte und nicht nur mit Vitamin B. Obwohl natürlich auch da Beziehungen zu einflussreichen Menschen immer von Vorteil sind.

"Die Jungs hören auf Luce, sie sehen zu ihm auf und wollen es auch schaffen, wollen wie er sein." Tias Lächeln wurde sanft.

"Wie kamen sie zu ihm?", fragte Zoey.

"Denen, die es wirklich wollen, gibt Luce eine Chance.

Er gibt ihnen ein Dach über dem Kopf und einen Job. Er legt ihnen das Werkzeug in die Hand, um ihr Leben zu ändern."

Ein wenig verunsichert biss sie sich auf die Unterlippe. Sie mochte die Jungs, aber sie waren bei weitem rauer als alles, was sie bisher kennengelernt hatte. "Sie sind … ein wenig rau?", versuchte sie ihre Gedanken in Worte zu fassen.

Tias Miene wurde ernst. "Du kennst das nicht, Zoey, und ich meine das nicht böse. Diese Jungs haben gelernt, dass du hart sein musst, um zu überleben. Jedes bisschen Schwäche kann dir dein Genick brechen."

Das verstand sie nur allzu gut. Vielleicht ging es in ihrem Business nicht darum, sich körperlich durchzusetzen, aber auch hier konnte einem jeder noch so kleine Fehler die gesamte Existenz kosten.

"Er wollte es nicht. Er hat sich lange Zeit dagegen gewehrt. Luce wollte kein Vorbild sein, weil er wusste, dass er selber genug Dreck am Stecken hatte, um für ziemlich lange Zeit in den Knast zu gehen. Aber die Menschen in seinem Viertel haben immer an ihn geglaubt. Sie haben ihn geliebt, als seine Familie ihn verlassen hat, und das gibt er ihnen zurück."

Tias Ton war so ernst und so voller Liebe, dass Zoeys Augen brannten.

Es war diese bedingungslose Art der Liebe, die sie sich wünschte. Eine Liebe ohne Misstrauen, ohne Vorurteile.

"Das ist wundervoll", sagte sie leise und meinte damit sowohl ihre Liebe als auch die Arbeit, die Luce leistete.

"Er setzt sich für die Vergessenen ein und er ist Gott sei Dank nicht der einzige. Kyle macht es auf ihre Art, Luce auf seine. Es war nie sein Ziel, aber sie brauchen ihn wirklich."

Sie wusste nicht wie, aber auch sie wollte einen Teil dazu beitragen. Sie wollte ihnen bei ihrer Arbeit helfen und jemandem die Liebe geben, die sie selbst nie bekommen hatte.

Nicht von ihren Eltern, nicht von ihren Agenten, nicht von ihrem Coach.

Sie hatte keine Ahnung, wohin sie dieser Weg führen würde, aber sie wollte ihn gehen. Sie wollte etwas Gutes tun, etwas, worauf sie mit Stolz zurückblicken konnte.

Sie würde am nächsten Tag mit Taylor darüber sprechen. Er kannte Luces Projekt, arbeitete selbst mit den Jungs. Vielleicht war da noch eine Lücke, die sie füllen konnte.

"Danke Tia."

Eine Zeit lang folgte sie den Gesprächen mit halbem Ohr. Ihre Gedanken kreisten um ihr eigenes Leben, was sie damit anstellen wollte, was sie noch erreichen wollte.

Vielleicht hatte sie noch ein paar Jahre auf dem Laufsteg vor sich, aber ihr Modeljob füllte sie schon lange nicht mehr aus.

Sie wollte weg von all den falschen Freundschaften, der Oberflächlichkeit und dem Druck. Sie wollte etwas tun, worauf sie zurückblicken konnte, mit dem Gefühl, etwas Gutes geleistet zu haben.

Als die Gespräche um sie herum verstummten, sah sie auf. Alle Augen waren auf Sky gerichtet, die ihr Handy in den zitternden Händen hielt.

"Sky?", fragte Maya vorsichtig und ging zu ihr. "Wer war das?"

"Das … das waren Fabios Eltern. Er wurde … er hat … ich …", stotterte sie, dann brach sie in Tränen aus.

Schluchzend erzählte sie von dem Telefonat, in dem sie darüber informiert wurde, dass Fabio schwer verletzt worden war.

Er war jetzt seit beinahe drei Jahren fast ununterbrochen in Nordafrika, um dort bei einer Organisation zu helfen, die die Opfer des Bürgerkriegs unterstützte.

Zunächst hatte es nur eine Auszeit sein sollen, aber er ging so darin auf, dass er sich nach jeder Periode erneut anbot und wieder für zwölf Wochen hinunterflog.

"Er wurde von Bombensplittern getroffen. Sie haben ihn noch vor Ort operiert und dann nach Deutschland transportiert."

Der Schock saß bei allen tief. Sky war kreidebleich und ließ sich kraftlos auf das Sofa fallen. Tina reagierte als erstes, griff nach ihrem Telefon und rief Jack an, der die anderen informieren sollte.

Tia, Zoey und Cat machten sich daran, die Spuren des Mädelsabend zu beseitigen, während Maya und Alexa sich um Sky kümmerten.

Es dauerte nicht lange und Ryan kam zurück. Die Frauen verabschiedeten sich voneinander und verteilten sich auf die Fahrzeuge, mit denen sie gekommen waren.

Tia setzte sie bei Mat zuhause ab, der bereits im Wohnzimmer auf sie wartete.

"Alles okay?", fragte er sofort besorgt.

"Ja, so weit. Wir stehen uns nicht so nahe wie Fabio und Sky, aber es ist trotzdem ein Schock das zu hören. Ich habe mir seine Arbeit irgendwie immer ein bisschen vorgestellt wie in einem dieser Werbevideos von Ärzte ohne Grenzen. Ohne Krieg, ohne Gefahr. Lauter lachende Kinder, denen Pflaster aufs Knie gedrückt werden", gab sie zurück.

Mat zog sie in seine Arme. "Wenn sie ihn nach Deutschland geflogen haben, ist er auf jeden Fall stabil. Mach dir keine Sorgen, er kommt bestimmt wieder auf die Beine."

Zoey nickte. Er hatte recht. Sie hätten ihn nicht transportiert, wenn es ihm nicht einigermaßen ginge.

"Wie war euer Abend bis zu Tinas Anruf?"

Sie spürte das Beben in Mats Brust und sah auf.

"Sie sind und bleiben einfach Chaoten!"

Laut lachte er auf.

"Jetzt erzähl schon!"

"Schon gut, schon gut!" Mat drückte sie an sich.

"Shane hat so lange auf Brandon eingestichelt, bis dieser sich zu einem Wettlauf Lia gegen Noa hat überreden lassen. Die erste Runde war unentschieden. In der zweiten Runde ist Noa gestolpert und ist mit dem Kopf gegen ein Stuhlbein geknallt. Großes Geschrei natürlich. Noa, weil er Schmerzen hatte, Shane, weil Dave nicht schnell genug bei Noa war. Marietta, weil alle so laut durcheinander geschrien haben. Bella, weil sie schon die ganze Zeit von Tys Arm herunter wollte, er sie aber nicht ließ … Du kannst dieses Ding quasi endlos fortführen."

Zoey lächelte. "Was habt ihr dann gemacht?"

"Gregor ist nach unten gegangen und hat Vanilleeis aus dem Club geholt. Damit waren alle Kinder sofort besänftigt. Die Jungs waren auch ruhig, vor allem weil die eine Hälfte nicht mit der anderen gesprochen hat. Chris hat den Ton vom Fernseher aufgedreht und wir haben uns darauf konzentriert."

"Klingt wirklich nach einem Chaoshaufen."

"Ja, der beste!", antwortete er bestimmt.

"Das stimmt. Ich fühle mich wirklich wohl hier mitten unter euch."

Mat schwieg einen Moment, dann verstärkte sich sein Griff kaum merklich. "Fühlst du dich wohl bei mir?"

"Mehr als das. Ich liebe dich, Mat."

Das Leuchten, das in seine Augen trat, wärmte ihr Herz. Vielleicht liebte er sie nicht so sehr wie sie ihn oder wie Luce Tia, aber er liebte sie. Er wollte sie bei sich haben, obwohl er nicht gerade das Beste von ihr dachte.

Zärtlich küsste er sie auf die Lippen. "Ich liebe dich, Zoey. Wirst du … du wirst hierbleiben, oder?", flüsterte er nah an ihrem Mund.

"Ich will hierbleiben." Sie wählte die Worte mit Bedacht, wollte ihn nicht zu sehr unter Druck setzen.

"Ich will, dass du bei mir bleibst. Hier, in diesem Haus, an meiner Seite."

Tränen brannten in ihren Augen.

"Bist du dir sicher?"

Sie wusste nicht, ob ihr Herz es verkraften würde, wenn er es sich anders überlegen sollte.

Er griff um ihre Taille und zog sie rittlings auf seinen Schoß. Dann packte er sie im Nacken und küsste sie hart, beinahe grob.

"Hör auf zu zweifeln, Zoey. Zweifle nicht an mir! Ich liebe dich und ich will dich bei mir haben! Nicht nur jetzt, ich will, dass du bleibst, dass du mir die Chance auf ein für immer gibst. Ich will dich, nur dich!"

Ihr Herz raste, vor Freude, vor Angst, vor Liebe. Sie konnte die vielen Gefühle, die in ihr tobten, kaum noch unterscheiden.

Sie schlang ihre Arme um seinen Hals und küsste ihn leidenschaftlich. Sie drängte sich an ihn, genoss seinen festen Griff in ihrem Nacken und seine Hand, die über ihren Körper fuhr.

Sie liebte es, dass er sie so sehr begehrte, dass sein Griff manchmal beinahe schmerzhaft intensiv wurde. Sie liebte es zu spüren, wie schnell er hart wurde, sobald sie in seiner Nähe war.

Sie wollte mehr von ihm spüren, seine Haut unter ihren Händen fühlen. Schnell knöpfte sie sein Hemd auf und streichelte die feste, schön definierte Brust.

Er stöhnte in ihren Mund, als sie seine Brustwarzen liebkoste. Er griff nach ihrem Hintern und presste sie fest gegen seinen harten Schwanz. Sie liebte dieses Gefühl, sie liebte den Druck auf ihrer Mitte zu spüren und die Blitze, die von ihrer Klit aus durch ihren Unterleib zuckten.

Abrupt beendete er den Kuss, schob sie von sich und riss ihr das Oberteil über den Kopf. Ihr BH folgte ebenso schnell und er nahm eine ihrer bereits harten Brustspitzen in den Mund, während er ihren Hintern massierte.

Sie bog sich ihm entgegen, stöhnte und krallte sich an seinen Schultern fest.

"Ich liebe diesen Arsch", knurrte er, während er zu ihrer anderen Brust wechselte und weiter ihren Hintern knetete.

Das Ziehen in ihrem Unterleib wurde heftiger. Sie wollte ihn in sich spüren, ausgefüllt werden.

An seinen Schultern schob sie ihn zurück und rutschte von seinem Schoß. Sie öffnete ihre Hose und zog sie samt Slip nach unten, während Mat das gleiche mit seiner tat.

Als sie wieder auf ihn steigen wollte, packte er sie an den Hüften und drehte sie von sich weg.

"Lass mich deinen perfekten Arsch sehen, Baby", raunte er und zog sie auf seinen Schoß.

Er lehnte sich zurück, zog sie ein Stück nach oben und positionierte seinen Schwanz an ihrer nassen Öffnung. Langsam schob er sie nach unten, drang tiefer und tiefer in sie ein.

Zoey richtete sich auf, stützte ihre Hände auf seinen Knien ab und begann langsam, ihn zu reiten.

Er stöhnte, wenn sie ihn tiefer in sich aufnahm, seine Hände krallten sich in ihren Hintern und trieben sie immer schneller an.

"Gott, Baby … du bist der Hammer", sagte er rau und griff noch fester zu.

Seine vor Verlangen dunkle Stimme machte sie noch heißer und feuchter.

Sie wollte mehr von ihm spüren und hören.

Er strich mit einer Hand über ihren Rücken, drückte ihren Oberkörper weiter nach vorn. Der veränderte Winkel ließ den Druck in ihr noch größer werden.

"Jesus, Baby", keuchte er, dann griff er wieder nach ihrem Arsch. Sein Blick brannte sich in sie, sie konnte sein Verlangen spüren, wusste, was er wollte, noch bevor sein Daumen ihren Damm massierte.

"Ja …", stöhnte sie und ritt ihn schneller. Er spielte mit ihrem Anus und schob seinen Daumen, der mit ihren Säften befeuchtet war, dann hinein. Sie keuchte und genoss die zusätzliche Stimulation.

Seine zweite Hand drängte sie, sich schneller zu bewegen, obwohl sie wusste, dass es nicht das war, was er eigentlich wollte.

Langsam richtete sie sich auf. "Hör nicht auf, Baby", forderte er und versuchte, sie zurückzudrücken.

Zoey lehnte sich gegen seine Brust und legte die Unterschenkel auf das Sofa. Dann schob sich langsam nach oben.

"Bitte, Babe, das war perfekt", raunte er und knabberte an ihrem Hals.

"Nein, aber das wird es", flüsterte sie, griff zwischen ihren Beine und schob seine Schwanzspitze von ihrer Pussy zu ihrem Anus.

Sie hörte ihn an ihrem Hals keuchen und spürte seine Hände, die sich an ihrer Hüfte verkrallten.

Ganz langsam ließ sie sich auf ihn sinken, genoss den leichten Dehnungsschmerz und das völlig andere Gefühl des Ausgefülltseins.

Sie stöhnte leise, als sie spürte, wie Mat vor Anspannung zu zittern begann, wie er versuchte, sich zu beherrschen und nicht einfach in sie zu stoßen.

"Zoey …", keuchte er, als sie ihn ganz in sich aufgenommen hatte.

Ohne zu antworten, ließ sie sich nach vorne fallen, stützte sich erneut auf seinen Knien ab und begann, ihn abermals zu reiten.

Sein Stöhnen war beinahe animalisch, als er ihr mit jedem Stoß entgegenkam.

Immer lauter wurden seine Lustlaute und trieben sie zu noch schnellerem Tempo an.

Plötzlich griff er in ihr Haar und zog sie grob zurück an seine Brust.

Hart umfasste er eine ihrer Brüste, zog an dem steifen Nippel und knetete sie fest. Seine zweite Hand schob sich zwischen ihre Beine und massierte ihre Klit in schnellen Kreisen, während er erbarmungslos in ihren Hintern stieß.

Alles in ihr zog sich vor Lust zusammen. Sie stöhnte und keuchte seinen Namen. Dann zersprang ihr Innerstes in eintausend Teile und ihr Orgasmus übermannte sie vollkommen.

Erst Minuten später konnte sie wieder einen klaren Gedanken fassen und spürte Mats heftige Atmung in ihrem Rücken.

"Das war … ziemlich gut", sagte sie atemlos und genoss das leichte Zucken seines Schwanzes in ihr.

Mat schnaubte erschöpft.

"Das war Wenn du glaubst, dass ich dich je wieder gehen lasse, bist du wahnsinnig-Sex. Du bist der Hammer, Baby." Sanft küsste er ihre Schulter und Zoey lächelte zufrieden und schläfrig.

"Deine Beschreibung trifft es besser."

Er lachte leise und streichelte sanft über ihren Körper. "Jeder einzelne Zentimeter ist perfekt", murmelte er dabei beinahe ehrfürchtig.

Sie war froh, dass er ihr Gesicht nicht sehen konnte, denn sie war sich sicher, dass sie rot wurde, so sehr freute sie sich über seine liebevollen Worte, die so unglaublich ehrlich klangen.

Er liebte sie, er fand sie perfekt, er wollte *sie* und vor allem wollte er sie nicht verändern. Er wollte die echte Zoey, was ihr unglaublich gut tat.

Einige Minuten genoss sie schweigend seine Berührungen und die Aufmerksamkeit, die er ihr in diesem Moment schenkte.

"Lass uns duschen gehen und dann ins Bett", brummte er und hörte sich dabei mehr als nur zufrieden an.

Sie nickte träge, bewegte sich aber nicht.

Mat rutschte ein Stück nach vorn und hob sie auf seine starken Arme. Sie verschränkte ihre Hände in seinem Nacken und lehnte ihren Kopf an seine Schulter. Dann trug er sie die Treppe nach oben in sein Badezimmer.

Sie lächelte glücklich. Mit Mat an ihrer Seite durfte die Zukunft definitiv kommen.

16 SHOWDOWN

ZOEY

Sie waren spät in der Nacht in Deutschland angekommen und in ihr Hotel gefahren.

Von der Reise völlig erschöpft war sie sofort eingeschlafen.

Am nächsten Morgen war sie ein pures Nervenbündel. Sie wachte sehr früh auf, während Mat noch tief und fest schlief.

Da sie nicht die Ruhe hatte, einfach mit ihm im Bett liegen zu bleiben, schob sie sich leise von ihm und schlüpfte ins Bad, um heiß zu duschen.

Danach fühlte sie sich ein klein wenig besser, aber noch immer pochte ihr Kopf und ihr Herz schlug schneller, als es sollte.

Sie trocknete sich ab und zog sich einen schwarzen Tanga mit einem passenden BH an. Dann schlich sie zurück ins Schlafzimmer.

Ihre Bemühungen, leise zu sein, waren völlig umsonst. Mat war wach und lag mit hinter dem Kopf verschränkten Armen im Bett.

Er sah zum Anbeißen aus.

"Guten Morgen, Princess … ich finde es ganz und gar nicht gut, dass du dich, kaum dass wir in Deutschland angekommen sind, zum Nestflüchter entwickelst."

Sie lächelte und ging am Bett vorbei, um ein paar Strümpfe aus dem Koffer zu holen.

"Guten Morgen. Entschuldige, ich war schon wach und ich wollte dich nicht wecken, wenn du schon mal ausschlafen kannst."

Sie bückte sich und kramte in ihren Klamotten.

"Heilige Scheiße …" Mats rauer Tonfall ließ sie aufsehen.

Seine Augen loderten vor Lust. "Ich kann mich absolut nicht entscheiden, ob ich dich am liebsten nackt habe, in diesen rosa Mininachthemden oder im Tanga."

Sie lächelte, weil sein Kompliment ihr sehr schmeichelte, aber die andere Hälfte ihrer Gedanken war immer noch mit John beschäftigt.

"Sex steht wohl nicht auf dem Plan, wenn du so guckst … und auch sonst nichts, bis wir deine Sachen geholt haben."

Mat schwang seine langen Beine aus dem Bett und kam nackt und mit steifem Schwanz zu ihr herüber. Er gab ihr einen sanften Kuss und sagte: "Lass mich kurz duschen, dann können wir los, deine Sachen holen und anfangen, unsere zwei Tage hier zu genießen."

Sie lächelte ihn dankbar an. Es war schön, jemanden zu haben, der einen so vollkommen verstand.

MATTHEW

Strafend sah er auf sein bestes Stück hinunter, das einfach nicht verstehen wollte, dass Zoey nicht zur Verfügung stand.

Er wusch sich mechanisch und dachte dabei an John und was er aus Zoey gemacht hatte. Wie ängstlich und zurückgezogen sie war, wenn sie nur an dieses Arschloch dachte.

Das half ihm ziemlich schnell, die Lust zu verlieren.

Als er zurück ins Zimmer kam, war sie bereits angezogen. Sehr konservativ, mit grauem Bleistiftrock und enger, schwarzer Bluse.

"Bist du sicher, dass du nicht meine neue Sekretärin sein möchtest? Ich hätte ein sehr umfassendes Aufgabengebiet für dich."

Sie zog eine Augenbraue nach oben und lächelte, während sie die letzten Strähnen in den strengen Dutt zurücksteckte.

"Bring mich nicht auf falsche Gedanken, warum deine Sekretärinnen immer so schnell Reißaus nehmen", sagte sie lächelnd.

"Verdammt! Ich hab mich verraten." Er ging zu seinem Kleidersack, der an der Tür hing, und zog sich an. "Bekommen wir in dem Mietwagen alles unter?"

Es war ein Audi Avant, also eigentlich genug Platz, aber bei Frauen wusste man nie so genau.

"Ja, kein Problem. Ich hab ja nicht wirklich bei ihm gewohnt, nur einen Haufen Klamotten da gehabt."

Zoey kam zu ihm und half ihm mit den Manschettenknöpfen. Zum Dank küsste er sie und hielt ihr dann die Tür auf.

Sein Sakko warf er sich über den Arm und führte sie, eine Hand auf ihrem unteren Rücken, zu den Aufzügen.

"Das ist es", sagte Zoey und deutete auf ein großes, weißes Hochhaus.

Parkplätze gab es direkt davor, aber sie waren schräg zur Fahrbahn eingerichtet, sodass er nur vorwärts einparken konnte, was das Beladen an der viel befahrenen, dreispurigen Straße schwierig machen würde.

Da es nicht so aussah, als gäbe es eine bessere Parkmöglichkeit, nahm er eine der wenigen freien Lücken.

Als sie ausstiegen, sah Zoey sich nervös an der Straße um.

"Alles okay?"

Sie atmete aus. "Ja, sieht nicht so aus, als wäre John da."

"Was fährt er denn für ein Auto?", fragte Mat und sah sich die Wagen an dem Bürgersteig entlang an.

"Einen Porsche Oldtimer, ein Cabrio, er ist ganz vernarrt in dieses komische Ding." Das wiederum konnte Mat gut verstehen, aber er würde es ihr nicht auf die Nase binden.

Sie ging voraus, sperrte die Haustür auf und drückte dann den Rufknopf für den Aufzug.

Als sie die Wohnung betraten, konnte Mat nicht umhin, sie zu bewundern. Sie war groß und offen gehalten. Alles war voll kühler Eleganz und sah ein klein wenig aus wie aus einem Möbelhaus. Keine persönlichen Gegenstände, keine Bilder, keine Fotos. Genau so hatte er sich Zoeys Beziehung zu John vorgestellt. Kühl und lieblos.

Zoey ging in das Schlafzimmer, das genauso aussah. Alles steril weiß. Unter dem Bett zog sie einen Koffer hervor und begann ihre Kleidung mit samt der Kleiderbügel hineinzulegen.

Sie war in diesem Moment wie diese Wohnung. Kühl und effizient. Ohne nachzudenken packte sie Stück um Stück ein. Als der erste Koffer voll war, zog sie einen zweiten unter dem Bett hervor, der genau gleich aussah. Seltsam braun gemustert. Sie passten nicht zu ihr.

"Hast du eine Kofferfabrik ausgeraubt?", fragte er, um sie ein wenig abzulenken.

Sie sah ihn an und verdrehte die Augen. "Du bist ein Banause, Mat. Das ist ein Louis Vuitton Kofferset." Sie griff unter das Bett und holte noch zwei kleinere Varianten der Koffer hervor und einen, der ein wenig aussah wie eine Handtasche.

"Aha … gefallen mir trotzdem nicht. Sehen aus wie für einen alten Mann."

Sie schloss den zweiten Koffer und begann, die

Unmengen an Highheels in einen der kleineren zu packen.

"Du hast … viele Schuhe …"

Sie lächelte entschuldigend. "Vielleicht habe ich einen minimalen Schuhtick."

Auch der zweite kleinere Koffer war schnell voll mit diesen zugegebener Maßen höllisch sexy aussehenden Tretern.

"Ich brauch nur noch ein paar Sachen aus dem Bad, dann bin ich fertig."

Sie nahm den Handtaschen-Koffer und ging davon. Mat wunderte sich, dass es so schnell ging. Aber okay, ihm sollte es recht sein.

Er nahm die bereits fertigen Koffer und trug sie zur Haustür, wo auch Zoey kurze Zeit später erschien.

"Hast du sicher alles? Ich möchte ungern nochmal kommen und irgendwie ging das jetzt zu schnell."

"Ich habe alles. Wie gesagt, ich wohne ja nicht hier. Die meisten Sachen habe ich bei meinen Eltern. Gerade alle persönlichen Gegenstände. Hier waren nur Klamotten, ein bisschen Schmuck und Kosmetik. Dazu noch alles perfekt sortiert, so musste ich nichts suchen."

Sie legte den Wohnungsschlüssel und eine feine Platinkette auf das Sideboard und nahm ihm einen der Schuhkoffer ab. In der anderen Hand trug sie ihre Handtasche und die Sachen aus dem Bad.

Zoey wirkte nervös auf dem Weg nach unten und Mat war froh, dass sie gleich am Auto sein würden und sie sich endlich wieder entspannen würde.

Sie öffnete die Haustür und hielt sie für ihn auf. Dann trug er die Koffer zum Mietwagen.

"Zoey?" Die Stimme kam Mat zu bekannt vor.

"John…", stammelte sie.

Er beeilte sich, die Koffer in den Kofferraum des Wagens zu werfen, und ging dann zu ihr zurück.

"Du holst deine Sachen? Ist das dein Ernst?" Er sah so geschockt aus, als hätte er von ihrer Trennung noch überhaupt nichts mitbekommen.

"Ja, sie holt ihre Sachen, dann fliegen wir nach Hause", sagte Mat, da Zoey verstummt zu sein schien.

Er nahm ihr die beiden Taschen und den Koffer ab und brachte sie ebenfalls zum Heck des Wagens.

"Das kannst du nicht machen!" Langsam schwankte Johns Blick von Panik zu Wut.

"John, ich denke, es ist alles gesagt. Lass es einfach gut sein", sagte Mat ruhig.

"Halt deine Fresse, halt deine verdammte Fresse! Das geht dich nichts an! Und du …" Er deutete auf Zoey. "Du wirst zu mir zurückkommen!"

Er drehte auf dem Absatz um und sprang zurück in seinen Wagen. Er ließ den Motor aufheulen und preschte aus der Parklücke.

Jemand hupte, Reifen quietschten, dann folgte das grauenvolle Geräusch von Metall auf Metall.

Mat sah, wie John aus dem Cabrio geschleudert wurde und durch die Luft flog.

Noch mehr Hupen und Quietschen, Menschen die aufschrien und wild durcheinander riefen.

"John … oh Gott … John!", keuchte Zoey.

Er packte sie um die Taille, als ihre Beine nachgaben. Gleichzeitig angelte er nach seinem Handy und drückte es Zoey in die Hand.

"Ruf den Notruf!", befahl er und lehnte sie gegen eines der Autos.

Dann rannte er zu John.

Der Verkehr war komplett zum Stillstand gekommen. Der Fahrer des LKWs, der Johns Cabrio an der Seite erwischt hatte, kletterte aus dem Führerhaus.

John lag auf der Straße und war bewusstlos. Arme und Beine lagen in unnatürlichen Winkeln von ihm gestreckt da. Sein Herz schlug, wenn auch schwach, und er atmete, aber da war ziemlich viel Blut und es schien direkt aus seinem Kopf zu kommen.

Mat musste sich zusammenreißen, um nicht einfach wegzugehen.

Er traute sich nicht, John zu bewegen, und bei Gott, er wollte die Rückseite von diesem Kopf absolut nicht sehen.

Der Fahrer des LKWs redete auf Deutsch auf ihn ein. Mat verstand kein Wort. Dann hörte er endlich die Sirenen des Krankenwagens.

Es dauerte viel zu lange, bis die Sanitäter endlich da waren. Mat war mehr als nur erleichtert und machte ihnen Platz.

Er ging einige Schritte zurück und stieß mit Zoey zusammen, die mit offenem Mund und tränennassem Gesicht auf John herunterstarrte.

Er zog sie an sich und barg ihr Gesicht so an seiner Brust, dass sie John nicht weiter sehen musste.

"Sieh nicht hin, Baby, sieh nicht hin. Sie werden ihm helfen. Die Ärzte sind da und werden ihm helfen."

Sie murmelte etwas auf Deutsch, immer und immer wieder, wiederholte es wie ein Mantra. Ihr Körper zitterte unkontrolliert und ihr Schluchzen zerriss ihm das Herz.

Er legte ihr sein Jackett um die Schultern und hielt sie einfach fest in der Hoffnung, dass sie sich ein wenig beruhigen würde.

Ein zweiter Rettungswagen kam, untersuchte den Fahrer des LKWs und dann auch Zoey.

Sie gaben ihr ein leichtes Beruhigungsmittel, da sie nicht mehr aufhörte zu weinen und zu zittern. Mat machte sich extreme Sorgen und bat den Arzt, ihm etwas mitzugeben, damit sie schlafen konnte.

Kurze Zeit später kam die Polizei und nahm ihre Aussagen auf. Zoeys Gestammel war beinahe unverständlich und sie verlegten sich, wenn auch widerwillig, darauf mit ihm auf englisch zu sprechen.

Zwei Stunden später wurden sie nach Hause entlassen. Er brachte Zoey ins Hotelzimmer, legte sie ins Bett und deckte sie zu. Dann rief er Ryan an, weil er keine Ahnung hatte, wem er Bescheid geben sollte.

Ryan war genauso geschockt, wie er sich fühlte.

Er sagte ihm, dass er ihn gleich zurückrufen würde, wenn er mit Taylor gesprochen hatte.

Kurz darauf klingelte sein Handy. Es war Taylor.

"Fox?"

"Mat, hey, Taylor hier. Ryan hat mich angerufen. Wie geht es ihr?"

Er warf einen Blick zum Bett. Zoey starrte mit leerem Blick geradeaus.

"Nicht gut."

Taylor fluchte. "Okay. Ich rufe Johns Eltern an. Kannst du Zoeys anrufen? Die rasten aus, wenn es ihnen niemand sagt."

"Mach ich, danke Taylor", sagte er, nachdem er sich die Nummer notiert hatte.

"Sie soll mich anrufen, wenn sie kann." Mat versprach, es ihr auszurichten, und legte auf.

ZOEY

Sie hörte Mat reden. Mit Ryan, mit Taylor und mit ihren Eltern. Sie konnte sich nicht rühren, fühlte sich seltsam träge und schlapp. In ihrem Inneren war alles hohl, leer und völlig gefühllos.

Immer wieder sah sie John, das wütende Funkeln in seinen Augen, wie er aus der Parklücke stieß und aus dem Auto geschleudert wurde.

Und zu guter Letzt immer wieder das Bild von John, wie er mit seltsam deformierten Knochen auf der Straße lag und das viele Blut, das aus seinem Kopf sickerte.

Mat kniete sich vor sie, sprach mit ihr, aber sie sah nur, wie sich seine Lippen bewegten. Sie hörte seine Stimme nicht.

Seine Hand, die über ihre Wange streichelte, war wattig und nicht weich und warm, wie sie es gewöhnt war.

Er zwang sie, sich aufzusetzen und eine Tablette mit einem Schluck Wasser herunterzuspülen. Sie wusste nicht, was es war, und es interessierte sie auch nicht.

Mat würde wissen, was zu tun war, wie immer, wie schon den ganzen Tag über.

Dann dämmerte sie weg und genoss die herrliche Schwärze, die sie heimsuchte und die Bilder um sie herum vertrieb.

MATTHEW

Zoey schlief durch bis zum nächsten Mittag. Sie schlief so ruhig und reglos, dass er sich Sorgen um sie machte. Immer wieder prüfte er Atmung und Herzschlag, hatte Angst, dass der Arzt das Valium vielleicht zu stark dosiert hatte.

Er hatte Dave angerufen und ihm gesagt, was auf der kleinen Packung stand. Dieser hatte ihm versichert, dass es völlig normal sei.

Es beruhigte ihn ein bisschen, aber bei weitem nicht genug.

Als sie schließlich aufwachte, war er so erleichtert, dass seine Kehle zugeschnürt war und er kaum sprechen konnte.

"John?", war das erste, was sie sagte.

"Laut deinen Eltern sieht es nicht gut aus."

Sofort schwammen in ihren Augen wieder Tränen. Er hätte ihr so gern eine andere Antwort gegeben, aber es gab keine.

Er schlüpfte zu ihr ins Bett und zog sie an sich, hielt sie, während sie wieder weinte und schluchzte. Es riss ihm das Herz in Stücke, sie so leiden zu sehen.

Ihr Körper bebte und ihre zarten Hände krallten sich so fest an ihn, als hätte sie Angst, in ihren eigenen Tränen zu ertrinken.

Er hielt sie fest, murmelte beruhigende Nichtigkeiten, von denen er selbst wusste, dass sie nicht in Erfüllung gehen würden. Es würde nicht alles wieder gut werden.

Irgendwann schlief sie vor Erschöpfung ein und auch Mat war am Ende seiner Kräfte.

Er hatte seine Geschwister durch die Zeit nach dem Tod ihrer Mutter gebracht, aber in seiner Erinnerung war es deutlich einfacher gewesen, als das hier es war.

ZOEY

Am frühen Abend hatte sie mit Taylor telefoniert. Sie hatte geweint, während Mat sie hielt.

Taylor machte ihr keine Hoffnungen. John hatte unzählige Frakturen an seinen Gliedmaßen und seiner Wirbelsäule, aber das Schlimmste war das offene Schädelhirntrauma, das bereits kurz nach Einlieferung ins Krankenhaus dafür gesorgt hatte, dass er nicht mehr selbstständig atmete und sein Herz immer wieder aussetzte, sodass er an eine Herz-Lungen-Maschine angeschlossen auf der Intensivstation lag.

Gegen 22 Uhr hatten sie schließlich die schreckliche Gewissheit: John war tot. Die Ärzte konnten keine Gehirnströme mehr feststellen und seine Eltern hatten die lebenserhaltenden Maschinen abschalten lassen.

Für Zoey brach eine Welt zusammen. Sie fühlte sich schuldig und verloren zugleich. Ganz egal, wie oft Mat ihr sagte, dass es nicht ihre Schuld war, dass es nur ein schrecklicher Unfall gewesen war. Es half nichts.

Ihr Körper zittere unkontrolliert und ihre Lungen schienen ihren Dienst zu versagen.

Mat zwang sie; noch eine von den Tabletten zu nehmen, die der Notarzt ihm mitgegeben hatte.

Sie nahm sie, sehnte sich nach der Schwärze, die ihr eine kleine Verschnaufpause verschaffen würde.

Ihre Kehle war so zugeschnürt, dass die winzige, weiße Tablette kaum hindurchpassen wollte. Ebenso wenig das Wasser, von dem sie nicht nur einen Schluck, sondern das ganze Glas trinken musste.

Mat bettete ihren Kopf auf seiner Brust und streichelte in trägen Kreisen über ihren Rücken.

Sie hörte das Schlagen seines Herzens. Gleichmäßig und kräftig klopfte es, so wie Johns Herz es noch immer tun sollte.

Aber Johns Herz war verstummt.

MATTHEW

Zoey war kreidebleich, als sie am nächsten Tag zum Flughafen fuhren. Sie hatte noch kaum einen Ton gesagt und er konnte sie nicht dazu überreden, etwas zu essen. Nur widerwillig zwang sie das Glas Wasser hinunter, auf das er bestand.

Er war froh, als sie während des Fluges erneut einschlief. Im Schlaf sah sie friedlicher aus, nicht so stumpf, als wäre ihr Inneres mit John gegangen.

Er musste mit Dave reden, einen Weg finden, ihr zu helfen. Er konnte sie nicht mehr leiden sehen.

17 BEERDIGUNG

ZOEY

Sie hatte Angst. Sie hatte unglaubliche Angst davor, allein nach Deutschland zu fliegen, sich allein ihren und Johns Eltern zu stellen. Aber vor allem hatte sie Angst davor, allein vor Johns Grab zu stehen. Niemand an ihrer Seite, der sie stützen würde, der ihr Halt gab und an den sie sich anlehnen konnte.

Sie versuchte, Mat keinen Vorwurf daraus zu machen. Er hatte einen sehr wichtigen Gerichtstermin und manche Dinge ließen sich einfach nicht verschieben. Sie wusste das. Sie selbst war an der Beerdigung ihrer Großmutter auf der New York Fashion Week gewesen.

Dennoch fühlte es sich ein klein wenig wie Verrat an. Jetzt wo sie ihn so dringend brauchte, ließ er sie allein. Auch wenn es unfair ihm gegenüber war.

Er hatte sie in den letzten Tagen kaum aus den Augen gelassen und wenn es nicht anders ging, hatte er dafür gesorgt, dass jemand bei ihr war.

Aber sie hatte immer alles allein geschafft, also würde sie auch das allein schaffen.

Ihr Kopf hämmerte vor Schmerzen.

Sie hatte gehofft, dass Mat sie zumindest zum Flughafen bringen würde. Ihr ein letztes bisschen Kraft schenken würde, von der sie ein wenig zehren konnte.

Sie schloss ihren Koffer, setzte sich die Sonnenbrille auf und ging hinaus zu dem wartenden Taxi.

Der Fahrer verstaute ihr Gepäck, während sie sich mit zugeschnürter Brust auf den Rücksitz setzte.

Das alles kam ihr so unwirklich vor. Seit Tagen lag ihr Leben in einem seltsamen Nebel, der alles nur gedämpft zu ihr durchdringen ließ.

Die Tage vergingen in wirrem Chaos ihrer Gedanken, in dem sie immer wieder zu verstehen versuchte, wie das alles hatte passieren können.

Die Nächte verbrachte sie mit Albträumen, in denen sie immer und immer wieder mit ansehen musste, wie John in sein Auto sprang, mit dem LKW zusammenprallte und grausam durch die Luft geschleudert wurde.

"Wir sind da, Miss."

Sie hatte nicht mitbekommen, dass das Taxi gehalten hatte, aber als sie aufsah, erkannte sie den Schriftzug des Logan International Airports.

Sie bezahlte den Fahrer und stieg aus. Er reichte ihr den Koffer und sie ging in zögerlichen Schritten auf das Gebäude zu.

Als sie die große Glastür durchschritt, entdeckte sie Alexa und Jack. Alexa nahm sie sofort in die Arme und drückte sie fest an sich.

"Ich habe versucht, dich zu erreichen, aber dein Handy ist aus."

Zoey nickte. Sie hatte es ausgestellt, weil sie die Anrufe ihrer Mutter nicht mehr ertragen hatte. In ihrer eigenen Trauer hatte sie total verdrängt, dass John hier noch mehr Freunde hatte.

"Entschuldigung. Kommt sonst noch jemand mit?"

"Maya, Nina und Sky nicht. Wegen der Kinder und ihrer Schwangerschaft … und wegen ihrer überfürsorglichen Männer, wenn man ehrlich ist."

Alexa verzog das Gesicht.

"Was macht Brandon, und Lia?"

"Er arbeitet von zuhause aus."

"Hat er nicht …"

Alexa drückte ihre Schulter. "Es war nicht gerade meine leichteste Übung, aber ich fliege mit, aber übermorgen sofort wieder zurück."

Jack kam zu ihr und legte ihr einen Arm um die Schultern. "Jonas und Kiran sind gestern schon geflogen. Sie besuchen noch ihre Familie und bleiben auch noch eine Woche länger. Taylor holt Gregor ab, damit Julie das Auto zuhause hat."

Als sie Taylors Namen hörte, wurden ihre Knie vor Erleichterung ganz weich. Sie hatte ihre Freunde. Es war nicht das Gleiche wie Mat, aber sie würde es schaffen.

Zu dritt gingen sie zum Check-in der ersten Klasse. Sie war froh, dass die beiden ebenfalls dort gebucht hatten. Sie wechselten gerade in den Wartebereich, als sie ihren Namen hörte.

"Zoey!" Blitzschnell drehte sie sich um und erkannte Mat. Sofort rannte sie auf ihn zu.

Er fing sie auf und presste sie fest an sich. "Du bist hier", flüsterte sie dankbar.

"Ich hätte es dir früher gesagt, wenn du dein Handy nicht noch immer aus hättest." Sie hörte den leisen Tadel in seiner Stimme, aber im Moment zählte nichts mehr als seine starken Arme um ihre Mitte.

Als er sie wieder auf die Beine stellte, bemerkte sie den kleinen Koffer an seiner Seite.

"Was … ?"

"Es sind neue Beweise in meinem Fall aufgetaucht und die Verhandlung wurde vertagt. Wir müssen aber morgen gleich nach der Beerdigung zurückfliegen."

Verwirrt sah sie ihn an. Das alles war … unwirklich. "Mein Ticket …"

"Meine Sekretärin hat sich um alles gekümmert. Mach dir keine Sorgen, Baby. Wir schaffen das. Zusammen."

Tränen traten in ihre Augen. Zum ersten Mal in ihrem Leben hatte sie das Gefühl, nicht alles allein schaffen zu müssen.

"Ich liebe dich."

Sanft streichelte er ihre Wange, dann presste er seine Lippen auf ihre. "Ich liebe dich so viel mehr. Ich würde alles für dich tun."

MATTHEW

Sie kamen am frühen Abend in ihrem Hotel an. Mat hatte darauf bestanden, dass sie nicht bei ihren Eltern schlafen würden.

Noch mehr emotionalen Stress konnte Zoey bei Gott nicht brauchen. Er würde alles in seiner Macht stehende tun, um sie von ihnen fernzuhalten.

Inklusive einem sehr anstrengenden Telefonat mit ihrem Vater, in dem er ihm erklärt hatte, dass sie auf keinen Fall mehr zu ihnen nach Hause kommen würde und auch am nächsten Tag keine Zeit für einen Besuch wäre.

Er war froh darüber, dass Zoey in Zukunft weniger Zeit mit ihnen verbringen würde. Sie würde bei ihm sein und er würde dafür sorgen, dass es ihr gut ging.

Im Moment schlief sie wieder sehr unruhig in seinen Armen. Es brach ihm das Herz, dass er ihr nicht helfen konnte, dass sie so sehr leiden musste und er absolut machtlos war.

Mat konnte nichts anderes tun, als sie einfach nur festzuhalten.

Am Tag schien es ihr zu genügen, aber in der Nacht holten sie die Bilder immer wieder ein.

Er streichelte sanft ihren Rücken, rieb in gleichmäßigen Kreisen darüber und murmelte beruhigende Worte, bis sie wieder ein wenig tiefer in den Schlaf glitt.

Der kommende Tag würde die Hölle für sie werden. Mat wollte nichts mehr, als sie einfach nur packen und ganz weit wegbringen, damit sie all diesen Schmerz nicht über sich ergehen lassen musste.

Aber er wusste, wie wichtig es war, Abschied zu nehmen. Die Beerdigung seiner Mutter hatte ihm dabei geholfen, einen Abschluss zu finden und stark zu sein für Julien und Chloe.

Also musste er es zulassen. Er musste sie das durchstehen lassen und er dankte Gott dafür, dass er bei ihr sein konnte, um ihr zu helfen.

Irgendwann schlief auch er schließlich ein.

ZOEY

Es fühlte sich unwirklich an, als sie sich am nächsten Tag das schwarze Kleid überzog.

Es war, als würde das hier gar nicht wirklich passieren, als würde sie sich lediglich ein Bühnenoutfit überstreifen, um einen Job zu absolvieren.

Mat trat hinter sie und küsste sie auf die Schulter. "Du schaffst das, Princess."

Ja, er glaubte immer an sie, selbst wenn sie es nicht mehr konnte.

"Ich danke dir", flüsterte sie kaum hörbar.

Er schloss die Augen und kniff die Lippen zusammen. "Ich wünschte, ich könnte dir das abnehmen, aber ich kann es nicht."

Der Schmerz in seiner Stimme trieb ihr die Tränen in die Augen.

"Es reicht, dass du da bist."

"Immer, Zoey. Ich werde immer für dich da sein."

Sie glaubte ihm. Er hatte es schon oft gesagt, aber dieses Mal konnte sie ihm glauben. An ihn glauben und ihm vertrauen.

Er legte ihr einen Arm um die Taille und führte sie nach draußen. Es wurde Zeit. Zeit loszulassen und John gehenzulassen.

Der Gottesdienst war eine Qual.

Das Schluchzen der Anwesenden brannte wie Peitschenschläge durch ihren schützenden Nebel.

Der schlimmste Teil waren die Ansprachen der Angehörigen. All die kleinen Geschichten und lobenden Worte, die sich tief in ihre Seele schnitten und lauter klaffende Wunden hinterließen.

Ihr selbst fehlte die Kraft nach vorn zu gehen. Sie hatte Probleme zu atmen, von sprechen war keine Rede.

Das einzige, was sie davon abhielt zusammenzubrechen, war Mats Arm. Er presse sie fest an sich, gab ihr Halt, Wärme und Stärke. Er war das einzige, was sie hier hielt. Ihr Anker, der dafür sorgte, dass sie nicht unter all der Trauer begraben wurde.

Nach einem letzten Lied gingen sie gemeinsam hinaus auf den Friedhof, um Johns Sarg aus dem Leichenhaus zu holen.

Er war geschlossen und Zoey war froh darum. Die Bilder seines entstellten Körpers waren in ihrer Erinnerung noch real genug.

Gemeinsam folgten sie den Sargträgern über den gekiesten Weg.

Die Schritte von hunderten knirschten darauf und verursachten ihr eine Gänsehaut.

Am Grab angekommen sprach der Pfarrer noch einige Worte, die sie nicht verstand.

Sie drangen nicht durch diese kalte, wattige Schicht, die sie einhüllte.

Mat stand halb hinter ihr, stützte sie und gab ihr das einzige bisschen Wärme an diesem kalten Ort. Sie las die Inschriften auf den Kränzen durch den Tränenschleier in ihren Augen und das Zittern ihres Körpers verstärkte sich sofort.

Mat drückte sie leicht vorwärts und sie bemerkte, dass sie die nächste war, die Abschied von ihm nehmen musste. Wie in Trance ließ sie sich zu dem tiefen Loch schieben, in dem der Körper eines viel zu jungen Mannes lag, der dort nicht hingehörte.

Er hätte noch so viele Jahre leben sollen, er hätte glücklich sein und mit neunzig Jahren zufrieden einschlafen sollen.

Sie konnte die Worte nicht aussprechen, deshalb verabschiedete sie sich stumm.

Machs gut, John. Sei frei, sei glücklich. Ich liebe dich.

Auf ihr Nicken hin, schob Mat sie weiter und blieb einige Meter weit entfernt stehen.

Als sie sah, wie die Anwesenden Johns Eltern ihr Beileid aussprachen und dann auch zu ihr kommen wollten, flüsterte sie heiser: "Bitte, bring mich hier weg."

Mat reagierte sofort. Er drehte sie um und führte sie fort von diesem Ort, der viele kleine Narben auf ihrem Herzen hinterlassen hatte.

MATTHEW

Er brachte sie direkt zum Flughafen. Sie weinte während der gesamten Fahrt und der Wartezeit im Flughafen stumme Tränen, die ihn unglaublich traurig machten. Zoey schlief den ganzen Flug über ruhig und erschöpft. Er hasste es, dass er sie zum Landeanflug wecken musste und er hasste es noch viel mehr, dass er sie an diesem Nachmittag würde alleine lassen müssen.

Zuhause angekommen brachte er sie sofort ins Bett. Sie sah so ausgezehrt aus, als hätte ihr jemand einen Teil ihrer Seele geraubt.

Er rief Ryan und Shane an, bat sie, ihren Frauen Bescheid zu geben, damit sie bei ihr waren, während er zu Gericht musste.

Die beiden kamen nur eine halbe Stunde später. Er zeigte ihnen den Weg und beobachtete vom Türrahmen aus, wie sie sich zu ihr ins Bett legten, sie umarmten und gemeinsam weinten.

Mit einem dicken Klos im Hals verließ er sie. Er rieb sich über den Nacken und versuchte, das Brennen in seinen Augen zu vertreiben.

Er wollte sie nicht allein lassen und doch hatte er das Gefühl, dass sie ihre Freundinnen jetzt noch mehr brauchte als ihn.

Maya und Sky sahen ausgezehrt wie Zoey aus, als er am Abend zurück nachhause kam.

"Sie schläft", sagte Maya leise und umarmte ihn dann fest.

Auch Sky presste ihn kurz an sich, dann verließen sie sein Haus.

Mat zog sich aus und legte sich neben sie. Sie schmiegte sich an ihn, als er seine Arme um sie legte. Er würde sie halten, ganz egal wie lange es dauern würde.

Ihren gleichmäßigen Atemzügen lauschend schlief er schließlich selbst irgendwann ein. Die letzte Woche hatte sie beide fertig gemacht und es würde eine Weile dauern, bis ihre Reserven wieder aufgetankt waren.

18 NEUES LEBEN

MATTHEW

Es hatte zwei Wochen gedauert, ehe Zoey endlich wieder ruhig schlief. Den ersten paar Nächten traute er dem Frieden nicht, dachte, dass sie vielleicht nur zu erschöpft war, um sich weiter Nacht für Nacht zu winden.

Aber es schien ihr wirklich besser zu gehen. Sie lächelte wieder mehr und sah erholter aus.

Wenn er sie am Morgen verließ, hatte sie keine Augenringe mehr und wenn er am Abend zurückkam, sah sie nicht aus, als hätte sie den halben Tag geweint.

Sie traf sich viel mit ihren Freundinnen und vor allem mit Taylor. So ungern er es wahrhaben wollte, es schien ihr gut zu tun und das war alles, was zählte.

Sie sollte glücklich sein und sich nicht in der Trauer vergraben.

Sie hatte ihm erzählt, dass sie viel mit Tia, Kyle und Julie sprach, dass es ihr gut tun würde und der Druck auf ihrer Brust von Tag zu Tag ein bisschen weniger wurde.

Man sah es ihr an und es tat ihm unglaublich gut, sie lachen zu hören und zu sehen, wie sie kleine Scherze machte.

"Hey Princess." Er lehnte im Türrahmen zum Wohnzimmer und hatte sie einen Moment lang beobachtet.

"Hey!" Ihre blauen Augen funkelten, als sie zu ihm aufsah.

"Hast du Hunger? Ich hab was vom Inder mitgebracht", sagte er und schlenderte zu ihr, um sich einen Kuss zu stehlen.

Sie sah unglaublich heiß aus. Die zerrissene, ausgeblichene Jeans zeigte kleine Ausschnitte ihrer schönen, gebräunten Beine und das viel zu große pinke T-Shirt mit abgeschnittenem Kragen hing ihr locker über der rechten Schulter.

Wahrscheinlich waren es irgendwelche sauteuren Designer Klamotten, auch wenn es nicht so aussah.

Sie stand auf und kam ihm die letzten Schritte entgegen. Dann schlang sie die Arme um seinen Nacken und küsste ihn zärtlich.

"Was ist das?", fragte er und zupfte an dem wirren Haarknoten an ihrem Hinterkopf. Er liebte ihre blonde Mähne am meisten wenn sie sie offen trug und sie über seine nackte Haut strich.

"Was ist was?"

"Was du da mit deinen Haaren gemacht hast", stellte er klar und selbst in seinen Ohren klang es anklagend.

Im Gegensatz zu vor ein paar Wochen verunsicherte sie das aber nicht.

Sie nahm ihm die Tüte vom Inder ab und lachte. "Man nennt es Mode, Mat."

Dann schlenderte sie vor ihm her in die Küche. War ihr Arsch noch besser geworden oder war es diese Jeans?

"Nicht jeder Trend ist gut, Zoey. Denk an die 80er und ihre Dauerwellen!"

Sie lachte nur weiter und holte die Teller aus dem Schrank.

Er trat dicht hinter sie, fasste sie an den Hüften und presste sich an ihren entzückenden Arsch.

Dann küsste er sie auf den Nacken.

"Kann es sein, dass der immer noch hinreißender wird?", raunte er und rieb seinen härter werdenden Schwanz an ihr.

"Er wird vor allem *immer* dicker, weil du mich so mästest! Es sind fast vier Kilo, seit ich hier bin!"

Vier Kilo, die ihr ganz ausgezeichnet standen. Sie war immer noch dünn, aber nicht mehr ganz so knochig.

Er küsste erneut ihren Nacken und legte seine Hände um ihre Brüste. Sanft drückte er sie, während er sich weiter an ihr rieb.

Das Knurren ihres Magens zerriss die Stille im Raum.

"Dein Magen knurrt?", fragte Mat belustigt.

"Er ist ein elender Verräter und hat sich auf die Seite des Bösen geschlagen!", schimpfte sie gespielt.

Mat tätschelte ihren Bauch. "Guter Mann, der weiß, was richtig ist."

Sie gab ihm einen Klaps auf die Hände und scheuchte ihn zum Tisch.

"Wie war dein Tag?", fragte sie, als sie sich gegenüber saßen.

"Langweilig. Verträge überarbeiten ist nicht gerade meine Lieblingsbeschäftigung."

"Und wie läuft es mit deiner neuen Sekretärin?"

"Ganz gut. Ich versuche, freundlich und geduldig zu sein, wie du es vorgeschlagen hast. Sie zuckt mal nicht so viel wie die anderen."

Zoey lachte. "Wie heißt sie denn?"

"Ähm …"

"Mat!"

"Was denn? Es fällt mir bestimmt gleich wieder ein!" Würde es nicht, er hatte keinen blassen Schimmer, wie sie hieß, aber das würde er nicht zugeben.

"Und was hast du heute gemacht?"

Sie schnaubte und hatte sein zugegebenermaßen nicht sonderlich geschicktes Ablenkungsmanöver durchschaut. "Nachgedacht."

Er zog eine Augenbraue nach oben.

"Was ich machen will. Über die Zukunft."

Sein Magen zog sich ein klein wenig zusammen. Er hatte sich vor dem Tag gefürchtet, an dem sie ihm sagen würde, dass sie zurück auf den Laufsteg wolle, um ihre letzten Jahre zu absolvieren.

"Und?", fragte er vorsichtig und legte seine Gabel beiseite.

Zoey nicht. Sie aß einfach weiter, als würde ihr sein Unbehagen überhaupt nicht auffallen.

"Ich glaube, ich will nicht zurück auf den Laufsteg", sagte sie, und als Mat erleichtert ausatmete, sah sie auf. "Du hast dir Sorgen gemacht", stellte sie mit gerunzelter Stirn fest.

Dann legte auch sie ihre Gabel beiseite.

"Ein wenig. Mir gefällt die Vorstellung nicht sonderlich, dass du über Wochen hinweg quer durch die Welt reist und nicht bei mir bist", gab er ehrlich zu.

Die Vorstellung gefiel ihm nicht nur nicht, sie trieb ihn fast in den Wahnsinn, aber er wollte ihr nichts vorschreiben, wollte ihr nichts nehmen, woran sie Freude hatte.

Zoeys Lächeln wurde sanft. "Mir auch nicht. Ich will nicht allein reisen, dich nur am Telefon zu hören bekommen, oder nachts von dir träumen, wenn ich das alles auch in echt haben kann. Ich will bei dir sein."

Über den Tisch hinweg griff er nach ihrer Hand und küsste sie sanft.

"Ich gebe zu, ich bin ein klein wenig erleichtert. Hast du deinen Agenten schon angerufen?"

Zoey schüttelte den Kopf.

"Dann mach es am besten sofort", schob er hinterher, bevor sie es sich noch einmal anders überlegte.

"Es ist ein Uhr nachts in Deutschland, Mat."

"Oh … aber diese Modewelt arbeitet doch rund um die Uhr und …"

"Mat", unterbrach sie ihn sanft. "Ich werde es mir nicht

anders überlegen. Ich glaube … ich habe vielleicht einen Plan."

"Vielleicht?"

"Ich werde Antonio fragen, ob er mich in ein paar Modelkarteien hier in Boston bringen kann. Ich will nicht mehr auf den Laufsteg, aber als Fotomodel würde ich doch gerne noch ein bisschen nebenbei arbeiten."

"Nebenbei?" Er war so angespannt, dass es beinahe unmöglich schien, ganze Sätze zu bilden.

Sie nahm ihre Gabel wieder auf und schob das Essen auf ihrem Teller hin und her. "Ich möchte etwas mit meinem Leben anfangen, ich möchte etwas bewirken, weißt du was ich meine?"

Diesen Wunsch konnte er mehr als nur nachvollziehen. "Ja, das ist genau der Grund, der mich dazu bewogen hat, Anwalt zu werden."

Sie sah ihn verwundert an.

"Ja … ich weiß, was ich jetzt mache, passt nicht dazu."

"Erzähl mir davon", bat sie.

Mat atmete schwer durch.

Es war eigentlich nichts, worüber er gerne sprach, aber er wollte Zoey für immer in seinem Leben haben, also musste sie alles über ihn wissen.

"Unser Vater war ein eifersüchtiges, krankes Wesen. Er trank zu viel und verprasste Unmengen Geld beim Spielen. Er hat uns die meiste Zeit einfach ignoriert und meine Mutter abwechselnd mit seiner Liebe erdrückt und sie dann wieder beschimpft und geschlagen."

Zoey sah ihn so entsetzt an, dass es ihm leid tat, überhaupt damit angefangen zu haben.

"Schlussendlich hat er sie umgebracht. Er hat sie erwürgt, mit seinen eigenen Händen."

Sie keuchte auf. Mat griff nach ihrer Hand. "Er ist im Gefängnis, wo er hingehört. Aber er hätte dort schon viel früher sein sollen. Er hatte schon einiges auf dem Kerbholz, Körperverletzungen unter anderem. Aber irgendwie hat er es immer geschafft, sich herauszuwinden.

Ich hatte schon lange vorher beschlossen, dass Kerle wie er nicht frei herumlaufen dürfen und ich deshalb Anwalt werden wollte."

Er griff sich an die Nasenwurzel und versuchte, seine Gedanken zu sortieren.

"Ich war damals 22, hatte mein Grundlagenstudium bereits abgeschlossen und mich auf Recht spezialisiert. Gott sei Dank habe ich von meinen Eltern niemals Unterstützung erwartet und habe mir ein Vollstipendium erarbeitet. Das, zusammen mit dem Geld aus der Lebensversicherung meiner Mum, hat ausgereicht, um mit Julien und Chloe über die Runden zu kommen, bis ich einen Job hatte."

"Es muss hart gewesen sein."

Zoeys Stimme war mitfühlend, aber sie sollte sich keine Gedanken um ihn machen.

Es war alles gut gegangen und heute war er stolz auf das, was er erreicht hatte: eine gut laufende Kanzlei, tolle Freunde, eine schräge Familie und eine erstklassige Freundin.

"Ja, sehr. Ich hatte eine kleine Schwester, die es sich zur Lebensaufgabe gemacht hat, mir den letzten Nerv mit ihren wahnsinnigen Aktionen zu rauben, und einen kleinen Bruder, der alles verleugnete und lieber so tat, als wären die beiden einfach nie da gewesen und das Leben so total entspannt ist. Aber hey, ich liebe sie."

Zoey grinste. "Wie hast du das mit der Kanzlei hinbekommen?"

"Ich habe noch als Strafverteidiger gearbeitet und leider schnell gemerkt, dass ich damit niemals genug verdienen würde, um das Studium für Julien und Chloe zu finanzieren. Aber ich wollte, dass sie studierten, ich wollte, dass ihnen alle Wege offenstanden. Also habe ich mich nebenberuflich selbstständig gemacht."

Sie sah ihn zweifelnd an.

"Ist es nicht schwer, als neuer Einzelkämpfer Fuß zu fassen?"

"Doch, natürlich. Ich kannte Ryan damals schon ein paar Jahre von Fire&Ice und er hat mir immer mal wieder Arbeiten zugeschoben. Vor allem Sachen, wo er eine Meinung von jemandem wollte, dem er vertraute. Es hat sich rumgesprochen, dass JB-Industrials mit meiner Kanzlei zusammenarbeitet, und schneller, als ich schauen konnte, hatte ich volle Auftragsbücher und konnte meinen Job kündigen."

"Ja, Namen und Beziehungen öffnen Türen."

Mat nickte. "Ohne ist es beinahe chancenlos." Er deutete auf ihr Essen. "Genug furchtbares für einen Abend. Iss jetzt, bevor es kalt ist!"

Zoey grinste ihn an. "Dir ist aber klar, dass ich, auch wenn ich nur noch als Fotomodel arbeite, auf meine Figur achten muss?" Dann aß sie aber weiter.

"Es gibt einen Unterschied zwischen auf seine Figur achten, wie ich es tue, und sich aushungern, wie du es tust."

"Business Baby. Meine Art von harter Arbeit", sagte sie zwinkernd, weil sie genau wusste, dass er gegen harte Arbeit nichts sagen würde.

Weibsstück!

"Also, ich habe meinen Plan, die Welt zu retten und etwas zu tun, mit dem ich etwas bewirke, versaut. Wie sieht dein Plan aus, vielleicht kann ich Prognosen abgeben", sagte er zwischen zwei Bissen.

Als sie ihre Gabel beiseitelegen wollte, schüttelte er den Kopf. "Erzähl es mir, während du isst."

"Du weißt, dass du für mich nicht auch noch den Daddy spielen musst?"

Er zuckte mit den Schultern. "Alte Angewohnheit. Und jetzt erzähl!"

"Ich habe Luces Jungs kennengelernt und viel Zeit mit Tia und ihnen verbracht, seitdem ich hier bin. Die Idee von Luce ist einfach klasse, aber ich finde es so schade, dass es so wenige sind, denen er helfen kann."

Mat runzelte die Stirn. Ganz konnte er ihr nicht folgen.

"Ich würde gern eine Art … hm … Freizeithaus aufmachen. Du weißt schon, einen Ort, wo die Kinder und Jugendlichen hingehen können, damit sie nicht auf der Straße sein müssen."

"Und was willst du da mit ihnen machen?"

"Ihnen einfach einen Platz geben, an dem sie sich entspannen können, vielleicht auch zum Lernen und kleine Kurse anbieten."

"Kurse? Und … diese Kinder haben nichts, Zoey. Sie können nichts bezahlen."

"Es soll auch nichts kosten. Es soll auf freiwilligen Helfern basieren. Ich habe gefühlt eine Million Tanzstunden hinter mir, ich kann ihnen die Grundlagen zeigen, Choreografien einstudieren. Vom klassischem Ballett bis Urban Dance habe ich so ziemlich alles schon mal gemacht."

"Also eine Tanzschule?"

"Nein. Viel mehr als das. Taylor würde mir bestimmt helfen. Er könnte mit ihnen Kickboxen trainieren. Er hat in Deutschland auch jahrelang Gruppen in einem Verein geleitet. Vielleicht könnten sie in Luces Werkstatt auch lernen, an den Autos zu basteln."

Die Idee gefiel ihm. Zoey erzählte begeistert weiter und vergaß darüber das Essen, aber es war ihm egal. Sie sah so zufrieden aus, dass ihm das Herz schwer wurde.

"Und wie willst du es finanzieren, wenn nicht über die Kinder?"

"Über Spenden. Es sollte nicht so schwer sein. Ich kenne unglaublich viele, unglaublich reiche Menschen. Und Namen öffnen nicht nur Türen, sondern auch Geldbörsen, das weißt du."

Sie zwinkerte ihm zu. Sie hatte recht. Mit den richtigen Partnern könnte es wirklich funktionieren.

"Worauf wartest du?"

Zoey biss sich auf die Lippe. "Sie werden nicht einfach so zu mir kommen, nur weil ich mir einbilde, ihre Welt besser machen zu wollen.

Mat nickte. Er wusste, wie verschlossen Menschen neuem gegenüber sein konnten.

"Wenn allerdings jemand wie Luce dahinterstehen würde …"

Mat lehnte sich auf seinem Stuhl zurück.

"Da wirst du es ziemlich schwer haben."

"Das habe ich schon befürchtet … vielleicht könntest du mal mit ihm reden?"

"Das wird nichts bringen. Du musst Tia auf deine Seite bringen und dann mit ihm persönlich reden. Du darfst deine Idee zur Finanzierung nur am Rande einfließen lassen und so viel wie möglich mit den Kids argumentieren. Das macht ihn vielleicht mürbe."

Zoey strahlte. "Aber du glaubst, dass es funktionieren könnte!"

"Ja, das tue ich. Ich finde die Idee großartig. "Und das wirklich nicht nur, weil es hieß, dass sie bei ihm bleiben würde … wobei dieser Aspekt nicht ganz unwichtig bei seiner Begeisterung war.

Sie kam um den Tisch herum, setzte sich auf seinen Schoß und schlang ihm die Arme um den Hals. "Ich danke dir."

"Wofür? Ich habe nichts gemacht."

Ihr Lächeln wurde sanft. "Dafür, dass du mich liebst, wie ich bin, mich unterstützt und mir Mut machst. Ich liebe dich, Mat."

Ihre Augen sagten das gleiche wie ihre schöne Stimme, die direkt in sein Herz drang. Sie war so glücklich, so schön, so vollkommen. "Ich liebe dich mehr, als es Worte jemals ausdrücken könnten."

Er drückte sie an sich, bewunderte den weichen Schwung ihrer rosanen Lippen. Sanft küsste er sie, genoss das Gefühl und ihren Geschmack. Er war sich sicher, dass er davon niemals genug bekommen würde. Dass er von Zoey niemals genug bekommen würde.

Sein Herz begann zu rasen, als sie ihre Lippen von seinen löste.

Der Gedanke, der sich in seinem Kopf formte, jagte Adrenalin durch seinen Körper.

"Heirate mich!", platzte er heraus, noch bevor sein eigener Kopf dieses Bedürfnis verarbeitet hatte.

Sie starrte ihn mit großen Augen an. Augen, die so schön waren, dass er sich immer wieder darin verlieren konnte.

Ja, er war sich absolut sicher. Zoey war perfekt für ihn und die Frau seiner Träume. Er wollte sie für immer an seiner Seite haben.

"Bitte, Zoey. Heirate mich, werde meine Frau, meine Familie."

Ihre Augen füllten sich mit Tränen, aber er machte sich keine Sorgen darüber, weil er das Glück in ihnen sah, das sie empfand.

Er legte ihr eine Hand an die Wange und streichelte sie zärtlich mit seinem Daumen. "Ich liebe dich und ich will kein Leben ohne dich."

Sie nickte stumm und presste ihre Lippen dann fest auf seine. Als sie ihren Mund öffnete, um seine Zunge hineinzulassen, schmeckte er das Salz ihrer Tränen und die Süße ihrer Lippen.

Nichts hatte je besser geschmeckt und würde es auch nie wieder.

"Sag es! Sag, dass du meine Frau sein willst", flüsterte er an ihren Lippen.

"Ja ich will. Ich will dich heiraten, ich will deine Frau und deine Familie sein."

Er schloss sie fest in seine Arme, presste sie an sich und sog tief ihren Duft ein.

Das Rasen seines Herzens hatte nicht nachgelassen. Es raste noch immer für sie und das würde sich auch niemals ändern.

19 VERLOBUNGSPARTY

ZOEY

Eine Woche später, am Samstagabend, trafen sie sich alle in Chris Club, um Zoeys und Mats Verlobung zu feiern. Zoey klopfte das Herz bis zum Hals. Sie wusste nicht einmal genau warum, aber irgendwie machte sie der Gedanke, dass jeder sie darauf ansprechen würde, nervös.

"Sei nicht so angespannt, Princess. Es sind nur unsere Freunde." Mat küsste sie auf die Schläfe.

Er hatte recht ... aber es half nichts! Sie versuchte zu lächeln.

Mat legte je einen seiner Zeigefinger auf ihre Mundwinkel und zog sie nach unten.

"Das will ich nicht sehen. Du kannst die anderen so anlächeln, aber mich nicht, verstanden?"

Jetzt musste sie wirklich grinsen. Er kannte sie einfach zu gut.

"Viel besser. Und jetzt hab einfach Spaß, sie wollen nur mit uns feiern."

Sie legte eine Hand in seinen Nacken und zog ihn zu sich, um ihn lange und tief zu küssen, was er nur allzu gerne zuließ.

Mat schlang seine Arme um sie und presste sie fest an sich, während er sie leidenschaftlich zurückküsste.

Die Pfiffe und das Lachen ihrer Freunde rissen sie zurück in die Realität.

Lächelnd lehnte sie ihre Stirn an seine Brust.

"Ja, ja, das reicht wieder. Kümmert euch um eure eigenen Frauen!", rief Mat lachend in die Runde.

Eine Bedienung kam vorbei und brachte ihnen Champagner.

Taylor stellte sich unter Chris' kritischen Blicken auf einen der Beistelltische.

"Das ist kein Poledance Podest, Taylor!", protestierte er.

"Nur einen Moment!" Er hob sein Glas. "Einen Toast auf dieses süße, verliebte Pärchen. Da haben sich definitiv die Richtigen gefunden, auch wenn du mir damit meine Plan B-Ehefrau weggeschnappt hast, Mat!"

"Plan B!", schnaubte Mat. "Du hättest sie gar nicht verdient!"

Taylor grinste breit. "Wo du recht hast, hast du recht. Auf jeden Fall freue ich mich sehr für euch! Herzlichen Glückwunsch zur Verlobung. Und du, Süße, du hast es mehr verdient als jeder andere."

Zoey hatte Tränen der Rührung in ihren Augen. Taylor kam zu ihr, küsste sie auf die Wange und drückte sie an sich.

"Ich liebe dich", flüsterte sie ihrem besten Freund zu.

"Weiß ich doch, Süße. Ich liebe dich auch. Werde einfach glücklich, dann bin ich es auch."

"Gut, gut, genug gekuschelt", brummte Mat und zog sie an seine Brust, während er Taylor die Hand schüttelte.

MATTHEW

"Du bist ganz schön verliebt, großer Bruder", sagte Chloe, hakte sich bei ihm unter und lehnte ihre Wange an seine Schulter.

"Ja, das bin ich."

Chloe lachte und tätschelte seine Brust.

"Ich freu mich für dich. Du hast es verdient."

Mat küsste sie auf die Stirn. "Ich würde mich freuen, wenn du dich bei Zoey entschuldigen würdest."

Sie verzog das Gesicht. "Muss das sein? Es funktioniert jetzt doch alles zwischen uns."

"Ja, aber Zoey nimmt sich solche Dinge sehr zu Herzen und vergessen hat sie es bestimmt noch nicht."

Chloe verdrehte die Augen.

"Nur für dich." Dann drehte sie sich wortlos um und ging zurück zu Ash.

Mat sah sich nach Zoey um, sie unterhielt sich etwas abseits mit Tia. Sie konnte sich wohl doch dazu überwinden, ihr endlich von ihrem Plan zu erzählen. Tia wirkte konzentriert, aber nicht abgeneigt. Wie auch, wo die Idee doch wirklich klasse war.

Er sah sich in der bunt gemischten Menge um. In den letzten Jahren hatte sich einiges verändert. Noch vor vier Jahren wären Fire&Ice hier gesessen, hätten sich mit einem ganzen Haufen leichter Mädchen umgeben, zu viel getrunken und noch mehr gefeiert.

Fire&Ice war immer noch vollzählig anwesend, aber es waren viele neue Menschen dazugekommen, die er mittlerweile auch zu seiner erweiterten Familie zählte.

Zum einen natürlich die Frauen seiner Freunde, die Setarips und Luces Jungs. Zum anderen zählte er aber auch Brian, Ash und Destiny, sowie Justin und Candy dazu.

Er lächelte bei dem Gedanken an diese eingeschworene Gemeinschaft, die immer füreinander da waren.

"Glückwunsch", sagte Joey und schlug ihm eine große Hand auf die Schulter.

"Danke. Wo ist Kyle?"

Joey verzog das Gesicht. "Hat sich gedrückt, indem sie angeboten hat, mit Nina und Julie den Fire&Ice Gruppenkindergarten zu führen."

Mat grinste. Manches würde sich nie ändern und manche Frauen waren für diese geballte Portion Freundeskreis einfach nicht gemacht.

"Besser so."

"Da hast du recht. Sie hätte sich nur den ganzen Abend unwohl gefühlt."

Mat nickte und suchte noch einmal nach Zoey. Immer noch bei Tia. Das war ein gutes Zeichen.

"Und wann kommst du jetzt endlich mal vorbei?"

"Vorbei?", fragte Mat verwirrt.

"Du brauchst doch ein Tattoo für deine Süße", sagte Joey zwinkernd.

"Nie im Leben. Ich würde Julien für diese schwachsinnige Idee gern immer noch umbringen."

Etwas an Joeys Gesichtsausdruck veränderte sich.

"Joey …", knurrte er.

Er trat einen Schritt zurück. "Es war *deine* Idee! Bist du verrückt geworden? Wie kannst du ihm sowas nur einreden!", schnauzte Mat.

Joey rieb sich über den breiten Nacken. "Es war mehr so eine gemeinschaftliche Idee …" Er sah sich ein wenig panisch nach Hilfe um. "Oh, hallo Destiny!", rief er dann und eilte davon.

Tia ging lächelnd zusammen mit Luce zur Bar, was hieß, dass Zoey erfolgreich gewesen sein musste. Mat entdeckte sie bei den Treppenabgängen, die sie gerade mit ihren vier neuen Beschützern hinabstieg.

Verwirrt runzelte er die Stirn. Ein Gespräch mit Tia konnte sie wohl kaum so aufgeregt haben, dass sie deshalb gleich zum Rauchen flüchten würde.

Er stieß sich von der Bar ab, wimmelte Dave und Ryan ab, die mit ihm sprechen wollten, und folgte den Fünfen hinaus in den Raucherbereich.

Anders als erwartet sah Zoey aber nicht durcheinander oder verzweifelt aus. Sie rauchte noch nicht einmal. Sie lachte, ein echtes Lachen, während sie sich mit Luces Jungs unterhielt.

Er beobachtete sie einen Moment lang, doch die Szenerie änderte sich nicht. Sie war einfach nur glücklich, entspannt und zufrieden, so wie er sie eindeutig am liebsten mochte.

Er trat hinaus und genoss das offene Lächeln, das sie ihm schenkte.

Kaum bei ihr angekommen schlang sie ihre Arme um seine Mitte und lächelte zu ihm auf.

"Was machst du denn hier draußen, Princess?"

Der Ausdruck in ihren Augen wurde noch weicher. Dann strich sie mit einer Hand die Falte zwischen seinen Augenbrauen glatt. "Du hast dir schon wieder Sorgen um mich gemacht."

Er lächelte schief.

"Mir war einfach nur heiß vom vielen Champagner und vor Aufregung, weil Tia meine Idee gefällt."

"Du hättest mir Bescheid sagen können, ich hätte dich begleitet."

"Nicht glucken, Boss. Deine Lady ist bei uns hervorragend aufgehoben!", sagte Sandro und grinste breit.

Ernst antwortete er: "Ich weiß. Danke." Alle Vier nickten ebenso ernst zurück.

"Ihr seid furchtbar! Hört auf damit!", jammerte Zoey und zog ihn dann an seinem Nacken nach unten, um ihn kurz … zu kurz … zu küssen.

"Und jetzt lass uns reingehen und feiern."

Mat war ganz ihrer Meinung, also legte er ihr einen Arm um die Schultern und führte sie zurück zu ihrer Verlobungsparty.

ZOEY

Mat küsste sie leidenschaftlich, als sie in den frühen Morgenstunden im Taxi nach Hause saßen. Seine Lippen lösten sich von ihren und er küsste sich von ihrem Mund über ihr Kiefer hin zu ihrem Ohr.

"Ich muss schon die ganze Zeit darüber nachdenken,

wie herrlich einfach es wäre, dich in diesem Kleid zu ficken, Princess … hast du es deshalb angezogen?"

Zoey lachte leise. Sie liebte es, wenn er so dreckig mit ihr sprach.

"Es könnte sein, dass das zur Kaufentscheidung geführt hat", gab sie leise zurück und knabberte an seinem Ohrläppchen.

Sie wusste, dass es ihm immer gut gefiel, wenn sie kurze Kleider trug, und sie liebte es, dass er es ihr so deutlich zeigte.

"Wenn du mich um den Verstand bringen wolltest, du hast es geschafft."

Er nahm ihre Hand und drückte sie gegen die Beule in seiner Hose. "Du hast Glück, dass wir gleich da sind …", raunte er und rieb mit ihrer Hand über seinen harten Schwanz. "Ich könnte sonst nicht garantieren, dass ich noch so lange warten kann."

Sie stöhnte unterdrückt an seinem Ohr, liebte seine Begierde und was sie in ihr auslöste.

Als das Taxi endlich hielt, stieg sie schnell aus und lief zum Haus, während Mat noch bezahlte.

Sie hatte bereits aufgeschlossen, als Mat hinter sie trat und durch die offene Tür drängte. Er warf sie hinter sich zu und drängte Zoey sofort dagegen. Eine Hand legte er unter ihr Kinn an den Hals und drückte ihren Kopf in den Nacken. Dann küsste er sie ausgehungert, dass sie weiche Knie bekam.

Seine zweite Hand schob sich zwischen ihre Beine und er knurrte an ihrem Mund, als er auf ihre nasse Mitte traf.

Mit einem Ruck zerriss er den dünnen String und schob zwei Finger in sie.

Sie stöhnte in ihren Kuss hinein und Mat löste seine Lippen von ihren.

"Verdammt, Mädchen … wie kann eine Frau so heiß sein?", raunte er, während er seine Finger heftig in sie stieß. Er ließ sie nicht los, der Griff an ihrem Hals war nicht eng, aber fixierte sie unerbittlich an der Tür, während seine Finger immer schneller in sie hinein- und aus ihr herausglitten.

Alles in ihr zuckte, sie spürte die viele Feuchtigkeit und genoss Mats Blick, der jeden Millimeter von ihr zu scannen schien.

"Oh Gott … Mat … ", stöhnte sie und klammerte sich hilflos an seine breiten Schultern.

Abrupt zog er seine Finger aus ihr zurück.

Sie wollte sich schon beschweren, da hörte sie das Rascheln seiner Hose.

Es kostete sie alle Mühe, einfach aufrecht stehenzubleiben, bis sie endlich wieder seine Hände auf sich spürte.

Er hob sie an und Zoey schlang reflexartig Arme und Beine um ihn.

Mit einem einzigen harten Stoß versenkte er sich bis zum Anschlag in ihr und begann, ohne einen Moment innezuhalten, sich hart in ihr zu bewegen.

Sie stöhnte an seinem Hals, klammerte sich an ihm fest, während er sie Stoß für Stoß gegen die Tür presste.

"Du bist so verdammt heiß, Zoey", keuchte er. "Ich bekomme nicht genug davon, ich will dich jede verdammte Minute ficken …" Sein eigenes Stöhnen unterbrach ihn. "Ich muss tief in dir sein … dann ist es perfekt, Zoey", sprach er keuchend weiter, dann beschleunigte er nochmal seine Bewegungen.

Ihr Körper pulsierte. Jeder einzelne seiner Stöße schien bis in ihren letzten Winkel vorzudringen.

"Heilige Scheiße … verdammt …" Er keuchte, schlug auf ihren Arsch und griff dann mit beiden Händen schmerzhaft fest hinein.

Dann stieß er sie über die Klippe zu ihrem Orgasmus. Bunte Lichtblitze zuckten vor ihren Augen und sie klammerte sich laut schreiend an ihn.

Mat kam mit ihr, stöhnte ihren Namen und klammerte sich an ihr fest. Dann sank er erschöpft gegen sie.

Es dauerte lange, bis sie ihre Beine an ihm hinabgleiten lassen konnte. Ihr Atem hatte sich nur ganz allmählich beruhigt und ihr Puls raste noch immer.

"Ich muss öfter Shoppen", sagte sie und lächelte ihn entspannt an. Er sah absolut hinreißend aus mit diesem befriedigten Lächeln auf dem Gesicht.

Er beugte den Kopf zu ihr und küsste sich ihren Hals entlang zu ihrem Ohr.

"Das Kleid gefällt mir … aber noch besser gefällst du mir nackt. Ab ins Bett mit dir, Princess, ich habe noch lange nicht genug von dir."

Lächelnd bückte sie sich, zog seine Hose nach oben und hielt ihn am Gürtel fest.

"Na dann los, die Nacht ist noch jung", sagte sie.

20 EPILOG

MATTHEW

"Du schaffst das, Princess! Deine Idee ist genial und Luce wird es genauso sehen!"

Sie biss nervös auf ihrer Unterlippe herum. Immer wenn sie es zuließ, dass er sah, was wirklich in ihr vorging, musste er sich beherrschen, sich nicht tarzanlike auf die Brust zu trommeln.

Er hatte es geschafft. Er hatte sie dazu gebracht, all ihre Masken abzulegen, ihm zu vertrauen und ihm zu zeigen, wie es ihr wirklich ging.

Natürlich funktionierte das nicht immer. Spätestens jeden zweiten Tag musste er sie ermahnen, sich nicht vor ihm zu verstecken.

Und vor anderen Menschen stand das völlig außer Frage. Sie war immer noch genau das, was ihr Gegenüber von ihr erwartete, aber es störte ihn nicht, weil er die echte Zoey hatte.

Er hatte dieses einmalige Wesen für sich, das in seinen Augen perfekter nicht hätte sein können. Vielleicht würde sie es irgendwann ganz aufgeben, sich hinter etwas zu verstecken, was sie nicht war.

Wenn nicht, dann sollte alle Welt glauben, was sie wollte, er wusste es besser und das genügte ihm voll und ganz.

In den vergangenen Wochen hatte sie viel Zeit mit Tia und mit Luces Jungs verbracht. Ein klein bisschen hatte er das Gefühl, dass sie auch vor ihnen ein wenig lockerer war, vielleicht, weil sie sie nicht kannten, weil sie noch keine Erwartungen in sie hatten.

Er wusste es nicht und es war ihm auch egal, solange Zoey glücklich war und gerne hier in Boston blieb.

Außerdem war er sich zu einhundert Prozent sicher, dass ihr nichts passieren würde, wenn sie bei ihnen war. Die Jungs beschützten, was zu ihnen gehörte, und hatten Zoey wie selbstverständlich in ihren Kreis aufgenommen.

"Okay … dann lass uns mal hoch gehen."

Sie stiegen aus seinem Bentley aus und erklommen die Stufen zu Luces Büro, das über seiner Werkstatt lag. Sein Arm ruhte um Zoeys Taille und er drückte sie beruhigend an sich, als er bemerkte, wie schnell ihr Atem ging.

Luces Tür stand offen. Tia und Luce lächelten ihnen freundlich entgegen.

"Da seid ihr ja! Tia hat mich schon vorgewarnt, dass ihr gleich noch vorbeikommt."

Luce drückte ihn an sich und klopfte ihm auf die Schulter, ehe er Zoey einen Kuss auf die Wange gab. Dann begrüßte auch Tia beide.

Sie setzten sich zusammen auf die etwas heruntergekommene Couch und Zoey erzählte Luce von ihrer Idee, wie sie mehr von den Kids von der Straße bekommen konnten, zumindest für ein paar Stunden. Wie sie sie kennenlernen konnten und vielleicht den ein oder anderen beschützen konnten.

Mit jedem Wort, das sie sprach, sank Luce mehr in sich zusammen.

Mat konnte die Verzweiflung in seinem Blick sehen und den Schmerz, den Zoeys Worte auslösten.

Er war sich sicher, dass Luce die Idee genauso gut

fand, aber einfach keinen Weg sah, sie umzusetzen.

Aber auch dafür hatte Zoey einen Plan. Keinen, der Luce gefallen würde. Aber er würde funktionieren.

Sie war schon fast am Ende angekommen, da stützte er seine Ellenbogen auf den Knien ab und barg sein Gesicht in seinen Händen.

ZOEY

"Ich kann mir das nicht leisten, Zoey", sagte Luce. Seine Stimme klang ruhig, aber sie hörte, dass es ihm leid tat.

"Sag mir, woran es scheitert, Luce. Ist es das Geld, oder glaubst du nicht an die Idee? Sag mir die Wahrheit."

"Seitdem ich nicht mehr kämpfe, ist das Budget einfach knapp. Ich habe Rücklagen für ein oder zwei weitere Jungs. Aber mehr ist einfach nicht drin. Ich kann das nicht ausgeben. Diego ist kurz davor, den Absprung zu schaffen, und dann ist da noch Lennox. Er ist zu gut für die Straße. Er könnte es schaffen, vielleicht sogar das College mithilfe eines Sportstipendiums."

Zoey sah ihn durchdingend an. "Glaubst du an mich? Glaubst du, dass es funktionieren kann?"

Sie sah ihm an, wie schwer ihm die Entscheidung fiel, und es tat ihr in der Seele weh. Wie konnte man sich dafür entscheiden, den einen zu retten und den anderen fallen zu lassen? "Es würde funktionieren, zu einhundert Prozent, aber nicht mit meinen Möglichkeiten."

"Und wenn ich das Finanzielle hinbekomme?", fragte Zoey.

Luce hob ruckartig den Kopf. "Wie willst du das machen?"

"Ich habe selbst einiges auf der Seite. Ich brauche nichts. Die Ausrüstung kann ich über Spenden finanzieren. Ich kenne sehr viele Leute, Luce. Gute Leute mit extrem viel Geld. Sie können etwas schaffen, das du dir nicht vorstellen kannst."

Luce verzog das Gesicht.

"Ich gehe bei Ryan nicht schnorren, und ganz bestimmt auch bei sonst niemandem!", sagte er widerwillig, aber genau damit hatte sie gerechnet. Mat hatte sie vorgewarnt.

"Du musst gar nichts tun! Es ist *mein* Projekt. Ich kümmere mich um alles, aber diese Kids, dieses Viertel … sie werden niemals meine Hilfe annehmen. Dafür brauche ich dich!"

Tia legte ihm eine Hand auf die Schulter. "Es ist perfekt, Luce. Ich will es. Ich will es zusammen mit Zoey machen."

Ein riesiger Stein fiel von Zoeys Herzen. Tias Zuspruch tat ihr wahnsinnig gut.

"Spring über deinen eigenen Schatten, Luce. Manchmal müssen wir Hilfe von anderen annehmen. Ist es nicht das, was du den Jungs beibringst?"

Er knurrte etwas Unverständliches, aber Tia lachte. "Das heißt so viel wie: Wir versuchen es. Ich bin dabei, Zoey. Ich glaube an dich."

Freudentränen stiegen in ihre Augen, sie drehte sich zu Mat, der sie fest in die Arme schloss.

"Du hast es geschafft, Princess. Der Rest wird dagegen ein Kinderspiel."

Er hatte es ihr gesagt. Sie konnte alles schaffen, wenn sie es nur wollte.

"Ich liebe dich", flüsterte sie in sein Ohr.

"Für immer."

--ENDE--

BONUSKAPITEL

ALTE FREUNDSCHAFT

SKY

"Lass dir diese Chance nicht entgehen, Fabio. Die Ärzte hier in Amerika sind ganz anders als in Deutschland. Es ist doch zumindest einen Versuch wert. Komm her und hör dir an, was möglich ist", beschwor Sky ihren besten Freund aus Kinderzeiten.

Drei Wochen waren vergangen, seit Sky von dem furchtbaren Ereignis in Afrika erfahren hatte. Sie hatte kaum glauben können, dass ihr Freund tatsächlich von Bombensplittern getroffen wurde.

Der Anruf seiner Eltern hatte ihr den Boden unter den Füßen weggezogen.

Fabio selbst hatte sie erst eine Woche nach der Nachricht erreichen können.

Der Unfall selbst war schon einige Wochen her, aber keiner hatte die Information weitergeleitet, da Fabio dies untersagt hatte.

Er wollte nicht, dass seine Eltern sich Sorgen um ihn machten, hatte er gesagt.

Darum war er nach der OP noch einige Zeit in Afrika geblieben, um sich von dem Anschlag zu erholen, bevor er sich zurück nach Deutschland hatte bringen lassen.

Das war ein gewaltiger Fehler gewesen. Die medizinischen Möglichkeiten in einem Krisengebiet waren begrenzt, so war niemandem der Splitter in Fabios Herzbeutel aufgefallen.

Mittlerweile hatte sich der Splitter abgekapselt und die Ärzte fanden eine Operation in seinem momentanen Zustand zu gefährlich, da der Herzmuskel selbst nicht verletzt worden war.

Laut Aussage der Ärzte in Deutschland stand ihm ein soweit problemloses Leben bevor. Er durfte keine extremen Belastungen eingehen, konnte sonst aber normal leben.

Nur dass in ständiger Angst zu leben, doch kein Leben sein konnte!

"Ich weiß nicht, Sky … wie soll das funktionieren? Ich kenne mich überhaupt nicht aus, weder in Boston noch mit den Ärzten in den USA."

Er klang völlig erschöpft und das schnürte ihr die Kehle zu.

"Lass mich dir helfen! Bitte! Ich kenne mich hier aus und Dave kann uns bei der Auswahl der Ärzte zur Seite stehen."

"Sky …"

"Komm schon! Es ist einen Versuch wert. Komm hierher. Du kannst bei mir wohnen und ich kümmere mich um alles."

Sein Zögern sagte viel über ihre angeknackste Freundschaft aus. Vielleicht war das auch die Möglichkeit, alles ins Reine zu bringen?

"Okay. Ich schaue nach einem Flug und dann versuchen wir es", sagte er schließlich, klang aber nicht sonderlich überzeugt.

"Du wirst es nicht bereuen! Sag mir, wann du ankommst, ich regele alles weitere."

"Danke Sky."

"Ist doch selbstverständlich. Ich glaube, Ryan ist gerade gekommen, ich werde alles mit ihm absprechen und dann telefonieren wir die Tage."

Ryan stand bereits mit gerunzelter Stirn im Türrahmen, als sie sich von Fabio verabschiedete.

"Hey Süße."

"Hey." Sie reckte ihm das Kinn entgegen, als er sich zu ihr beugte, um sie zu küssen.

"Was wollte er?", fragte Ryan und setzte sich neben sie. Sein Ton verhieß nichts Gutes und auch die nun folgende Diskussion würde nicht gerade einfach werden.

"Die Ärzte in Deutschland werden ihn nicht operieren", sagte Sky so beiläufig wie möglich und stand auf, um ein wenig Abstand zwischen sie zu bringen.

Wenn er zu nah bei ihr war, überrannte er sie immer noch oft mit seiner Meinung und Sky fiel erst auf, dass sie verloren hatte, wenn er schon wieder weg war.

Also ging sie hinüber zur Bar und schenkte ihm einen Whisky ein.

"Also habe ich ihm angeboten, dass er hierher kommen kann und wir schauen, was die Ärzte in Boston für ihn tun können."

Die Stille, die daraufhin im Raum lag, war kaum auszuhalten.

Skys Nacken brannte, so sehr spürte sie seinen Blick auf sich ruhen.

"Sky?" Ryans Stimme war trügerisch sanft. Sie ließ sich extra viel Zeit, die Flasche zuzuschrauben und zurück in die Bar zu stellen.

Dann drehte sie sich lächelnd zu ihm um. "Ja?"

"Du hast das nicht getan, oder?"

"Doch. Er ist mein Freund, Ryan. Mein bester. Ich werde ihm helfen."

An der Art, wie Ryans Kiefermuskel zuckte, bemerkte sie genau, dass er kurz vor dem Platzen war.

"Ich werde jemanden beauftragen, der das recherchiert. Dann sehen wir weiter."

"Das ist eine gute Idee. Vielleicht kann Dave uns weiterhelfen."

Ryan nickte und entspannte sich ein wenig, also brachte sie ihm den Whisky, den sie vor ihm auf dem Tisch abstellte. Dabei blieb sie aber auf der gegenüberliegenden Seite des Tisches und zog sich dann auf einen der Sessel zurück.

Ryan beobachtete sie mit gefurchter Stirn.

"Bis wir die ersten Antworten haben, wird er schon da sein."

Sein Körper verspannte sich schlagartig. "Er kann kommen, wenn es konkret wird."

Sky versuchte, ruhig zu bleiben, es machte jetzt keinen Sinn, mit ihm zu streiten. "Er bucht gerade seinen Flug, also wird er schon früher da sein."

"Nein."

Sky hob eine Augenbraue. "Es ist nicht deine Entscheidung, Ryan."

"Das ist es sehr wohl!", knurrte er, dann starrten sie sich schweigend an.

Als er bemerkte, dass sie nicht nachgeben würde, sagte er: "Komm zu mir, ich kann es nicht leiden, mit dir zu diskutieren, wenn du so weit weg bist."

Natürlich konnte er das nicht leiden, weil seine Chancen dann einfach geringer waren.

"Nein. Ich finde es gut so."

"Sky! Sei nicht so verdammt stur. Ich will ihn nicht in Boston haben. Ende der Diskussion."

Ungläubig starrte sie Ryan an. "Ende der Diskussion?"

Er nickte hart, woraufhin Sky nur noch ungläubiger auflachen konnte.

"Wenn das dein Ernst ist, Ryan, dann haben wir beide ein wesentlich größeres Problem als nur einen alten

Freund, dem ich helfen möchte!"

Ryan sprang auf und Sky tat es ihm gleich. "Was soll das nun wieder heißen?" Seine Stimme war fast schon zu einem Schreien angewachsen.

Sie trat einen Schritt zurück und dann hinter den Sessel. Sie hatte keine Angst vor ihm, er würde ihr physisch nie schaden, aber was er da gerade im Begriff war zu tun, schuf einen gewaltigen Riss in dem Vertrauen, das sie so mühsam zu ihm aufgebaut hatte.

Sie bemerkte erst, wie stark ihre Hände zitterten, als sie sie auf die Rückenlehne des Sessels legte.

Er wollte sie einsperren, versuchte es schon seit Mariettas Geburt.

Aber es war eine Sache, ob er sich um sie und die Kinder sorgte, eine andere dagegen, ob er sie von ihren Freunden fernhielt.

Sie schluckte krampfhaft gegen den Kloß in ihrem Hals an und versuchte, ruhig zu atmen.

"Sky!", sagte er fordernd und stemmte die Hände in die Hüften.

"Du hast es mir versprochen, Ryan. Nichts ändert sich, erinnerst du dich?"

Sie wollte ihn anklagen, aber ihre Stimme klang viel zu schwach.

Sanft rieb sie über ihren Bauch, versuchte den Kleinen darin zu beruhigen, der ihre Aufregung spürte. Sie sah hinab, auf ihren größer werdenden Bauch.

"Das ist etwas völlig anderes!", knurrte er.

Skys Augen begannen zu brennen. Sie hob den Kopf und sah direkt in seine.

RYAN

Angst, Schmerz und Verunsicherung lagen in ihrem Blick. Sie sah ihn so endlos enttäuscht und verletzt an, dass sein Magen sich zusammenkrampfte.

Erst in diesem Moment wurde ihm klar, was er da

gerade aufs Spiel setzte, wie viel er wegen diesem Arschloch verlieren könnte.

"Ich hätte nicht gedacht, dass du mir das antun würdest", flüsterte sie und versetzte ihm damit einen ziemlich effektiven Magenschwinger.

"Sky …"

Sie schüttelte den Kopf und eine Träne lief über ihre Wange.

Der Gedanke, dass er ihr das gerade antat, machte ihm das Atmen schwer. Er wollte sie in den Arm nehmen und ihr versichern, dass alles gut werden würde.

Er wollte sie halten und ihr sagen, dass er sie nicht einsperren wollte.

Doch als er auf sie zuging, machte sie einen Schritt zurück. Das versetzte seinem Herz einen weiteren sehr schmerzhaften Stich.

"Sky, bitte … ich wollte nicht …"

"Lass es, Ryan." Dann murmelte sie so leise, dass er sie kaum verstehen konnte. "Ich habe es gewusst, ich habe es immer gewusst …"

Er konnte sehen, wie schnell ihr Atem ging, und sein eigener passte sich ihrem an.

Er durfte sie nicht verlieren und das würde er, wenn sie ihm nicht mehr vertraute.

Panisch suchte er nach einem Ausweg und sagte, ohne weiter nachzudenken: "Es ist okay. Dann kommt er eben. Alles ist gut."

Aber nichts war gut.

Der Schaden war bereits angerichtet und seine Worte änderten rein gar nichts.

"Ich muss … ich muss zu Maya", sagte sie und ging bereits rückwärts auf die Tür zu.

"Du kannst jetzt nicht einfach gehen, Sky! Bleib hier, lass uns das klären!" Er hörte die Panik in seiner eigenen Stimme.

Aber sie schüttelte nur den Kopf und ging weiter auf die Tür zu.

Er durfte sie nicht gehen lassen. Wenn sie jetzt ging, kam sie vielleicht niemals wieder.

Ehe er länger darüber nachdenken konnte, rannte er zu ihr und riss sie ihn seine Arme.

Ihr Körper war steif und ihr Atem ging unglaublich schnell.

"Lass mich los", flüsterte sie und stemmte sich gegen seine Brust.

"Nein. Ich kann nicht. Du … du darfst mich nicht verlassen", flüsterte er und hielt sie fest an sich gepresst.

Als sie zu zittern begann, lockerte er seinen Griff ein klein wenig. "Bitte, Sky. Lass uns darüber reden. Wir finden eine Lösung. Ich hab überreagiert", flüsterte er eindringlich und küsste ihre Schläfe.

Sie sagte noch immer nichts, aber er spürte, wie ihre Tränen durch sein Hemd sickerten.

"Verlass mich nicht", flüsterte er und keuchte dann allein bei dem Gedanken daran, dass sie ihn wirklich verlassen könnte.

Der Gedanke zog ihm den Boden unter den Füßen weg. Seine Knie gaben nach und er sank mit Sky in den Armen zu Boden.

Kraftlos lehnte er sich an die Wand hinter ihm. Sky schmiegte sich an ihn und weinte heftig.

Er hatte ihr das angetan. Er hatte das Versprechen gebrochen, was er ihr immer und immer wieder gegeben hatte. Er hatte sich selbst geschworen, ihr zu beweisen, dass er anders war. Und dann *das*?

Seine Augen brannten, als er seine Lippen auf ihre Stirn drückte. "Es tut mir so leid, Süße."

Sie nickte langsam an seiner Brust. Zu langsam. Seinetwegen.

Lange saßen sie schweigend am Boden, im Bemühen, ihre tobenden Gefühle in den Griff zu bekommen.

Ryan versuchte, sich selbst zu beruhigen. Er hatte sie nicht verloren, sie ließ sich von ihm halten, also war nicht alles kaputt gegangen.

Als sein Puls sich wieder normalisiert hatte, nahm er ihr Gesicht in seine Hände und küsste sie federleicht auf die Lippen.

"Ich liebe dich."

Gern hätte er gesagt, dass er sie so sehr liebte, dass es ihn verrückt machte, dass es ihn zu Dingen veranlasste, die er gar nicht wollte. Aber das wäre das Schlimmste, was er sagen konnte.

Robert hatte seine Liebe zu ihr für alles, was er ihr angetan hatte, als Vorwand genommen.

Die Sekunden, in denen sie ihn einfach nur forschend ansah, schienen endlos.

Ihre Augen wirkten stumpf, als hätte er einen Teil von ihr getötet.

Er blinzelte heftig, um die Tränen in seinen Augen zu vertreiben.

Dann hob sie die Hand und strich ihm eine, die ihm entwischt war, von der Wange.

"Ich liebe dich auch."

Er schluckte und küsste sie erneut mit zitternden Lippen.

"Ich habs versaut. Es tut mir so leid. Ich wünschte, ich könnte die Zeit zurückdrehen."

Sie lehnte sich wieder an ihn, gab ihm, was er brauchte. Er war sich sicher, dass sie es nur für ihn tat. Dankbar schloss er seine Arme um sie, als könnte nichts passieren, solange sie physisch bei ihm war.

Es musste schon Abend sein, als Marietta zu weinen begann.

Gemeinsam standen sie auf und gingen zu ihr. Ryan nahm sie aus dem Bettchen und drückte sie an seine Brust. Dann gingen sie in die Küche und Sky machte ihr ein Fläschchen.

Seine kleine, perfekte Familie. Skys schon gut sichtbarer Babybauch war das letzte Puzzleteil, das diese Familie komplett machte.

Am liebsten hätte er Marry einfach weiter an sich gedrückt, aber Sky streckte ihm auffordernd die Hände entgegen.

Seine Tochter zu halten, gab ihm ein wenig Sicherheit zurück, aber Sky brauchte sie dringender.

Sie setzte sich auf einen Stuhl ihm gegenüber, was mehr als deutlich ausdrückte, wie groß die Kluft zwischen ihnen war.

Er versuchte, sich zu sammeln, dieses Gespräch zu einem guten Ende zu bringen, um dann daran zu arbeiten, dass sie all das schnellst möglich wieder vergaß.

"Okay … Fabio kommt also her. Ich telefoniere mit Dave und dann lasse ich eine Wohnung bei JB-Industrials herrichten."

Sie zuckte kaum merklich zusammen, als hätte er schon wieder einen Fehler gemacht.

"Was?", fragte er ruhig.

Sky drückte Marry fester an sich und ihre Augen blitzten herausfordernd, als würde sie nur darauf warten, dass er denselben Fehler noch einmal beging.

Er rieb sich über die schmerzende Brust. Er war ein unglaublicher Volltrottel. Wie hatte er sie nur so in die Enge treiben können?

"Es geht ihm sehr schlecht, Ryan. Vor allem emotional. Er kann nicht allein in einer fremden Stadt in einer Wohnung bei JB-Industrials wohnen."

Ryan hätte sich nur allzu gern darüber ausgelassen, dass Fabio schließlich kein Baby sei und sehr wohl in der Lage dazu, allein zu wohnen, aber das war genau das, was sie im Moment von ihm erwartete.

Also atmete er tief durch und sagte: "Und was ist dein Vorschlag?"

Sie schien wirklich überrascht. Das tat weh.

"Ich dachte, er könnte hier in einem der Gästezimmer übernachten und …"

Sie brach ab, als Ryan unwillkürlich die Zähne aufeinander biss.

Dann wandte sie ihren Blick zu Marry, die in ihren Armen lag und trank.

"Wenn du das nicht erträgst, kann ich auch mit ihm bei JB-Industrials einziehen."

Ryan nahm die Hände unter den Tisch, damit sie nicht sah, wie fest sich seine Fäuste ballten.

"Nein, hier wäre mir doch lieber", presste er hervor.

Ihr Blick war argwöhnisch und Ryan musste seine Augen schließen, um dem Schmerz zu entkommen.

"Warum tust du das?", fragte sie leise.

Er öffnete seine Augen und sagte die ganze Wahrheit. "Weil ich dich liebe und dir alles geben will, was du zum Glücklichsein brauchst."

Wieder traten Tränen in ihre Augen, aber diesmal umspielte ein feines Lächeln ihre Züge.

"Ich liebe dich, Ryan", flüsterte sie und wiegte Marry dabei sanft hin und her.

"Mehr als mein Leben, Sky. Ich würde alles für dich tun."

Sie biss sich auf die Unterlippe und nickte. "Selbst meinen Freund hier aufnehmen."

"Ich wollte ihn auf dem Mond, nicht in meinem Haus … aber okay. Wenn es sein muss, auch das."

Sie lächelte ihn weicher an.

"Er hat alles verloren, Ryan. Und du hast alles: eine Familie, eine wunderbare Tochter."

"Eine wunderbare Frau, die mir ein weiteres wunderbares Baby schenkt."

Sie nickte und ihr Lächeln wurde offener.

"Es wird nicht so schlimm, okay? Ich will ihm nur helfen."

Ryan nickte, auch wenn er sich ziemlich sicher war, dass die Zeit mit Fabio unter einem Dach der Horror werden würde.

Aber es war egal. Sky hatte recht. Er hatte alles, was er sich gewünscht hatte, und er würde es nicht für diesen unsinnigen Streit riskieren.

Er streckte die Arme nach ihr aus. "Komm zu mir."

Dieses Mal zögerte sie nicht. Mit ihrer Tochter auf dem Arm kam sie um den Tisch herum und ließ sich von ihm auf den Schoß ziehen.

Ryan presste sie fest an sich und vergrub sein Gesicht an ihrem Hals.

Tief atmete er ihren unvergleichlichen Duft ein. Er würde alles schaffen, solange sie nur bei ihm war.

-- ENDE 2.0 --

LESEPROBE

PROTECT ME - ASH

1 VERÄNDERUNGEN

ASH

Der erste Tag nach seiner zweiwöchigen Krankenzeit schlauchte ihn enorm.

Die Kugel, die ihn bei dem Schusswechsel vor dem Krankenhaus am Oberschenkel getroffen hatte, war nur ein Streifschuss gewesen. Trotzdem schmerzte es nach einem Achtstundentag.

"Ich mach Feierabend", rief er den wartenden Mitarbeitern der Security-Abteilung zu.

JB-Industrials war ein guter Arbeitgeber. Ash konnte sich nicht beklagen. Sie zahlten gut und pünktlich, die Arbeitstage waren nicht übermäßig lang und die Sozialleistungen einwandfrei.

Dennoch fehlte etwas.

Seit vier Jahren machte er nun diesen Job und manchmal kam es ihm so vor, als würde er auf der Stelle treten.

Jeden Tag der gleiche Ablauf. Er saß mit seinen Jungs im Aufenthaltsraum und wartete auf einen Auftrag.

Die wenigsten waren dabei so aufregend wie der Job vor zwei Wochen, bei dem er für die Sicherheit von Tia Moreno sorgen musste. Sie war die Schwester seines Chefs und wurde von einem Gangmitglied bedroht.

Leider hatte er diesen Job durch und durch versaut.

Als Tia vor einer Klinik gestellt wurde, kam es zu einem Schusswechsel. Er wurde angeschossen und sein Schützling ebenfalls.

Zusammenfassend ließ sich also sagen: Er hatte auf ganzer Linie versagt.

Und das, wo dieser Job doch sein Sprungbrett auf der Karriereleiter hätte sein sollen.

Er wollte seinem Chef zeigen, dass er mehr drauf hatte, dass er genauso wie Brian Cruise, einer seiner Kollegen, ein guter Buddy sein würde.

Er wollte einen festen Schützling, den Status als Personenschützer. Mehr Verantwortung, weniger Wartezeiten.

Mit dieser Aktion hatte er es vermasselt!

Die Jungs winkten und riefen ihm Verabschiedungen zu.

Ash ließ die schwere Sicherheitstür hinter sich ins Schloss fallen und machte sich dann auf den Weg in die Tiefgarage.

Wieder ein langweiliger, beschissener Tag, den er einfach nur zu den Akten legen wollte.

CHLOE

"Das kann doch nicht dein Ernst sein!", rief Chloe aufgebracht.

"Und wie das mein Ernst ist, Schwesterchen. Wenn du dein Leben nicht auf die Reihe bekommst, mache ich das für dich!"

Chloe schnaubte. Mat trieb sie in den Wahnsinn. Ihr großer Bruder hatte einen verdammten Kontrollzwang!

"Ich bekomme mein Leben sehr wohl auf die Reihe. Es passt lediglich nicht in deine engstirnige Welt!"

Mat presste die Kiefer zusammen. Ein sicheres Zeichen, dass sie ab jetzt gegen eine Wand rennen würde.

Komme was wolle, Mat würde seinen verdammten Dickschädel durchsetzen.

"Ende der Diskussion, Chloe. Ab morgen wirst du pünktlich um neun hier bei Logan stehen. Du wirst deine Arbeit machen und dein Praxissemester vernünftig abschließen."

"Ich hätte selbst etwas gefunden."

"Ach ja? Bei Joey? Ich will jetzt nichts mehr davon hören. Fahr nach Hause und bereite dich vor", knurrte Mat in diesem ekelhaften Ich bin der Boss-Ton.

Gott, wie sehr sie es hasste, wenn er den großen Bruder raushängen ließ!

"Wie soll ich nach Hause fahren? Du hast mich doch hier hergebracht!"

Hergebracht war ein klein wenig untertrieben. Gezerrt traf es wohl eher. Sie war gerade bei Candy in

Netti's Diner gewesen, als ihr Bruder mit quietschenden Reifen auf den Parkplatz gefahren war.

Er hatte sie am Ellenbogen aus dem Diner gezogen und in sein Auto gesetzt.

Dann hatte er die ganzen zehn Minuten von Netti bis zu JB-Industrials auf sie eingeschrien; Was sie sich dabei denken würde, ihr Praxissemester bei Joey zu absolvieren. Ein Praktikum in dem Tattoostudio ihres Freundes wäre genau das richtige für sie gewesen.

Allein der Gedanke machte sie wütend. Sie würde Joey dafür umbringen! Wie konnte er das Mat nur auf die Nase binden!

Und gleich danach würde sie Logan erwürgen. Sie hasste ihn dafür, dass er Mats irrem Plan zugestimmt hatte.

Sie wollte nicht bei JB-Industrials arbeiten. Alles an dieser Firma war steif.

Ihr Praktikum hätte cool sein sollen und etwas anderes.

Langweilige Pressearbeit würde sie für den Rest ihres Lebens machen, da könnte doch zumindest die Studienzeit noch aufregend sein. Auch *das* hatte sie sich schließlich nicht aussuchen dürfen.

Chloe wäre lieber Kindergärtnerin geworden. Wenn es schon ein Studium sein musste, dann Sozialpädagogik oder etwas in die Richtung.

Aber Marketing und Presse? Hallo? Da hätte sie sich genauso gut einen Job als Altenpflegerin oder Bestatterin suchen können!

Siehe Logan! Logan war für Chloe der Inbegriff von Langeweile. Einfach immer aalglatt, ohne irgendeine Regung in seinem perfekt rasierten Gesicht.

Wie Trish es mit ihm aushielt, war ihr ein absolutes

Rätsel. Chloe sah sich in Logans Büro bei JB-Industrials um, in dem ihr Bruder und Logan über ihr Praktikum sprachen. Allein das Aussehen dieses Raumes sagte ihr, dass dieses Praxissemester nur langweilig werden konnte.

"Verdammt ... ich habe gleich einen Termin mit Ryan."

Chloe verdrehte die Augen. "Siehst du, hätte ich ein Auto, könnte ich einfach selber fahren."

Mat schnaubte. "Hättest du ein Auto, wärst du inzwischen entweder schon tot oder durchgebrannt. Vergiss es!"

Chloe wollte gerade zu einer gezischten Erwiderung ansetzen, da stand Logan auf.

"Ich kümmere mich darum. Auch, dass sie die nächsten Wochen pünktlich hierher und zurückkommt."

"Danke. Ich muss los."

Chloe würde sich nicht dafür bedanken. Sie wollte ja noch nicht einmal hier sein. Und dass Mat keine Zeit hatte, war ihr auch klar gewesen. Mat hatte nie Zeit für nichts und niemanden.

Chloe hatte ihre halbe Kindheit allein zuhause verbracht. Ihre Mutter starb, als sie zwölf war, ihr Vater ging kurz darauf ins Gefängnis.

Theoretisch hatte sie nur Julien und Mat gehabt. Julien und sie hatten kein gutes Verhältnis, und Mat war immer nur beim Arbeiten.

Mat küsste sie als ganz großer Bruder auf die Wange und verschwand mit einem letzten Tu was ich dir sage-Blick aus dem Zimmer.

Dann packte Logan sie am Ellenbogen und zog sie den Gang entlang.

"Du solltest mehr auf deinen Bruder hören", sagte

er bestimmt. Aber sie hatte auch nichts anderes erwartet.

"Klar." Sie hatte keine Lust mit Logan zu diskutieren. Sie hatte noch nicht einmal Lust hier zu sein.

"Warte hier, ich rede mit Ty", befahl er dann und ließ sie allein im Flur stehen.

Verdammt! Wie sie diese ganze Befehle gebende Bande hasste!

Der einzige Freund ihrer Brüder, den sie annähernd mochte, war Justin. Aber den bekam sie äußerst selten zu Gesicht, da Julien am liebsten nichts mit ihr zu tun haben wollte.

Den Kopf gesenkt und die Arme um ihren Körper geschlungen, lief sie den Gang auf und ab, bis sie gegen jemanden prallte.

"Huch!", keuchte sie erschrocken und taumelte einen Schritt zurück.

"Hoppla. Entschuldige, ich hab dich nicht gesehen", sagte eine dunkle Stimme, die sie nicht kannte. Er hielt sie am Oberarm fest, damit sie nicht weiter stolperte.

Ihr Blick wanderte seinen breiten Oberkörper entlang nach oben, bis sie sein Gesicht sehen konnte.

Nein, dieses herausragende Exemplar der männlichen Schöpfung kannte sie definitiv noch nicht. Aber das würde sich hoffentlich bald ändern.

Verdammt heiß!

Seine schwarzen Haare waren etwas länger und ebenso wie Logans zurückgegelt. Dichte, lange, schwarze Wimpern umrahmten seine strahlend blauen Augen. Seine Nase war gerade und die Lippen schmal. Das tadellos rasierte Kinn war kantig und männlich.

Gerne hätte sie mehr von ihm gesehen, aber sie konnte ihn ja schlecht auffordern, diesen schrecklichen, schwarzen Anzug auszuziehen, damit sie seinen Körper genauer unter die Lupe nehmen könnte.

"Was machst du hier unten?", fragte er dann und zog die dunklen, energisch geschwungenen Augenbrauen zusammen.

Was sollte sie darauf antworten? Ich warte darauf, dass der Freund meines Bruders mich nach Hause bringt, weil ich unartig war?

Nie im Leben!

"Ähm … ich hab mich verlaufen. Ich wollte nach draußen", antwortete sie stattdessen und lächelte ihn strahlend an.

Wenn er öfter hier sein würde, könnte das Praktikum gar nicht so übel werden.

Leider befürchtete sie, dass er nur ein Model für irgendeine Kampagne war und nicht regelmäßig hier herkam.

"Dann komm, ich zeig dir den Weg!" Er lächelte und bedeutete ihr dann, den schmalen Flur entlang zu gehen.

Chloe lächelte ebenfalls und nickte. Sie würde überall hingehen, wenn er sie nur begleitete. Einem Mann wie ihm konnte Frau wirklich nicht widerstehen.

Sie gingen den Flur in Richtung der Tiefgarage entlang.

"Wie heißt du?", fragte er.

"Chloe."

"Ich bin Ash. Hier durch!" Er hielt ihr die Tür auf und folgte ihr dann die wenigen Stufen hinauf, bis sie aus dem Gebäude heraustraten.

"Hat mich gefreut, Ash", sagte sie dann hastig. Sie spürte das Vibrieren ihres Handys in ihrer Hosentasche. Sie wollte nicht, dass Ash Mats Geschrei mitanhören musste.

So wie sie die Freunde ihres Bruders kannte, hatte Logan ihm bestimmt schon Bescheid gesagt.

"Die Freude ist ganz auf meiner Seite. Bis bald", sagte er grinsend und verschwand zurück im Gebäude.

Vielleicht arbeitete er doch hier? Dann würde sie ihn vielleicht schon morgen wiedersehen.

Seufzend schüttelte sie den Gedanken ab und ging an ihr Handy. Nicht Mat, sondern Logan … nicht viel besser.

"Ja?"

"Wo zum Teufel bist du?"

Puh, einen brüllenden Logan hatte sie auch noch nicht erlebt. Irgendwie hatte sie nicht erwartet, eine andere Gefühlsregung als Missbilligung bei ihm zu sehen … arme Trish.

ASH

Auf dem Weg zurück in die Tiefgarage strich er sich den Anzug glatt.

Chloe … verdammt süßes Mädchen. Ihm gefielen die wilden, braunen Locken, die bei jedem Schritt auf ihren Schultern hüpften.

Die großen, braunen Augen waren lebhaft und offen. Die kleine Stupsnase und die vollen, glänzend rosafarbenen Lippen passten perfekt in ihr unschuldiges Gesicht.

Sie war klein, ging ihm gerade mal bis zur Brust, was bei seinen 1,86 Metern nicht allzu selten vorkam.

Aber sie hätte die perfekte Größe, wenn sie statt der Chucks Highheels tragen würde.

Perfekte Größe für wen?, dachte er und schüttelte den Gedanken ab.

Er kannte sie nicht und suchte auch keine Freundin. Er wollte sich voll und ganz auf seine Karriere konzentrieren.

Leider ging ihm der kleine, knackige Hintern in den abgewetzten Jeans nicht aus dem Kopf. Unter dem engen, weißen Tanktop zeichneten sich ihre schmale Taille und die festen, kleinen Brüste deutlich ab. Sogar ihr Oberarm faszinierte ihn.

Er sah so dünn aus, hatte sich aber sehr hart in seiner Hand angefühlt, als würde sie regelmäßig Sport treiben.

Schade, dass sie ihn so schnell abserviert hatte, er hätte gern mehr Zeit mit ihr verbracht.

Ash stieg auf seine grüne Kawasaki Ninja und ließ den dröhnenden Motor an. Er liebte diese Maschine und nichts konnte ihm einen Feierabend mehr versüßen als eine kleine Spritztour mit seinem Baby.

Grinsend raste er aus der Tiefgarage.

Oben angekommen hielt er noch mal, um sich in den Verkehr einfädeln zu können und sah, dass Chloe immer noch vor dem Gebäude stand.

Sie blaffte sichtlich genervt etwas in ihr Handy, dann sah sie ihn, verdrehte die Augen und legte auf.

Er zog den Helm herunter. "Probleme?", fragte er und lächelte automatisch bei ihrem Anblick.

"Ja", antwortete sie schulterzuckend. Sie hatte ein atemberaubendes Lächeln. Eines, das er auf jeden Fall öfter sehen wollte.

"Kann ich dir helfen?"

Sie legte ihren Kopf schief und musterte ihn

genau. "Würdest du mich mitnehmen?", fragte sie. Er würde sie überall hin mitnehmen, aber er hatte leider keinen zweiten Helm dabei.

Chloe schien seine Gedanken zu erraten. "Das geht schon kurz ohne, was soll schon passieren?"

Nein, definitiv nicht. Aber in der Garage musste noch ein Ersatzhelm liegen.

"Warte einen Moment." Schnell fuhr er hinunter, schnappte ihn sich von der Ablage und war nur Sekunden später wieder bei ihr.

"Wohin soll es gehen?"

Er konnte sich nichts besseres vorstellen, als eine Runde mit ihr, dicht an seinem Rücken gepresst, zu fahren.

Sie zuckte mit den Schultern. "Ich hab nichts Spezielles vor." Mit wiegenden Hüften kam sie zu ihm herüber.

"Eine Spritztour?", fragte er und streckte ihr dann eine Hand entgegen, um ihr auf das Motorrad zu helfen. In diesem Moment war er mehr als froh, dass sie Chucks trug und keine Highheels.

Er hatte den letzten Absatz-Anschlag auf seinen Lack noch nicht verkraftet.

"Wenn du Zeit hast, gern."

Selbst wenn er keine Zeit gehabt hätte, würde er auf diese Gelegenheit nicht verzichten wollen.

"Ist dir klar, dass dein Anzug zu dieser Maschine lächerlich aussieht?"

Gekonnt schwang sie ihr wohlgeformtes, linkes Bein über sein Motorrad.

"Ist dir klar, dass du gerade deine Mitfahrgelegenheit ganz schön beleidigst?", gab er kopfschüttelnd zurück. Dieses Mädchen nahm absolut kein Blatt vor den Mund.

Sie legte ihre Arme um seine Mitte und presste sich fest an ihn. "Ist dir klar, dass du mich jetzt sowieso nicht mehr los wirst?", hauchte sie nah an seinem Ohr und lachte.

Ihr Lachen klang rau und unbeschwert. Ash lachte daraufhin ebenfalls und ließ dann den Motor aufheulen.

"Ist dir klar, dass ich dich jetzt überall hin verschleppen könnte?"

Er setzte sich den Helm auf und Chloe tat es ihm gleich.

"Fahr endlich, sonst stehen wir hier morgen noch!"

Ihre Arme und Beine spannten sich fest um ihn herum an, als er ohne Vorwarnung losschoss. Dann ertönte wieder ihr helles, leichtes Lachen, das so unglaublich ansteckend wirkte.

Er fühlte sich wie neugeboren. Sogar der Schmerz in seinem Bein war kaum noch zu spüren.

Schnell, aber nicht mit seiner gewohnten Geschwindigkeit, fuhr er durch die Bostoner Innenstadt.

Chloe schmiegte sich perfekt an seinen Rücken, folgte jeder seiner Bewegungen und störte das Gleichgewicht überhaupt nicht, so als würde sie regelmäßig auf einem Motorrad mitfahren.

CHLOE

Sie liebte den Fahrtwind, das Dröhnen des Motors unter ihr und die in der Geschwindigkeit verschwimmende Umgebung.

Kurz gesagt: Sie liebte Motorradfahren!

Diese 2007er Ninja war ihre absolute

Traummaschine. Sie hätte so ziemlich alles dafür getan, auf ihr mitzufahren.

Dafür hatte sie Logan gerne aus der Leitung geschmissen.

Ein Blick auf Ash und die Ninja hatten gereicht, um eine Entscheidung zu fällen.

Wenn sie jemals aus Mats Radar würde verschwinden können, dann wäre es genau diese Maschine, die sie sich als Erstes kaufen würde!

Leider war er schon völlig ausgerastet, als er erfahren hatte, dass sie den Motorradführerschein gemacht hatte.

Also hatte es vorher absolut keine Möglichkeit gegeben.

Das war so ziemlich das einzige Thema, bei dem sie jemals Unterstützung von Julien gehabt hatte. Leider gab es im Regierungsbezirk Mat keine Demokratie. Mat war der geborene Diktator und sein Wort war Gesetz.

Chloe lachte, als Ash schnell um eine Kurve fuhr.

"Wohin?", fragte er über den Fahrtwind hinweg.

"Einfach weit weg!", gab sie ausgelassen zurück und lehnte ihr Kinn auf seine Schulter.

Am besten sogar raus aus der Stadt. Wenn Mat mitbekommen würde, dass sie bei jemandem auf dem Motorrad mitfuhr, noch dazu bei einem Fremden, würde er sie definitiv umbringen!

"Wie du willst."

Ash steuerte das Bike aus der Innenstadt zu den Randbezirken. Die Häuser schienen kleiner und nicht mehr ganz so gepresst zu wirken. Mehr Grün blitzte zwischen ihnen auf und der Verkehr wurde ruhiger.

Dann fuhr er aus der Stadt hinaus auf den Highway.

"Schneller!"

Sie konnte es nicht mehr erwarten. Sie wollte, dass ihre Haut vom Fahrtwind kribbelte und ihre Augen tränten.

Ash lachte und drehte den Gashebel ganz durch.

Chloe schmiegte sich noch fester an ihn, genoss sowohl die Fahrt als auch seinen gut gebauten Körper.

Viel zu schnell verlangsamte Ash das Tempo und fuhr vom Highway ab.

An einem kleinen See hielt er das Motorrad schließlich an und setzte den Helm ab.

"Kurze Pause?", fragte er lächelnd über seine Schulter hinweg.

"Wenn es sein muss", gab sie frech zurück, schwang sich von der Maschine und entledigte sich ebenfalls ihres Helms.

Ihre Beine kribbelten und das Adrenalin pumpte noch immer durch ihre Adern.

"Tolle Maschine", sagte sie und fuhr andächtig über den grünen Lack.

"Mhm … Kawasaki …"

"Ninja ZX-6R. Ich weiß."

"Du kennst dich aus?"

"Meine Traummaschine", sagte sie, ohne ihn anzusehen.

"Kannst du fahren?" Er klang verblüfft.

"Darf ich?", fragte sie und lächelte ihn dabei gewinnend an.

Ash verzog das Gesicht. "Ich weiß nicht …"

"Komm schon. Ich hab den Führerschein und ich würde dich auch mitnehmen."

Als würde er jemals so blöd sein und jemanden allein mit diesem genialen Teil fahren lassen. Chloe würde sie niemals aus den Augen lassen, wenn es ihre wäre.

Er schien noch immer nicht überzeugt zu sein, hatte aber zumindest nicht diesen Bist-du-wahnsinnig-Blick drauf, den Julien ihr immer schenkte, wenn sie ihn um sein Bike bat.

Sie hatte eine Chance und sie würde sie nutzen. Sie musste es ihm nur schmackhaft machen.

Vorsichtig ließ Chloe sich auf den Fahrersitz gleiten und strich dann andächtig über den Tank.

ASH

Diese Frau machte ihm ganz schön zu schaffen. Die Art wie sie sich langsam auf das Bike gleiten ließ, rittlings darauf saß und über den Tank streichelte, als wäre die Kawasaki ihr Liebhaber … Gott, er würde jetzt zu gern mit seiner Maschine tauschen!

Wenn Chloe sich in seinem Rücken schon so verdammt gut angefühlt hatte, würde sie sich zwischen seinen Beinen noch viel besser anfühlen, sinnierte er. Ihr Arsch direkt vor seinem Schwanz. Seine Hände ganz offiziell auf ihrem Bauch … oder höher … oder tiefer.

Schnell schüttelte er den Gedanken ab. Er konnte sie schließlich schlecht ablenken, wenn sie seine Maschine fuhr!

"Komm schon, das wird lustig!" Sie zeigte wieder dieses atemberaubende Lächeln, das ihm den Kopf verdrehte. Dabei hatte er gar nicht auf ihre Frage hin den Kopf geschüttelt.

Wie kam er überhaupt dazu, darüber nachzudenken? Er lieh niemandem sein Baby. Niemals! Unter keinen Umständen!

"Ich liebe sie! Ich werde sehr gut auf sie aufpassen!" Wieder streichelte sie federleicht über den Lack.

Verdammt!

Konnte man dieser Frau wirklich etwas abschlagen? Sie hätte ihn genauso gut um eines seiner Beine bitten können!

Dennoch merkte er, wie er widerstrebend nickte. Und das, obwohl sein Kopf extrem laut NEIN! schrie.

Auch seine Füße bewegten sich automatisch zu ihr und er schwang sich hinter sie auf das Motorrad.

Sein Schwanz schien die Kontrolle über seinen Körper übernommen zu haben.

"Danke! Du bist der Beste!", sagte sie, während sie ihn mit funkelnden Augen über die Schulter hinweg anstrahlte.

Sie drehte sich noch ein Stück weiter und gab ihm einen flüchtigen Kuss auf die Wange. Ihre Lippen fühlten sich dabei verboten gut auf seiner Haut an.

Dann setzte sie den Helm auf, ließ die Maschine an und den Motor aufheulen. Beinahe augenblicklich bereute er seine Entscheidung.

Was zum Teufel hast du dir dabei gedacht?

"Bereit?"

Nein!

"Ja." Er setzte den Helm auf, legte seine Arme um ihren Oberkörper und Chloe fuhr los.

Wenigstens fühlte sie sich genauso gut an, wie er es sich ausgemalt hatte. Sie verschwand fast in seinen Armen, fühlte sich zierlich und zerbrechlich an.

Jetzt, wo er hinter ihr saß, konnte er sie auch riechen. Süß, blumig … irgendwie zum Anbeißen. Gerne wäre er mit seinen Lippen und seiner Zunge über die weiche Haut in ihrem Nacken gefahren. Er wollte wissen, wie sie schmeckte, wie sie …

In diesem Moment gab sie richtig Gas und die Kawasaki bockte einmal kurz auf.

"Scheiße!", schrie er und hatte panische Angst um sein Baby.

"Ups!"

"Ups? Ups? Bist du wahnsinnig?", schrie er über den Fahrtwind hinweg.

"Wahnsinnig verliebt in dieses Baby", schrie sie lachend zurück, beugte sich nach vorn und drehte den Gashebel bis zum Anschlag.

"Fahr langsamer! Fahr langsamer!"

Oh Gott! Er wusste wieder genau, warum er seine Ninja niemals aus den Händen gab.

Er verfluchte seinen Schwanz für diese irrsinnige Idee!

"Alles okay, ich hab das im Griff!" Sie lachte noch immer, aber Ash war hingegen nicht zum Lachen zumute.

"Ich schwöre dir, ich bringe dich um, wenn sie nur einen Kratzer abbekommt!", fluchte er und krallte sich fester an Chloe.

"Sie hat einen Kratzer hinten links", sagte Chloe unbeschwert und bohrte damit in der offenen Wunde.

Ashs Exfreundin hatte mit ihren verdammten Mörderabsätzen einen Kratzer beim Aufsteigen hinterlassen.

Das war der Moment gewesen, an dem er sich geschworen hatte, nie wieder jemanden auf seiner Maschine mitzunehmen.

Wie zum Teufel war er auf die Idee gekommen Chloe draufzusetzen? Und jetzt fuhr sie auch noch!

Verdammt!

Ash atmete erleichtert auf, als er Boston von Weitem erkennen konnte. Chloe drosselte das Tempo ein wenig und Ash bekam wieder Luft … nur um gleich darauf die Luft wieder anzuhalten.

Sie nahm eine Hand vom Lenker und tätschelte seine, die auf ihrem Bauch lag.

"Siehst du, alles gut gelaufen!"

"Nimm deine Hand zurück an den Lenker!", zischte er und verharrte regungslos, bis sie seiner Anweisung lachend folgeleistete.

"Du bist ein bisschen empfindlich. Ich kann Motorrad fahren."

Das konnte sie wirklich, was aber nicht hieß, dass sie es mit seinem Bike beweisen musste.

Nie wieder! Hörst du! Nie wieder!, rügte er sich selbst.

"Ich fahre zu mir nach Hause, okay?", fragte sie, als er keine Antwort gab.

"Ja." Dann wüsste er wenigstens, wo er sie wieder finden konnte.

Leider hatte sie nicht dazu gesagt, dass sie, um nach Hause zu kommen, noch einmal quer durch Boston fahren würden.

War eine Fahrt auf dem Highway mit Chloe schon herzinfarktverdächtig, so glich die Fahrt durch den dichten Bostoner Vier-Uhr-Berufsverkehr einem Selbstmordkommando!

Ash war mit den Nerven mehr als nur am Ende, als sie endlich vor einem schicken, weißen Reihenhaus hielt.

"Das war der Hammer! Danke!" Ihr Lächeln und die funkelnden Augen wären fast Entschuldigung genug gewesen.

"Chloe Elisabeth Fox! Steig sofort von diesem Motorrad!"

Chloe zuckte zusammen und nahm ihren Helm ab. "Verdammt. Er sollte noch gar nicht hier sein!", flüsterte sie.

Dann glitt sie schnell vom Bike und lächelte Ash entschuldigend an. Den Helm legte sie auf den Sitz. Sie packte seine Hand und kritzelte in Windeseile eine Telefonnummer darauf, ehe sie mit schnellen Schritten zum Haus lief.

Im Türrahmen stand ein junger Mann, der ihm bekannt vorkam, aber Ash konnte nicht genau sagen, wo er ihn schon mal gesehen hatte.

Auf jeden Fall schienen sie sich sehr nahe zu stehen, denn Chloe ließ sich von ihm widerstandslos am Arm packen.

"Was genau hast du an Du steigst nie wieder auf ein Motorrad nicht verstanden?", knurrte er.

Chloes gemurmelte Antwort verstand Ash nicht.

"Und wer ist das überhaupt? Was hast du mit ihm …" Der Mann unterbrach sich selbst, als ein Nachbar ihn freundlich grüßte. Seine Miene veränderte sich schlagartig von kurz vor dem Ausrasten zum aalglatten Gutbürger.

"Wir sprechen drinnen weiter." Er zerrte sie ins Haus.

Chloe hob ihre Hand an ihr Ohr und deutete an, dass er sie anrufen sollte. Gleich darauf fiel die Tür unter seinen weiteren geknurrten Worten ins Schloss.

Ash war sich nicht sicher, was er tun sollte. Der Typ, wer auch immer er war, schien mächtig sauer zu sein.

Ihr Freund? Ihr Partner? Zumindest führte er sich so auf. Aber hätte Chloe ihm dann ihre Nummer gegeben?

Er sah nicht aus, als würde er ihr wirklich etwas

antun, aber das sahen die meisten nicht. Vielleicht war dieser Typ auch ein bisschen zu glatt, so wie er seinen Nachbarn begrüßt hatte?

Anderseits schien Chloe nicht sonderlich beunruhigt zu sein. Erschrocken, ja, aber sie hatte gelächelt, als sie ihm andeutete, dass er sie anrufen sollte. Ash entschied sich, dass alles in Ordnung war. Er hängte sich den zweiten Helm an den Arm, rutschte nach vorn und machte sich dann auf den Weg nach Hause.

Die gesamte Fahrt über kreisten seine Gedanken um Chloe. Eine Frau, wild und ungezügelt. Eine Frau, die einem bestimmt den letzten Nerv rauben konnte, mit der es dafür aber niemals langweilig werden würde.

Eine Frau, die in seinem Leben fehlte.

Er stellte die Ninja vor dem Haus ab, in dem seine Wohnung lag, und starrte einen Moment lang auf den Helm an seinem Arm.

Das war wirklich eine Höllenfahrt gewesen, die er nur seinem Schwanz zu verdanken gehabt hatte.

Vielleicht würde er Chloe wirklich noch anrufen, allein um ihr zu sagen, dass sie nie wieder auf sein Bike steigen würde.

Guter Plan!

Vielleicht würde er aber auch einen Tag warten, bis er sich wieder beruhigt hatte. Dann konnte er sie um ein Date bitten und ihr dabei sagen, dass sie nie wieder auf sein Bike käme.

Noch besserer Plan!

Ende der Leseprobe.
Lesen Sie weiter in Protect Me - Ash.

Für meinen Neffen.

Ich kenne dich noch nicht wirklich, kleiner Mann, aber ich liebe dich allein dafür, dass du meine Familie glücklich machst.

Rechtliches, oder was keiner lesen will und trotzdem drin stehen muss ...

Es handelt sich bei dem Buch um ein fiktives Werk. Ähnlichkeiten mit lebenden oder verstorbenen Personen, Orten oder Ereignissen sind rein zufällig. Markennamen, die genannt werden, sind Eigentum ihrer rechtmäßigen Eigentümer. Impressum: Herausgeberin Allie Kinsley, allie.kinsley@web.de. Ladungsfähige Adresse für Deutschland: Allie Kinsley, c/o Marant Business, Studio Delta, Haus B, Angerstr. 40-42, 04177 Leipzig.

16135915R00170

Printed in Poland
by Amazon Fulfillment
Poland Sp. z o.o., Wrocław